Les Berlinoises

DE LA MÊME AUTRICE

Un long, si long après-midi
Éditions de La Martinière, 2022
Points, 2023

Un destin sauvage, si sauvage
Éditions de La Martinière, 2023
Points, 2024

Inga Vesper

Les Berlinoises

Traduit de l'anglais (Royaume-Uni)
par Thomas Leclere

Éditions
de La Martinière

Titre original : *The Ones Who Are Left*

ISBN : 979-1-0401-1835-0

Une marque de la société EDLM

Préface

Inga Vesper l'exprime sans ambages : son troisième roman lui a été inspiré par la découverte d'une photo d'enfance de sa grand-mère faisant le salut nazi dans ce que l'on devine être un camp d'été de la Ligue des jeunes filles allemandes[1]. Il s'agissait de l'une des nombreuses organisations fondées par le pouvoir national-socialiste pour encadrer la jeunesse. Comme des millions de femmes, la grand-mère de l'autrice ne garde pas un mauvais souvenir de la période nazie : « Nous nous sommes bien amusés aussi, confesse-t-elle à sa petite-fille. Ce n'était pas si terrible. » Un aveu qui rappelle à qui veut l'entendre ce que fut la *force d'attraction* du nazisme – y compris auprès des femmes, pourtant brutalement assignées par le régime hitlérien à une fonction unique : la reproduction de la race. Si elle a tardé à être reconnue, cette force d'attraction est aujourd'hui l'un des principaux chantiers ouverts par une historiographie de plus en plus attentive à l'« agentivité »[2] des Allemands, autrement dit leur faculté à agir de manière intentionnelle, y compris dans un environnement

1. *Bund Deutscher Mädel.*
2. De l'anglais *Agency*.

contraint, et qui voit dans le Troisième Reich ce que l'historien Sven Reichardt a proposé de nommer une « dictature de la participation »[1].

Le « pouvoir d'agir » des femmes qui ont vécu sous le nazisme est au cœur du roman, que l'autrice choisit de situer juste après la « chute », dans le Berlin dévasté et occupé de l'immédiat après-guerre. Dans cette ville – et cette société – de l'effondrement, Inga Vesper observe la manière dont sept femmes allemandes ordinaires, traumatisées par les bombardements alliés et les viols perpétrés par l'armée russe, sous-alimentées et exténuées par les tâches de déblaiement de la ville en ruine, subalternisées par une armée d'occupation américaine qui pratique ouvertement la ségrégation raciale, sommées enfin de se confronter à leur passé dans le cadre de la dénazification, tentent de « réagencer » leur rapport à un monde dévasté. La force du roman, qui assume sa part de fiction mais demeure ancré dans la mémoire familiale de l'autrice, est d'ouvrir une fenêtre sur les profondes ambiguïtés de cette période de *transition* marquée par l'affrontement des mémoires, la lutte pour la survie et la redéfinition des normes – une période, donc, où s'entrechoquent un bref instant les trois temps de l'histoire – le passé, le présent et le futur.

Stéphane Füzesséry,
professeur agrégé et docteur en histoire

1. *Beteiligungsdiktatur* : dictature qui fait adhérer les individus à l'idéologie au travers d'organisations et d'activités.

Pour mon père, et l'avenir

Le jour où j'ai passé le portail du camp de concentration de Buchenwald et vu ce que j'ai vu… j'ai compris que la vie humaine était sacrée.

Leon Bass, soldat du 183e bataillon de combat du génie de l'armée américaine.

Notre abysse était sans fond.

Wolfgang Borchert, soldat de la Wehrmacht.

Vera

Caserne Roosevelt, 7 Augustaplatz,
zone d'occupation américaine de Berlin.

Les mots résonnent encore dans ma tête alors que je traverse la nuit glaciale.

Vous inquiétez pas, madame Klug, vous étiez pas si mauvaise.

Je resserre mon manteau de fourrure, tire sur ma cigarette et accélère le pas. Les rues défoncées sont difficiles à négocier avec des chaussures à talon, mais je dois m'éloigner au plus vite des Américains. Je veux m'éloigner d'eux et de leur condescendance à peine voilée, de leur mépris, même si je préfère encore ça à leur pitié.

Vous étiez pas si mauvaise.

Le papier est tout froissé dans ma poche. Mon « certificat Persil » – d'après le nom de la lessive. Il a été dûment rempli, approuvé et signé. Me voilà dénazifiée. Blanche comme neige. Catégorie IV, *Suiviste*.

Pourquoi le sergent chargé de mon entretien a-t-il été si aimable ? La plupart des Américains qui travaillent pour l'OMGUS[1] détestent ouvertement les Allemands. Je les comprends. Peut-être que j'aurais pu dire à l'un de ces hommes que sa colère était justifiée, que j'en méritais chaque atome. Mais ce sergent *LaBranch-je-sais-que-ça-sonne-français-mais-je-suis-cent-pour-cent-américain* essayait d'être gentil.

Ne vous inquiétez pas, contentez-vous de répondre à mes questions.

Nom : Vera Marie Klug
Nationalité : Allemande
Née le 10 août 1901 à Breslau, Allemagne
Adresse : 18 Hermannstrasse, zone occupée américaine, Berlin
Religion : aucune

Calmez-vous, madame Klug. Vous voyez, c'est pas si difficile.

Le clic-clic de la machine à écrire, le traducteur répétant mes réponses. Il était très jeune ; à peine vingt ans, j'imagine. Un gamin dégingandé aux yeux enfoncés, avec un léger accent anglais. Peut-être un prisonnier de guerre retenu en Belgique ou en Hollande alors que nous nous précipitions vers notre fin. Pas une fois il n'a croisé mon regard.

Membre du Parti national-socialiste des travailleurs allemands : Oui
Poste particulier : Aucun
Subdivisions fréquentées : Ligue nationale-socialiste des femmes, Chambre de la musique du Reich, Chambre du cinéma du Reich.

1. OMGUS : *Office of Military Government, United States*, gouvernement militaire de l'armée américaine institué en zone occupée par les Alliés après la victoire de 1945.

Une star de ciné, c'est ça ? Vous me signez un autographe ?

Une bourrasque de neige brouille ma vision et j'essuie les flocons tombés sur mon visage. Une jeune fille sort de derrière un tas de briques et me demande ma cigarette à moitié consumée – *bitte, bitte, s'il vous plaît*. Mais je poursuis mon chemin dans la nuit d'hiver – la dernière de l'année 1945. L'année de notre défaite, ou de notre libération – peut-être des deux.

Je hâte le pas et repère deux femmes qui traînent un banc d'église. Du bois pour faire un feu de joie, sans doute, ou simplement pour se tenir chaud. Un gamin en salopette de travail passe à vélo en actionnant frénétiquement sa sonnette. Un gramophone joue un quartet pour violons derrière l'une des rares fenêtres éclairées.

Je n'ai pas de montre, mais je sens qu'il est tard. Je devrais me dépêcher. Je chante ce soir *Chez Charlie* pour le réveillon du Nouvel An ; je dois me produire devant les soldats anglais, les « Tommies » et les soldats américains, les « Amis », qui sont loin de chez eux. Tous les occupants ont des petits noms, comme les Tommies et les Amis. Les Français sont juste les *Franzmann*, parce que les Allemands ne les ont pas combattus assez longtemps. Mais les Russes ont laissé leur empreinte sur le pays – une empreinte si terrible et brutale qu'ils sont devenus une invocation, comme Krampus ou Grendel. *Ivan*. Un nom évoquant une pure terreur.

Je n'ai pas envie de chanter, pourtant. J'ai l'impression que plus une note ne pourra plus sortir de ma bouche.

Une jeep surgit devant moi et je bondis sur le côté. Les quatre soldats qui l'occupent sont français. Ils ont dû abuser du champagne, leur conduite est imprévisible. Ils me dépassent et sifflent en direction des deux femmes qui traînent toujours leur banc. L'un d'entre eux crie quelque chose aux autres et le véhicule s'arrête en en faisant crisser ses pneus.

– Mesdemoiselles, hurle le soldat. Vous avez besoin d'aide ?

Les deux femmes échangent un regard.

– Oui, répond l'une d'elles. Et… des cigarettes, *ja* ?

Deux des soldats hissent le banc d'église à l'arrière et les deux femmes grimpent dans la jeep. Avec un peu de chance, elles dormiront au chaud.

Je regarde la voiture s'éloigner en hurlant tandis qu'une rafale de vent cinglante se glisse sous mon manteau.

Condamnations : Aucune
Dossier militaire : Aucun
Bénéfices obtenus en tant que membre du Parti : quelques rôles au cinéma, des contrats, de l'argent versé par le Parti des travailleurs

Maintenant, Mme Klug, c'est le moment de me dire ce qui vous est arrivé d'autre, ou ce que vous avez pu voir. Soyez honnête et je glisserai un mot en votre faveur. Tout va bien se passer.

Ma cigarette tombe de ma bouche. Ce qui m'est arrivé d'autre…

Il y a très longtemps, dans un autre monde, dans un pays appelé l'Empire d'Allemagne, j'ai regardé un fourgon filer en grondant dans la nuit et suis restée figée, frigorifiée, sans dire un mot alors qu'une douce musique de violons parvenait jusqu'à la rue et que des gens riaient. Alors, *il* a posé une main lourde sur mon épaule, sa chevalière scintillant sous un lampadaire. Il m'a dit, Vera, ne raconte ça à personne.

Ne gâche pas la fête. Tu ignorais qu'il était l'un des leurs, n'est-ce pas ? Que c'était une fichue vermine, une *verdammtes Judengeschmeiss*. Parce que si tu savais, tu as été idiote, Vera, et très vilaine.

Je passe un doigt sur mes paupières et frotte la neige qui s'y est déposée et fond désormais sur mes joues. Les nuages se déchirent et des étoiles apparaissent, sans vie et indifférentes, des millions d'étoiles, une pour chaque âme emportée dans un…

Vous étiez pas si mauvaise.

Je ne lui ai rien dit alors que j'aurais dû. C'était un devoir moral, ou divin, quoique j'aie cessé de croire en Dieu il y a bien longtemps.

Mais je me suis tue.

… pourquoi ?

Pour elles. Pour les femmes. Pour les survivantes. Avec l'espoir que je puisse encore faire le bien dans ce monde si froid.

Chapitre 1

Rike

Chez Charlie, 9 Kronenstrasse,
zone occupée américaine, Berlin.

– Nouvelle année, nouveau départ, lance Immi avec un sourire malicieux. Vive 1946 ! J'ai bien l'intention de remplir mon quota de gravats et de me gaver de raisin. Et vous, quelles sont vos résolutions ?

Rike voudrait répondre, mais elle reste muette. *Vos résolutions.* Quel sens a encore ce mot quand personne ne sait plus ce que l'avenir réserve ?

Elle finit par lever son mug de lait de poule maison.

– Boire jusqu'à oublier, mon amie.

– Oublier quoi, Rike ?

– Je ne sais même plus.

Immi éclate de rire et se plie en deux sur son tabouret branlant. Rike la regarde en vidant lentement son mug.

– Qu'est-ce qu'il y a de si drôle ?

– Toi, lui répond Immi en prenant sa main dans la sienne. Tu avais l'air presque sérieuse.

Le lait de poule colle aux parois de sa gorge. Elles l'ont préparé avec de l'alcool dénaturé, des œufs reconstitués et autant de sucre qu'une des bagues en or d'Immi avait permis d'en acheter. Ensuite, elles l'ont laissé reposer pendant trois jours le temps que ça fermente. Il a un goût de gant en caoutchouc usagé.

Rike fronce les sourcils.

– Tu ne te sens pas bien ? lui demande Immi.

– Si, répond-elle en s'efforçant de sourire. Je suis « oooh-kay », comme disent les Américains.

– *Oooh-kay* !

Rike remplit leurs mugs de lait de poule. *Boire pour oublier…*

Elle frissonne. Cet hiver est plus rude que tous ceux qu'elles ont connus et pour ne rien arranger, le mur gauche du bâtiment s'est effondré. Jupp, le propriétaire des lieux, a couvert le trou avec un rideau épais récupéré dans un cinéma, mais ce soir, celui-ci a été tiré pour permettre aux phares des jeeps américaines d'éclairer la piste. Les ombres des danseurs et des danseuses forment des traînées sombres sur les murs au son du gramophone.

– Vera devrait commencer d'une minute à l'autre, prévient Immi en observant les fêtards, les yeux brillants d'excitation. Si elle nous demande une chanson, qu'est-ce qu'on répond ? *Blue, blue eyes, come back to me* ?

Rike secoue la tête.

– Non, je déteste cette chanson.

Elle lui fait penser à Heinz, qui avait des yeux bleus, très bleus, et ne reviendra jamais.

– Je me sens toute bizarre, ajouta-t-elle dans un murmure. Il fait tellement froid.

– Chut, lui intime Immi en tendant le cou. Elle va commencer.

Deux Américains écartent les danseurs alors qu'un troisième va éteindre le moteur de la jeep. Le bar se retrouve plongé dans l'obscurité.

Il y a un moment de silence, perturbé par le seul ronron du petit générateur dans le coin de la pièce. Derrière le comptoir, Jupp est une ombre dont le bras remue lentement. Il appuie sur l'interrupteur...

Vera Klug apparaît alors dans un flash de lumière, immobile sur la scène, vêtue d'une robe bleu argenté qui étincelle comme de la neige. Ses yeux aux paupières lourdes sont fixés sur un point indéterminé du mur manquant. Elle a l'air nostalgique et les coins de ses lèvres pourpres sont crispés. *Qu'est-ce qui cloche chez elle ?*

Rike jette un œil à Immi qui paraît subjuguée par la présence de la chanteuse. Son amie ne semble pas remarquer l'étrangeté du regard de Vera, le tremblement anormal de ses mains. On dirait une ombre dans la lumière – une ombre qui refuse de fuir.

Puis Vera repère les deux femmes. Elle leur adresse un petit sourire, puis un vague clin d'œil.

La foule s'agite. Les hommes tapent du pied et les femmes frappent dans leurs mains.

– Ve-ra, Ve-ra. Vas-y, ma belle !

Jupp s'approche du gramophone et enclenche le mécanisme. La mélodie résonne dans le bar. Vera inspire profondément, ferme les yeux, pose une main sur sa poitrine et chante en allemand.

Voici notre heure, le destin a sonné la fin. Pourtant, nous n'avons jamais cru que notre amour serait si difficile à soigner...

Les soldats américains retiennent leur souffle alors que la plupart ne comprennent probablement rien. C'est sans doute mieux comme ça, car Rike est sûre que l'OMGUS n'apprécierait pas que Vera chante une vieille chanson d'ici.

Nos cœurs sont tristes et se demandent pourquoi c'est terminé. Un homme cherche une réponse, mais le destin reste silencieux.

Vera appuie sur sa poitrine, ferme les yeux et la voici à nouveau – cette ombre qui tourbillonne dans sa voix. Rike se mord la lèvre.

Warum musste es enden ? Warum ?

Le choix de cette chanson est tellement étrange. La fin de l'année est généralement propice à l'évocation du passé, mais cette année est particulière. Cette année, il faut oublier. Pendant une fraction de seconde, Rike peut à peine résister à l'envie de se précipiter sur la chanteuse pour lui arracher le micro des mains. *Arrête de chanter ça. Tu détestes les chansons tristes. Dis-moi ce qui ne va pas.*

Pourtant, elle reste assise.

Quand le morceau s'achève, le public soupire à l'unisson. Vera incline la tête et entonne un air joyeux.

Hein Mück de Bremerhaven est loyal envers toutes les femmes…

– *L'une est à La Havane, l'autre à Hawaï*, fredonne Immi. *Même à Nagasaki, attend un papillon.*

Les Américains chuchotent ; un de leurs officiers observe Jupp, le barman. Celui-ci fait un signe à Vera qui termine rapidement sa chanson.

Immi voudrait disparaître sous son manteau.

– Oups, murmure-t-elle.

Et, l'esprit embrouillé par le froid et le lait de poule, Rike songe à Cuba, à Hawaï et à Nagasaki. Des endroits chauds et lumineux, des centaines de milliers de morts… *Reste-t-il un endroit sur la Terre qui n'ait pas été touché ?*

Vera chante ensuite une composition de Peggy Lee puis, avec un clin d'œil complice, le dernier succès de Vera Lynn. Les soldats ne tardent pas à l'accompagner, leurs voix rauques ruinant ses trémolos.

Enfin, elle avance sur le devant de la scène.

– Encore quelques minutes, lance-t-elle en anglais avec un fort accent allemand, et nous commencerons cette nouvelle année en paix.

Sa voix est basse, presque éraillée.

– Il n'y aura plus de nazis en 1946.

Les Amis applaudissent. Immi se penche au-dessus de la table et tire sur la manche de Rike.

– J'ai entendu dire que le Conseil de contrôle allié[1] allait bientôt nous rendre certaines responsabilités administratives.

– Ils pensent donc que nous pouvons être à nouveau un pays ?

– Non, pas encore. Mais ça signifie peut-être que je pourrai enfin savoir ce qui se passe chez moi.

Rike empoigne son mug. Elles ont terminé le lait de poule.

– C'est ici chez toi, dit-elle un peu trop fort. Au 18 Hermannstrasse, à Berlin. Dans le grand nulle part.

– Le grand nulle part, tu parles d'un endroit.

Sur la scène, Vera égrène les secondes : *Dix, neuf, huit…*

Rike saisit la main d'Immi alors que les Américains se mettent debout. *Sept, six, cinq, quatre…*

Elles se regardent et sourient. *Trois, deux, un…*

– Bonne année !

Les verres s'entrechoquent. Les applaudissements retentissent à travers la ville plongée dans la pénombre. Les Amis tapent du pied et soudain, sans prévenir, Immi enlace Rike qui commence par se raidir avant de se laisser aller et d'embrasser son amie sur les lèvres. 1946. Puisse cette année être une bonne année.

Vera tape sur son micro et le son se répercute dans la salle comme un coup de feu.

1. Le Conseil de contrôle allié est l'organe gouvernemental mis en place par les Alliés après 1945 pour administrer l'Allemagne occupée.

– Et maintenant, si nous dansions ? Mesdames, je vous laisse choisir vos cavaliers.

Immi enlève son manteau et se dirige vers un jeune homme installé au bar qu'elle entraîne sur la piste comme si c'était le geste le plus naturel du monde.

Rike reste en retrait. Elle a si froid aux pieds qu'elle a perdu toute sensation ; et les hommes sont tellement ivres et bruyants… De plus, danser l'obligerait à parler et à répondre à de drôles de questions. *Mon Dieu, ce que vous êtes grande ! Où avez-vous appris l'anglais, mademoiselle ?*

Et il y a cet air étrange sur le visage de Vera qu'elle ne parvient pas à oublier. Elle ferait mieux de la surveiller. *Au cas où…*

Le gramophone joue les premières notes de *The Moon Night Over Cuba* et Vera fait onduler ses hanches recouvertes de paillettes argentées. Elle signale à Jupp que son verre est vide avant d'adresser à la foule un regard langoureux.

– Amusez-vous bien, mes chéris, roucoule-t-elle.

Puis elle se remet à chanter.

Chapitre 2

Rike

Les coups frappés à la porte s'insinuent dans la conscience de Rike, la plongeant dans une pure panique. La voici revenue aux derniers jours. Les Russes avancent, ils sont presque là, et deux officiers SS font irruption dans l'appartement qu'elle partage avec Frau Kleinert en arrachant leurs uniformes.

Brûlez ça, mesdames, et fichez le camp. Allez vous rendre. Ça nous donnera quelques minutes. Pour la gloire du Reich.

Elle s'assied dans son lit et s'agrippe à ses draps, peinant à respirer... Nous sommes en 1946, et Frau Kleinert est morte. Rike vit désormais avec Vera et les autres femmes et...

Oh, elle a beaucoup trop bu la nuit passée.

Les coups reprennent, de plus en plus forts.

– Ouvrez la porte, tonne une voix d'homme.

Encore à moitié endormie, Rike attrape son affreux manteau noir taillé dans un uniforme de la Wehrmacht et enfile ses chaussettes les plus chaudes.

La maison est glaciale et son souffle forme un petit nuage quand elle pose le pied sur le palier. La lumière maussade qui se glisse entre les fentes des volets dessine des lignes sur le parquet.

Elle descend l'escalier grinçant jusqu'à la cuisine. Cette maison qu'elle partage avec Vera, Immi et les autres femmes était autrefois une pension pour célibataires. Il y a deux appartements à chaque étage, chacun avec deux chambres. Seuls les deux premiers niveaux sont habités, cependant. Le rez-de-chaussée est occupé par une boutique aux murs gorgés d'humidité ; une bombe a arraché la toiture et le troisième étage n'est plus fréquenté que par les corbeaux.

Immi, dans la cuisine, regarde à travers les lattes clouées à la fenêtre. Dans l'obscurité, Rike ne distingue que son dos. Ses épaules sont voûtées et sa posture furtive, comme celle d'un chat qui s'apprête à s'enfuir. Une latte du plancher craque et Immi sursaute.

– Oh, murmure-t-elle, c'est toi.

Elle pose un doigt sur ses lèvres, *chut*.

– Qu'est-ce qu'il y a ?

– C'est…

Des larmes coulent sur les joues d'Immi.

– Je ne sais pas comment c'est possible. C'est lui…

– Lui ?

Rike s'approche de la fenêtre. Une silhouette, encore floue dans la faible lumière du matin, observe la maison depuis la rue.

– Ouvre, crie l'homme. Je sais que tu es là.

Immi attrape la main de Rike, comme si elle avait senti un danger.

– *Oh, mein Gott*. Que dois-je faire ?

– Qui est-ce ?

Elle secoue la tête.

– C'est Ernst. Je dois lui parler.

Elle s'élance dans l'escalier et on entend des jurons étouffés lorsqu'elle repousse la lourde commode qu'elles utilisent pour sécuriser la porte d'entrée pendant la nuit. Rike la suit, hésitante, et la rejoint au moment même où Immi ouvre la porte. Une rafale de vent glacé entre et s'enroule autour de ses jambes nues.

L'homme porte un manteau vert de la Wehrmacht et un chapeau bien enfoncé sur le front. À la vue d'Immi, une lueur s'allume dans ses yeux.

– Irmgard, chérie…

Immi s'approche de quelques pas. Elle tremble comme une enfant.

– Ernst ?

– Mon épouse adorée…

L'homme se porte à son niveau et la serre contre lui. Ou plutôt, il jette ses bras autour de ses épaules et s'y accroche comme à une bouée. Immi reste stoïque, cependant. Elle finit par lui caresser gentiment le dos.

Rike serre les poings en prenant conscience de la situation. La maison est réservée aux femmes célibataires. Ni homme, ni amant, ni petit ami ; Vera a été très claire.

Elle s'apprête à refermer la porte et Immi lui adresse un regard paniqué en s'arrachant aux bras de l'homme.

– Attends ici, dit-elle. Je dois juste…

– Je suis si content de t'avoir retrouvée, ma chérie, lui répond-il.

– Je sais, mais… Attends ici.

Elle se précipite à l'intérieur et fait claquer la porte derrière elle.

Chapitre 3

Rike

Gisela a assisté à la scène depuis la fenêtre de la cuisine.

– Immi, lance-t-elle alors que les deux femmes entrent à l'intérieur. Qu'est-ce que c'était que ça ?

– C'est… c'est mon…

– Crache le morceau, lui dit Rike, furieuse, en croisant les bras.

– Mon mari, reconnaît Immi d'une voix tremblante. Ernst.

Il y a un *monsieur* von Kadelburg ?

– En fait, il s'appelle Mückler. Je pensais qu'il… Il n'a donné aucune nouvelle.

– Tu ne portes pas son nom ?

– Je ne voyais pas pourquoi j'aurai dû.

– Parce que tu connaissais les règles, tranche Gisela. Pas de femme mariée. Pas d'homme.

– Il était parti et…

– Peu importe, la coupe Rike en s'efforçant de garder son calme. Tu aurais pu rester auprès de sa famille, ou demander à l'UNRRA de le retrouver pour qu'il prenne soin de toi. Tu n'es pas *obligée* de vivre ici.

L'Administration des Nations Unies pour le secours et la reconstruction recherche les disparus. Et trop souvent les morts.

– Si, dit Immi en fondant en larmes. Je vous en prie. Je vais… je vais lui demander de partir.

Un coup contre la porte ponctue ses paroles et Rike dévisage Gisela. Elle a pâli et se balance d'un pied sur l'autre. L'homme qui attend dehors a fait d'Immi un danger, une menace pour le fragile équilibre qu'elles ont bâti entre ces murs.

– Ouvre la porte, salope !

Un bruit sourd, assez fort pour faire trembler la fenêtre, résonne en bas.

– Laisse-moi entrer !

Les escaliers grincent et Vera pénètre dans la pièce. Elle porte un pantalon à taille haute, un chemisier en soie et un chandail en tweed, comme si elle s'apprêtait à partir en week-end dans la campagne anglaise plutôt qu'à la recherche de charbon dans les rues de Berlin.

Elle ne semble pas avoir besoin d'explications.

– Un mari, dit-elle froidement. Tu croyais qu'il était mort ?

– Je ne savais pas…, murmure Immi.

– Tu n'as pas signalé sa disparition ?

– Non, je…

– Tu es en contact avec sa famille ?

– Non.

Les coups sur la porte s'intensifient. Vera dévisage Immi et ses yeux s'assombrissent.

– C'est tout ce que j'ai besoin de savoir.

Elle marche à grands pas vers la porte qu'elle ouvre à la volée.

– Herr von Kadelburg ?

Le mari d'Immi paraît petit à côté d'elle. Il fronce les sourcils et tente de voir à l'intérieur.

– Je m'appelle Mückler. Où est ma femme ?

– Votre femme est actuellement indisponible, lui annonce Vera d'une voix calme mais sans appel. Repassez dans quelques jours, s'il vous plaît, quand elle aura eu le temps d'analyser la situation.

– Analyser quoi ? réplique-t-il avec une grimace. Laissez-moi passer. J'ai froid.

– Vous ne pouvez pas entrer.

– J'ai faim. Et j'ai besoin de ma femme.

– Cette maison est interdite aux hommes.

Il lâche un grognement, révélant des dents jaunies.

– Je m'en contrefiche. Laissez-moi entrer.

– Pas question.

– Immi, hurle-t-il. Amène-toi. Je suis venu à pied d'Alsace pour te retrouver. Qu'est-ce que c'est que cette histoire ?

Rike regarde Immi pleurer en silence en secouant la tête.

– Je suis désolée, susurre cette dernière. Je ne peux pas…

– Sors de là ! hurle-t-il en attrapant les bras de Vera. Amène tes fesses, espèce de folle. Immi, viens ici. Obéis !

Rike bondit en avant mais Vera lève une main pour la stopper.

– C'est une situation délicate, dit-elle sans perdre son sang-froid, malgré la colère de Mückler. Laissez à votre femme le temps de réfléchir, s'il vous plaît.

– Il n'y a rien à réfléchir. J'ai besoin de manger et d'un lit chaud. J'ai besoin qu'on s'occupe de moi.

– Elle aussi.

– Qu'est-ce que ça peut me faire ?

Rike s'appuie contre la porte de tout son poids.

– Vous êtes trop émotif pour qu'on puisse discuter, tranche Vera. Repassez dans quelques jours, Immi aura pris sa décision.

– Quelle décision ? tonne-t-il en remuant les poings en vain. Elle n'a pas le choix.

– On a toujours le choix, lui répond Vera. *Auf Wiedersehen*, Herr Mückler.

Les deux femmes referment la porte juste à temps – Ernst Mückler se jette dessus trop tard. Mais elles se sont déjà entraînées à des situations comme celles-ci. Au début. Quand elles craignaient les soldats russes, les ivrognes ou les vagabonds. Rike actionne le verrou et Vera fait glisser la commode devant la porte. Puis elle coince un livre sous la poignée pour la bloquer.

– Voilà, conclut-elle. Il finira par se lasser. Les imbéciles se lassent toujours.

Dans la cuisine, Immi est en larmes. Rike passe un bras sur son épaule et lui murmure que ça va aller, mais elles continuent d'entendre le mari crier en tapant contre la porte. Sa voix est enrouée comme s'il avait passé sa vie à hurler.

– Je t'aurai ! Je reviendrai et je foutrai le feu à cette baraque ! Je vous enfumerai et vous serez obligées de sortir. Pas étonnant qu'on ait perdu cette guerre avec des vipères pareilles. Vous allez voir ce qui vous attend. J'ai connu l'enfer, mesdames ! Et je suis aussi capable de le provoquer !

* * *

Il est midi passé et Rike n'a pas fermé l'œil depuis vingt-quatre heures. Ses paupières sont lourdes. Elle se pince. *Relève le menton. Des pensées fortes.* Autrefois, à l'époque où les bombes tombaient et où tout s'écroulait, elle pouvait se priver de sommeil des jours durant. Le temps s'arrêtait et repartait dans un silence haletant et un bruit assourdissant, et elle restait éveillée, toujours éveillée. Alors pourquoi est-ce devenu si difficile ?

Klara entre dans la cuisine, les cheveux entortillés sur des rouleaux fabriqués à partir de vieux bouchons de bouteille.

– Du nouveau ?

– Rien encore.

Elles ont fait le guet toute la nuit et une bonne partie de la journée, mais Mückler n'est pas réapparu.

– Immi et Vera sont revenues ?

– Non, pas encore.

Un craquement se fait entendre dans l'escalier. Gisela apparaît et descend prudemment. Elle s'assoit et soupire.

– Quand pensez-vous que nous aurons des nouvelles ?

– La police est sous l'eau, répond Rike. Hier, ils étaient de garde pour le Nouvel An et aujourd'hui, ils doivent avoir deux fois plus de cas à traiter. Vera et Immi en ont pour plusieurs heures.

Gisela acquiesce.

– Il y a quelque chose à manger ?

Klara se dirige vers le plan de travail et découpe une tranche de pain rassis. Elle y étale les 15 grammes réglementaires de margarine enrichie fournie par la Croix-Rouge. La tartine est destinée à Gisela, mais Rike fixe l'assiette que Klara dépose sur la table. *Margarine enrichie.* Ces simples mots suffisent à lui contracter l'estomac.

– Nous devrions en parler aux Américains, reprend Gisela. Si la police refuse de nous aider.

– Les Américains s'en fichent, répond Klara. Ils n'ont rien fait pour mon frère.

– Mais c'est différent, il y a des centaines de milliers de disparus. Le mari d'Immi est venu nous menacer chez nous.

– Ils sont incompétents.

Gisela mâche lentement et observe Klara qui défait ses cheveux.

– Tu es très belle aujourd'hui. Tu as…

– Oh, les voilà !

Un mouvement dans la rue attire l'attention de Rike – Immi et Vera se dirigent vers la maison. Elle penche la tête, tentée de lire sur le visage de Vera si leur plan a fonctionné.

Vera a toujours l'air de savoir ce qu'elle fait, de tenir le monde dans la paume de sa main. Lors de sa prestation *Chez Charlie*, pourtant, le soir du Nouvel An, elle était différente. Rike ne peut s'empêcher de repenser à son regard. Elle n'avait pas l'air confiante. *Elle avait l'air maudite.*

La porte d'entrée grince et se referme en claquant. Vera déboule dans la cuisine vêtue de son long manteau de fourrure qu'elle jette sur une chaise avec nonchalance, telle une reine germanique. Elle observe les autres en fronçant ses lèvres rouges.

– Ils ne feront rien.

Immi se glisse derrière elle et s'effondre sur une chaise.

– Il n'a pas été *vraiment* violent, murmure-t-elle. Ils disent qu'il n'y a aucune raison de l'arrêter.

– Mais il a menacé de mettre le feu à la maison ! Il est dangereux, dit Rike le souffle court.

– Ils m'ont conseillé de me réconcilier avec lui et d'être gentille. Ils m'ont dit qu'il avait besoin de sa femme.

– Quelle bande d'idiots !

Vera ouvre son étui à cigarettes français et en extrait une Reemtsma.

– Je crois qu'il va falloir prendre les choses en main.

Klara se tourne vers elle.

– Comment ?

– J'ai un vieil ami qui peut nous aider.

– Qui ?

Vera tapote le côté de son nez.

– Les secrets qui s'écoulent peuvent couler des navires...

Rike sent son estomac se nouer. De vieux amis, des secrets révélés... *Vera n'aurait pas*... Elle ne peut pas avoir conservé des liens avec le régime, si ?

Mais Klara interrompt ses pensées.

– Est-ce qu'il faut toujours surveiller la fenêtre ? C'est juste que je dois me rendre quelque part.

Vera acquiesce.

– Un endroit important, semble-t-il.

– C'est à propos de mon frère. J'ai reçu une lettre de l'UNRRA ce matin.

Toutes relèvent la tête.

– Ils l'ont retrouvé. Il est au camp de déplacés de Düppel. Je dois y passer cet après-midi.

Gisela cesse de mâcher.

– Oh, Klara, c'est formidable.

– Ils ne m'ont pas dit comment il allait. J'espère que mon petit Ulli s'en est bien sorti. Il pourra vivre avec nous, Vera ?

Cette dernière expire la fumée de sa cigarette et réfléchit un instant avant de répondre d'une voix ferme :

– Non, Klara. Tu connais les règles : pas d'hommes ; pas de frères, de maris ou d'amants. Cette maison est réservée aux femmes.

Klara se moque.

– Que fais-tu de Tilly ?

– C'est différent.

– C'est un homme, lâche Klara avec un petit rire.

– Elle ne se considère pas comme un homme. Elle n'a que quatorze ans. Tilly est trop jeune pour représenter la moindre menace.

– Tu te moques de moi ? Ces maudites Jeunesses hitlériennes étaient les pires. Si Tilly peut habiter ici, alors mon frère aussi.

– Très bien. Débattons-en, alors, comme dans une vraie démocratie.

D'un geste de sa cigarette, Vera les désigne toutes l'une après l'autre.

– Laquelle d'entre vous veut commencer ?

Elle s'arrête sur Rike.

– Qu'est-ce que tu en penses ?

Rike ne sait pas bien quoi répondre. Tilly est… étrange, c'est un fait, mais il aide à faire le ménage et reste dans son coin. Rike n'approuve pas le reste, bien sûr : les foulards en soie, les clips aux oreilles, le rouge à lèvres… Mais si Tilly quittait cette maison, où irait-il ? À la rue, évidemment. La ville est remplie de garçons comme lui. Des gamins aux yeux vides âgés d'à peine douze ou treize ans qui volent dans les magasins, font les poches des passants. Les plus désespérés traînent sur Invalidenstrasse, la chemise ouverte, prétendant vendre des cigarettes. *Hé, monsieur, vous voulez une taffe ?*

Elle s'éclaircit la gorge.

– Tilly ne gêne personne.

– C'est exact, répond Vera en allumant une nouvelle cigarette. Écoutez-moi bien : autrefois, tous les Tilly de ce monde étaient les bienvenus à Berlin. Avant que les Chemises brunes n'arrivent au pouvoir, cette ville était remplie d'hommes qui vivaient comme des femmes et de femmes qui vivaient comme des hommes, de gens qui vivaient comme ils le voulaient. Il y avait de l'art et de la musique, on dansait et on faisait l'amour.

Elle soupire.

– Berlin était lumineuse, à cette époque. Si nous voulons retrouver ça, nous devons protéger tous les Tilly. Nous devons aider les plus faibles. Nous devons apprendre l'amour, le pardon et la tolérance.

Klara se mord les lèvres.

– Et pourquoi ne pas tolérer mon désir de ne pas le tolérer, lui ?

– Très drôle, réplique Vera en rejetant la tête en arrière. Pense à tout ce que Tilly tolère venant de toi. Tes critiques incessantes. Tes regards narquois. Tes « erreurs » quand tu comptes les pommes de terre pour qu'elle en ait moins. Tilly *te* tolère. Si nous voulons mettre le passé derrière nous, si nous voulons que notre pays émerge un jour de cette ombre affreuse déployée au-dessus de nos têtes, nous devons commencer par changer nous-mêmes. Par respecter la douleur d'autrui, par accepter ce que nous sommes et… ce que nous avons fait. C'est à ça que sert cette maison. Mais nous ne pourrons pas être libres tant que nous aurons peur. Et par conséquent, nous ne pouvons pas accueillir d'hommes et nous ne pouvons pas faire d'exception. Alors si l'une d'entre vous n'est pas d'accord, elle peut aller se faire voir. La porte est juste là.

Rike serre les poings et ses ongles lui rentrent dans la peau. Elle garde les yeux fixés sur le ventre de Gisela qui ondule avec les mouvements du bébé.

Vera jette le mégot de sa cigarette dans le four.

– C'est bien ce que je pensais, dit-elle froidement. Rike, tu viens me faire la lecture pendant que je me refais une beauté ?

Chapitre 4

Rike

Rike la suit le cœur battant. *Pourquoi moi ? Est-ce que j'ai fait une bêtise ?*

Vera ouvre la porte de sa chambre à la volée et se laisse tomber sur la chaise de sa coiffeuse où elle attrape son exemplaire de *True Detective*.

– Voilà. Je voudrais en apprendre un peu plus à son sujet.

La couverture du magazine montre une jeune femme avec un chapeau en dentelle orné de roses. Elle fixe le lecteur alors qu'une de ses mains gantées s'élève pour masquer ses yeux et que ses lèvres rubis s'écartent dans un cri silencieux. Rike traduit le gros titre : *L'Erreur fatale d'une reine de beauté bafouée.*

Vera se démaquille et applique sur sa peau une gelée laiteuse en guise de crème hydratante. Elle a les traits tirés. Elle allume la lampe de sa coiffeuse et sort une brochure d'un tiroir.

– Tiens, regarde ça plutôt.

C'est un des pamphlets que les Amis distribuent avec les rations de farine. *Ces atrocités sont votre faute !* proclame-t-il en grosses lettres noires.

Rike essaye de ne pas regarder, mais Vera lui met la brochure entre les mains. La première photo, prise à

Buchenwald, montre un tas de cadavres, tout en cartilages et tendons. Sur la deuxième, plusieurs soldats SS se tiennent, souriants, autour d'une fosse commune à Stutthof – cadavres noircis et putréfiés par le soleil. La légende précise : *Le résultat d'une "chasse au lièvre" au cours de laquelle des Juifs en fuite sont tués pour le plaisir*. Figure aussi une photo de survivants qui tiennent à peine debout sur leurs genoux gonflés et déformés. Leurs joues sont si creuses qu'on dirait des squelettes.

Vous avez regardé sans rien dire et toléré cela, peut-on lire. *Il est temps d'assumer votre responsabilité.*

– Je croyais bien faire.

Rike chiffonne la brochure. Elle a de nouveau l'estomac noué. *Ses vieux amis…*

– Qu'est-ce que tu veux dire ?

Vera se frotte le visage du bout des doigts pour appliquer sa crème. *Tap, tap, tap…* aussi agile qu'un pianiste. Rike est incapable de décrypter son regard.

– Écoute, ma chérie, il faut que je ressorte. Je ne rentrerai peut-être pas dormir ici, selon la tournure des événements.

Dans l'estomac de Rike, le trou se creuse.

– Qu'est-ce que tu comptes faire ?

– Ce pour quoi je suis douée, répond Vera avec une petite moue. Jouer la comédie.

– Vera, je… je suis inquiète. Qu'est-ce qui ne va pas ?

– Beaucoup de choses ne vont pas dans ce monde. C'est à nous de les réparer.

– Vera…

– S'il te plaît, dis aux autres de ne pas s'inquiéter. Venez *Chez Charlie* demain soir. Et emmenez Tilly, elle a besoin de sortir.

Elle ferme les yeux et se masse lentement les tempes. La crème laiteuse n'atténuera pas ses rides, pourtant. Rike l'observe et sent la tristesse s'emparer d'elle, ce sentiment étrange que quelque chose ne tourne pas rond. *Elle est vieille. Sa beauté a été abîmée par les années pour toujours.*

Vera hausse les épaules et attrape son rouge à lèvres.

– Demain, tout sera terminé, dit-elle. On écoutera de la musique. Les chansons, la danse et l'alcool sont les meilleurs remèdes contre la douleur.

Elle sourit et la pièce s'éclaire autour d'elle.

* * *

Chez Charlie, la fête bat son plein. Jupp a amplifié le son du gramophone grâce à un tambour d'acier et la musique est si forte qu'elle étouffe presque les conversations. Immi observe les danseurs, mais Rike ne peut s'empêcher de fixer la porte par laquelle Vera va apparaître, *doit apparaître*. Elles n'ont plus de nouvelles depuis son départ, hier, et cela commence à l'inquiéter. Elle s'apprête à demander l'heure à Immi quand elle aperçoit Klara pénétrer dans le bar et s'arrêter, confuse. Elle semble regarder à travers la foule, comme si elle peinait à croire ce qu'elle voyait : les couples de danseurs, la musique nasillarde, l'éclat des boutons en laiton dans la lumière.

Immi lui fait signe et elle sursaute. Puis elle fourre ses mains dans les poches de son manteau et avance vers elles d'un pas décidé.

Rike lui tire une chaise.

– Pourquoi tu fais cette tête ?

– Il n'était pas là, répond Klara d'une voix cassée. Mon frère… Il n'est pas dans le camp. J'ai cherché partout, mais personne ne l'a vu.

– Je pensais… Est-ce que l'UNRRA sait quelque chose ?

Klara ne semble pas l'avoir entendue.

– Oh, j'avais tellement d'espoir. Ulli est la seule famille qui me reste.

Elle enfonce son visage dans ses mains.

– Je suis désolée, lui dit Immi en passant son bras autour de ses épaules. Je suis sûre que tu vas le retrouver...

– Non, tu ne comprends pas. Pourquoi tout est devenu si horrible ? Ça ne s'arrêtera donc jamais ?

Rike déglutit.

– Les Alliés font revenir des milliers de prisonniers de guerre et de réfugiés tous les mois. Il y a encore un espoir.

– Il n'y a plus d'espoir. Et je suis si lasse de toutes ces... humiliations. Faire la queue, implorer, attendre...

Klara relève la tête et regarde Rike, les yeux gonflés de larmes.

– Nous avons assez souffert comme ça.

– Klara, intervient Rike d'une voix qu'elle voudrait aussi ferme que celle de Vera. Ça va ? Tu veux que je te raccompagne à la maison ?

Klara s'essuie les yeux.

– Je leur ai laissé mon adresse. Mais qui sait si la maison tiendra encore debout dans les prochaines semaines.

– À cause du mari d'Immi ? Vera a dit qu'elle s'en occupait.

– Vera se croit toujours capable de tout résoudre.

– Elle doit avoir des amis influents, dit Rike en baissant la voix. Tu sais, de *vieux* amis.

– Oh, je vois... Bon sang, j'ai besoin d'un verre.

– Je te rapporte quelque chose à boire, lui dit Immi.

Elle jette à Rike un regard impuissant avant de s'éloigner.

– Où sont les autres ? demande Klara.

– Margit et Gisela n'ont pas voulu venir. Margit a dit qu'elle avait du rangement à faire. Et Gisela... tu sais comment elle est. Elle ne marche pas beaucoup, ces jours-ci. Mais Tilly est là-bas.

Rike fait un geste en direction du bar. L'adolescent porte une paire de boucles d'oreilles clipsées qu'il a empruntées à Vera et un foulard de soie vert.

Klara a un sourire étrange.

– Est-ce que Vera dit la vérité quand elle affirme que Berlin était remplie de gens comme lui ?

– Je n'en sais rien. Je ne suis arrivée ici qu'en 1942, quand j'ai commencé à travailler pour le ministère des Postes du Reich. J'ai grandi à Mannheim. Je ne connais pas bien Berlin.

– En tout cas, maintenant, on connaît cette ville mieux qu'on ne le voudrait, dit Klara avant d'éclater d'un rire creux. Tu vois ces ruines derrière le bar ? Est-ce que tu sais ce qui s'y est passé ?

– Non, répond Rike avec appréhension.

Elle n'a aucune envie d'entendre parler de guerre et de misère. Elle est ici pour s'amuser, pas pour s'atermoyer.

Mais Klara en a décidé autrement.

– C'était un centre commercial, le Kaderkauf. Vingt-cinq familles se cachaient dans le sous-sol durant les dernières nuits de bombardement. Des mères et leurs enfants, principalement. La conduite d'eau a été touchée et la cave a été inondée. Personne n'a entendu leurs cris à cause des hurlements des sirènes et du bruit des avions. Et puis une bombe est tombée dans la bouche d'aération, faisant bouillir l'eau à plus de mille degrés.

– Oh..., lâche Rike en serrant les poings.

– Je suis passée tout près quelques jours plus tard. Les Russes surveillaient le quartier. Ils remontaient leurs cols sur leur nez pour éviter l'odeur des corps brûlés. On aurait dit de la mélasse.

Klara frémit.

– Les Russes rigolaient. Ils appelaient ça la *soupe de nazis*.

Soudain, un murmure grossit dans la foule. Vera est apparue. Elle porte sa robe argentée et son collier scintille dans la lumière. Rike se tord le cou pour la voir. Une fois de plus, elle est frappée par cette sensation de terreur. Vera n'est pas comme d'habitude. Elle a l'air fatiguée, certes, mais il y a autre chose. Son expression semble vide, comme si le monde autour d'elle avait cessé d'exister. Puis la musique reprend. Vera redescend sur terre et sa voix s'élève jusqu'au ciel noir.

Immi est de retour avec une bouteille de Coors. Au moment où elle s'assoit, un jeune homme à lunettes s'approche. Il a cet air arrogant typique des Américains ; il sent le chewing-gum et l'après-rasage.

– Que diriez-vous d'une danse, Fräulein ? propose-t-il en s'inclinant légèrement.

Rike réprime un sourire. *Fräulein*. Le pauvre gars ne se doute évidemment pas qu'elle est mariée…

Immi glousse, prend la main de son cavalier et ils disparaissent sur la piste de danse en bousculant Tilly qui virevolte au bras d'un jeune homme avec une casquette de l'armée française. Klara les regarde s'éloigner d'un œil soupçonneux.

– Je crois que je vais rentrer, dit-elle lentement. Ce n'est pas mon jour.

Rike se sent soudain très seule. Vera a sans doute raison. Elle ne peut pas passer sa vie à rester assise et à se soucier de situations contre lesquelles elle ne peut rien. Boire et danser lui apporteraient probablement plus de réponses que remuer le passé.

Jupp change le disque et la voix de Vera résonne de nouveau dans le ciel nocturne, douce comme du miel. *My Dreams are getting better all the time*… Sans le vouloir, Rike croise le regard d'un Tommy. Il est un peu plus vieux qu'elle, avec une moustache grisonnante, mais il semble capable de danser un fox-trot sans écraser les pieds de sa cavalière. Et pour l'heure, elle n'en attend pas plus d'un homme.

Elle relève la tête et lui sourit. Il dit quelques mots aux deux hommes qui l'accompagnent, puis se lève et défroisse son uniforme. Rike vide sa bouteille, se passe une main dans les cheveux, et laisse les choses suivre leur cours.

* * *

Plus tard, les choses ont effectivement suivi leur cours, mais pas comme elle l'avait imaginé.

Elle titube dans la rue, pas très stable sur ses pieds. Le Tommy, un major dénommé Hicker-trucmuche, lui a payé une vodka et s'est montré gentil. Au début, en tout cas. Il l'a laissée s'asseoir dans sa voiture et fumer pendant qu'il terminait son verre, et il faisait si doux et chaud à l'intérieur qu'elle n'a pas dit non lorsqu'il lui a proposé un autre verre.

Votre anglais est excellent, mademoiselle.

Il lui a proposé de la raccompagner chez elle, mais il n'a pas pris le bon chemin. Elle a d'abord eu peur. Puis l'inquiétude a laissé place à la colère.

Le major Hicker-trucmuche l'a taxée d'ingrate et l'a plantée quelque part à l'ouest de Pariser Platz. C'est pour ça qu'elle retourne à pied *Chez Charlie*, désormais, l'estomac gargouillant d'alcool et de nicotine. Elle boite, en plus, car elle s'est coincé un talon sur un rail de tramway et s'est tordu la cheville.

En dépassant un tas de gravats, elle aperçoit des ombres derrière les ruines, des silhouettes qui détalent sous le ciel noir, et soudain, la terreur s'empare d'elle. La terreur d'un monde en ruine et d'affreuses profanations.

Tu es saoule, Rike. Il n'y a plus de Ivans qui jaillissent des fissures de la ville, plus de caves sombres débordant de douleur.

Le bar apparaît enfin, son rideau ondulant comme l'eau d'un marais. L'endroit est plongé dans le noir, maintenant ; il n'y a plus aucune jeep garée dans la rue pour l'éclairer. Elle marche jusqu'au mur effondré et jette un œil à l'intérieur. Vide. *Immi, espèce de traîtresse. Tu étais supposée m'attendre.*

Un bruit attire son attention. Un bruit étrange et traînant, comme si quelqu'un rampait sur des cailloux. Peut-être que Jupp dort derrière le bar, cette nuit ; ça lui arrive, pour décourager les voleurs…

Rike murmure prudemment dans la nuit :

– Jupp ? C'est moi, Ulrike.

Mais elle n'obtient aucune réponse. Que ce bruit bizarre et quelques mots susurrés. Des mots de colère, lointains et proches à la fois.

Elle entre dans le bar et avance à tâtons. La porte de derrière donne sur une ruelle. Peut-être qu'Immi est toujours là avec son Américain…

La ruelle est aussi sombre que le bar. Elle entend à nouveau ce bruit étouffé. Il provient des décombres de ce qui était autrefois le Kaderkauf.

La soupe de nazis…

La bile remonte dans son œsophage. Elle se tapit contre le mur, ombre parmi les ombres. La rue se trouve à sa droite ; la lueur vacillante d'un feu illumine une fenêtre d'un bâtiment opposé. À sa gauche s'étendent les ruines, aussi noires que des oubliettes.

Elle entend alors une faible plainte.

Elle fixe l'obscurité et décèle un mouvement, là-bas. *Un chatoiement.* Une silhouette se meut, étendue sur un amas de débris.

– Il y a quelqu'un ? appelle-t-elle d'une voix rauque. Immi ?

Silence. Mais la silhouette chatoyante semble remuer étrangement. Ou peut-être est-ce la lumière qui se déplace sur le tissu, le faisant scintiller. Une robe de cuivre, d'argent et d'or, longue et fluide ; une sirène échouée dans un désert de pierres.

Un sentiment d'horreur lui saisit la poitrine. Elle finit par comprendre ce qu'elle voit mais son esprit refuse de l'accepter.

Elle a la gorge sèche.

– Ve… Vera ?

La sirène a cessé de bouger.

Elle est morte. Rike le sait sans le savoir. *Vera a été tuée.*

Et brusquement, un corps se dresse parmi les pierres, une ombre imposante plus grande que la nuit. Rike croit reconnaître un Ivan, le Fléau, la Bête immonde. Deux yeux la fixent, froids, immenses et brillants. Ils l'illuminent comme un projecteur de la DCA, le système de défense antiaérienne ; ils la foudroient comme s'ils la reconnaissaient…

Le monde vacille.

Puis la pénombre s'étend et elle perd connaissance.

Chapitre 5

Billy

Caserne Roosevelt, 7 Augustaplatz,
Berlin.

– C'est votre jour de chance, soldat Keely.

– Pourquoi ça, monsieur ? demande Billy en se redressant.

Le sergent Coston fait glisser sa cigarette d'un coin de sa bouche à l'autre d'un coup de langue, un geste qui lui a valu le surnom de Lézard. Il se dirige vers son bureau encombré de paperasses et de cendriers qui débordent.

– Vous voyez ça ? Que pensez-vous que ça représente ?

– L'administration, monsieur.

– Ouais. Et vous savez pourquoi on fait ça ?

Billy hésite.

– Parce que c'est notre devoir, monsieur ?

– Exact, soldat Kelly, confirme Coston avec un sourire. C'est notre devoir de transformer l'Allemagne en un pays éclairé qui respecte la liberté et la démocratie. Car en agissant de la sorte, nous protégeons les États-Unis d'Amérique.

– Oui, monsieur.

– C'est en ayant cela à l'esprit que le lieutenant Magnusson et moi-même avons eu une petite discussion, ce matin.

Sa cigarette retrouve sa place initiale.

– C'était sacrément gentil de sa part de m'accorder son premier entretien du jour, vous ne trouvez pas ?

Oh, merde. Une boule se forme dans l'estomac de Billy.

– Si, sergent.

Le sergent Coston jette son mégot dans le cendrier et de la cendre tombe par terre.

– Le lieutenant Magnusson s'inquiète pour vous. Les bons et gentils *Fritz* du Bureau de la dénazification se sont plaints que vous retourniez la plupart des dossiers transmis à votre bureau pour qu'ils soient réévalués. Ils ne peuvent pas suivre.

– Mais…

– Écoutez… Le chiffre magique est 1919. Toute personne née après cette date est considérée comme endoctrinée et doit donc être automatiquement dénazifiée.

– Bien, monsieur.

– De même, tous les vétérans blessés de la Wehrmacht sont considérés comme des Suivistes. Aucune vérification n'est nécessaire. Êtes-vous informé de cela, soldat ?

– Oui, mais…

– Alors comment expliquez-vous ça ?

Coston contourne son bureau et brandit une feuille de papier sous le nez de Billy. C'est un formulaire de dénazification, prélevé parmi les milliers qui ont été traités par l'administration berlinoise chapeautée par l'OMGUS. Celui-ci concerne un dénommé Alois Schreven, classé catégorie IV, *Suiviste.*

Billy y jette un œil. Nationalité : Allemande. Né à Brunswick en 1908. Membre du bureau politique du NSDAP, du Syndicat des enseignants nazis et de la Ligue de la famille germanique.

Le Lézard plisse les yeux.

– Rappelez-moi, soldat, quelles sont les cinq catégories de responsabilité ?

Billy énumère sans réfléchir :

– Principal Coupable, Charge importante, Charge mineure, Suiviste, Innocent.

– Et comment expliquez-vous ce qui est inscrit sur ce formulaire ?

Au bas de la feuille, la signature de Billy suit ces mots : *Reclassifié catégorie III, Charge mineure. Convoquer pour nouvel interrogatoire.*

Et il a raison. Cet homme doit être réinterrogé. Billy a passé les six derniers mois à lire des milliers de dossiers comme celui-ci et, presque à chaque fois, il a eu l'impression que les interrogatoires faisaient l'impasse sur les histoires les plus sombres. Il a eu le sentiment que la classification était trop indulgente. Il tente de ravaler ses doutes.

– Sergent ?

– Cet homme a été blessé en Belgique, c'est écrit là. Ça fait de lui un Suiviste. Un… comment les appellent-ils, déjà ? Un *Mitläufer.*

– Bien sûr, mais…

Mitläufer… Les Allemands, comme toujours, disposent du mot parfait. Celui qui court à côté se laisse entraîner par le courant. Aucune question, aucune résistance.

Coston fait de nouveau glisser sa cigarette.

– Ses collègues lui ont écrit une lettre de recommandation élogieuse. C'est un homme de devoir, dévoué à l'éducation de ses enfants. Un citoyen honnête, bla-bla-bla.

Billy sent ses épaules se raidir.

– Ses collègues ? Il a probablement écrit une lettre élogieuse pour eux aussi, affirmant qu'ils n'étaient au courant de rien et qu'ils ne faisaient qu'obéir aux ordres…

Coston soupire.

– Ce type est réglo, Keely.

– C'est un nazi, monsieur.

– Ils le sont tous. Ou du moins ils l'ont été. Vous devez passer outre.

– Passez outre ? Nous supervisons le Bureau de la dénazification et ils ne font pas leur travail.

– Écoutez, soldat, grogne Coston. On a déjà mis quatre-vingt mille de ces trous-du-cul en prison et ça nous coûte la peau des fesses. Et il reste neuf cent mille questionnaires à vérifier. *Neuf cent mille.*

Sa cigarette passe à gauche, puis à droite.

– Nous devons rester concentrés, soldat. Notre priorité est de protéger les Juifs, nous assurer que les transports partent à l'heure et nourrir les personnes déplacées. On se fiche d'un *Mitläufer* entre deux âges.

– Cet homme est enseignant, dit Billy en malaxant nerveusement sa casquette. Il va travailler de nouveau dans une école et éduquer des tas de gamins. Qu'est-ce qu'il va leur apprendre ?

– Nous avons des problèmes plus importants à régler. Rien qu'à Berlin, huit mille déplacés attendent qu'on les remmène chez eux. Ce mois-ci, dix mille prisonniers nazis attendent leur jugement. Les livraisons de beurre sont bloquées à Aix-la-Chapelle et, pour couronner le tout, nous devons nous débrouiller avec cette histoire de passation administrative. Avez-vous déjà vu un formulaire de réquisition de fuel en trois langues, soldat Keely ?

– Non, monsieur.

– Alors vous êtes un putain de veinard, mon gars.

Le sergent Coston remet en place les documents posés sur son bureau. Il attrape quelques feuilles agrafées ensemble, leur donne une chiquenaude et fronce les sourcils.

– Cela étant dit, le lieutenant Magnusson m'a demandé de vous rappeler gentiment de respecter les règles.

Les règles… Billy serre les poings tandis que les images l'assaillent. À chaque fois qu'il entend ce fichu mot, il ne peut s'empêcher de penser aux tas, aux amoncellements. Pas aux humains. Aux tas. Aux membres, aux cheveux, aux ventres gonflés par la faim. Aux tas dans tous les coins, entre les baraques, au milieu des allées. Aux côtes saillantes sous la peau fine comme du papier. Aux tas et aux tas de…

Certaines choses sont au-delà de toute règle et défient l'idée même d'humanité.

Le Lézard allume une nouvelle cigarette et inscrit un grand IV sur le formulaire. Catégorie IV, *Suiviste, Déchargé.*

– Des questions ? demande-t-il.

– Non, monsieur, répond Billy d'une voix rêche.

– Écoutez, dans quelques mois, nous confierons tout le processus aux Allemands. En attendant, contentez-vous de faire ce qu'on vous demande, d'accord ?

– Oui.

– Ce qui signifie ?

– Soutenir la dénazification et la démocratisation de la zone occupée américaine.

– Bien, confirme le Lézard avec un sourire. Maintenant, j'ai une mission pour vous. Plusieurs femmes se sont plaintes de l'incapacité de la police allemande à résoudre certains troubles domestiques. Il faudrait vérifier que les procédures ont bien été respectées. Vous vouliez interroger des nazis ?

Sa cigarette passe de gauche à droite.

– Je vous l'avais dit, fiston, c'est votre jour de chance.

* * *

Une demi-heure plus tard, Billy patiente à l'intersection de California Road et de Massachusetts Avenue, les clés de la jeep à la main et une adresse dans sa poche, celle du commissariat central de Berlin. Un certain Kommissar Flink. Il ne sait pas ce que signifie Kommissar, mais il imagine qu'il s'agit d'un policier important, un peu comme un inspecteur.

Il voudrait être déjà en route, mais Breedan, son coéquipier, n'est pas encore arrivé. Breedan est toujours en retard, surtout quand il y a de jolies filles à baratiner ou des cigarettes à taper à de malheureux employés allemands.

Billy compte celles qui lui restent et décide d'en allumer une. Il va devoir faire preuve de sang-froid pour résoudre cette affaire. Le Lézard l'a à l'œil, il ne peut pas se permettre d'échouer.

– Hé, Tâcheron ! T'en as une pour moi ?

Billy relève la tête et aperçoit Breedan qui sort du bâtiment où se trouve la cantine, d'un pas nonchalant comme s'il avait tout son temps. Il jette sa cigarette à moitié fumée et l'écrase dans la poussière.

– C'était ma dernière, répond-il. De toute façon, on n'a pas le temps, mec. On est déjà en retard.

– T'es tellement coincé, Keely.

– C'est faux. Et tu m'en dois déjà au moins six.

Breedan hausse les épaules.

– Tu conduis ? Je te guiderai avec la carte.

– Non, prends le volant. C'est moi qui dirige, aujourd'hui. Je t'indiquerai le chemin.

– Oh oh, le petit Allemand veut jouer les chefs. C'est pas une bonne idée…

– Je suis pas allemand, réplique Billy en soupirant avant de s'installer sur son siège. C'est pas drôle, Asthma.

Toute la section appelle Breedan Asthma, parce qu'il se plaint toujours d'être essoufflé.

– Détends-toi, se moque celui-ci en gloussant. Mais j'oubliais… Tu es en rade de cigarettes, vraiment ? Pas moyen que tu aies reçu un petit colis de ta famille, hier, et que tu l'aies planqué sous ton lit ?

Billy retient un grognement. Impossible de garder un secret, à la caserne, surtout quand il s'agit de biscuits ou de cigarettes.

– OK, finit-il par reconnaître en sortant son paquet de sa poche de poitrine. Mais seulement une, d'accord ?

* * *

Le commissariat central de Berlin était autrefois un bâtiment impressionnant. Aujourd'hui, il est à moitié en ruine tandis que l'autre moitié, décorée d'un délicat stuc à la française tant apprécié de la haute société du Kentucky, est grêlée d'impacts de balles. Une queue s'étend à l'extérieur ; certaines femmes sont accompagnées de très jeunes enfants, sans doute dans l'espoir d'être acceptées plus vite. Billy est à Berlin depuis assez longtemps pour savoir que ça ne marchera pas ; en Allemagne, on applique les règles à la lettre.

Les deux soldats dépassent à grands pas une femme à l'air fatigué qui tend des numéros inscrits sur des morceaux de papier aux gens qui attendent. Dans le hall principal, ils aperçoivent des rangées et des rangées de bureaux derrière lesquels des hommes en manteau épais et pantalons en loques tapent frénétiquement leurs rapports. Le Kommissar Flink les reçoit dans un coin et leur approche deux chaises d'école beaucoup trop petites pour eux.

– *Meine Herren*, dit-il, je vous assure que tout est en ordre.

Billy ignore la réflexion et vérifie les notes que la standardiste lui a remises ce matin.

– Vous avez signalé un meurtre ?

– *Ja*, il y a deux jours. Mais ce n'est pas un problème. Le problème, ce sont les femmes.

– Quelles femmes ?

– Celles qui sont ici depuis ce matin. Elles ne veulent plus partir. Elles menacent de porter plainte auprès de l'OMGUS.

La moustache du Kommissar frémit à chacune de ses respirations.

– Elles ne savent même pas ce qu'elles veulent. D'abord elles sont furieuses parce que nous n'avons pas arrêté le type, puis nous l'arrêtons et elles sont tout aussi furieuses. Que voulez-vous qu'on fasse ?

– C'est ce... comment s'appelle-t-il, déjà ? Mückler ?

– Je vous l'ai expliqué au téléphone, continue Flink en haussant les épaules. On a fait tout ce qu'on pouvait, mais on n'avait aucune raison de le garder en cellule plus longtemps.

– Attendez une minute, dit Billy en jetant un coup d'œil à Breedan, donc vous avez bel et bien arrêté un homme ?

– Oui. Deux d'entre elles sont venues nous voir il y a quelques jours, confirme Flink en soufflant dans son épaisse moustache. Apparemment, ce Mückler a essayé d'entrer dans leur maison. Il aurait aussi traîné autour pendant deux nuits et menacé d'y mettre le feu.

– D'accord. Et quelle a été votre réaction ?

– Mes hommes sont allés parler à ces femmes et aux voisins. L'un d'entre eux, Herr Stuht, a confirmé l'altercation. Il a aussi dit que les menaces n'étaient pas bien sérieuses. Il a précisé que l'homme n'avait pas l'air en forme. Un rapatrié...

Billy hoche la tête.

– Puis-je voir le dossier ?

Le Kommissar lui tend le rapport proprement tamponné qu'il a lui-même signé. Billy rassemble ses compétences en allemand pour parcourir le document. L'adresse n'est pas très loin : 18 Hermannstrasse. Un des noms, Vera Klug, lui semble étrangement familier.

– C'est une honte, voilà ce que c'est. Elle refuse de le laisser entrer. Elle devrait connaître ses devoirs en tant qu'épouse.

Billy fixe le Kommissar.

– Elle ?

– La plus jolie. Je lui ai parlé. C'est sa femme. Le pauvre homme a été relâché en France. Il lui a fallu des mois pour revenir jusqu'ici. L'Administration des Nations Unies lui a fourni son adresse, mais elle l'a tout bonnement mis à la porte.

– Je vois, dit Billy en continuant à parcourir le document parfaitement rédigé où chaque faute de frappe est corrigée à la main. Avez-vous parlé à M. Mückler ?

– Eh bien, pas immédiatement, j'ai pensé que ce n'était pas si important. Mais le lendemain, le Conseil de contrôle allié a appelé pour nous dire que nous devrions faire quelque chose, répond le Kommissar en haussant à nouveau les épaules. Alors j'ai convoqué ce Mückler. Je lui ai passé un savon. Je lui ai dit que s'il voulait récupérer sa femme, il devait être gentil avec elle. Beaucoup de couples ont été séparés pendant des années et les retrouvailles ne sont pas toujours faciles. Je lui ai assuré que son épouse finirait par revenir.

– Quelle a été sa réponse ?

– Il m'a dit qu'il n'avait nulle part où dormir et qu'il avait besoin qu'on lui reprise ses vêtements et qu'on lui prépare de bons plats chauds. Comprenez-le. Les camps de détention sont pleins à craquer, il n'y a pas assez de tentes pour tout le monde et les abris Nissen fournis par les Amis sont glaciaux…

Il se racle la gorge.

– Nous avons placé Herr Mückler en garde à vue le temps de tout vérifier. Nous avons dû le relâcher au bout de vingt-quatre heures. C'est la règle. *Votre* règle, en fait.

Billy soupire.

– Où est-il, maintenant ?

– De retour au camp, je suppose.

– Allez-vous l'interroger de nouveau, après ce meurtre ?

– Écoutez, dit Flink en levant les mains. Je ne sais déjà plus où donner de la tête. Ils ont trouvé trois déplacés morts de froid dans la caserne, la nuit dernière. Les Français veulent qu'on fasse une descente chez les filles de joie du Kleiner Tiergarten. Ils disent qu'il y a trop de gamines parmi elles. Et les collègues des cambriolages nous ont appelés ce matin pour nous demander un coup de main pour enquêter sur les zapp-zarapp[1], les vols autour du Kurfürstendamm.

Il se tord les mains.

– Je m'occuperai de Mückler bien assez tôt, je vous le promets. Mais nous attendons toujours le rapport d'autopsie de l'hôpital St. Annen. Et nous devons d'abord nous pencher sur l'entourage immédiat de la victime : petits amis, ex-petits amis, famille, ce genre de choses. C'est là qu'on a le plus de chance de trouver le coupable.

Il sourit.

– J'ai beau avoir passé toute ma carrière à m'occuper de disputes entre propriétaires, je ne suis pas stupide.

– Bien sûr, répond Billy en soufflant entre ses dents. Maintenant, nous devons parler à ces femmes.

1. Terme utilisé par les Berlinois pour désigner le vol. Dérivé du russe *sabrat* qui signifie « saisir », il désigne dans un premier temps le vol et le chapardage, puis des formes de détournements plus organisées par la population allemande pendant les années de ruines.

* * *

– Tu t'en occupes, Tâcheron ? dit Breedan en repérant l'escalier sombre qui mène à l'étage du commissariat, je ferais mieux de garder un œil sur la jeep.

Billy hésite. Est-ce encore une blague d'Asthma ?

– Nous ne sommes pas censés nous séparer, dit-il, tu devrais venir avec moi.

– Je ne parle même pas allemand.

Breedan jette un bref coup d'œil derrière lui.

– Allez, Keely, vas-y. En plus, le Kommissar t'a à la bonne.

– Tu en es sûr ?

– Oui, assure Breedan en fourrant un chewing-gum dans sa bouche. Je pourrais apprendre une ou deux choses de toi, c'est certain. Mais pour l'instant, je préfère rester en retrait et te laisser prendre les devants.

Le ton moqueur de Breedan est tout sauf subtil.

– D'accord… Mais qu'est-ce que je vais écrire dans mon rapport ?

– Je n'en sais rien Keely, tu n'as qu'à inventer. Je le fais tout le temps.

Un autre regard en arrière.

– Personne n'en saura rien.

– Mais…

– Je dois y aller. Bonne chance.

Breedan sourit et s'en va. Billy le regarde, impuissant, s'approcher d'une jeune femme brune, une secrétaire peut-être, qui porte plusieurs classeurs à la couverture légèrement brûlée. Breedan lui propose son aide ; son offre est acceptée. Billy n'a pas besoin de les entendre pour imaginer ce qu'ils se disent : *Envie d'une cigarette, ma chérie ? Vous n'êtes pas une de ces filles guindées, n'est-ce pas ?*

Il soupire et se tourne vers le Kommissar qui l'attend toujours au pied de l'escalier.

– Pardon pour ça, lui dit Billy.

Le Kommissar Flink regarde Breedan et sa moustache se hérisse avec dédain. Billy ne peut s'empêcher de penser aux affiches accrochées un peu partout dans la caserne. « Soyez leur meilleur exemple », peut-on y lire. « Faites en sorte que votre pays soit fier, pour que le leur puisse prospérer ». Il y croyait, au début. Quand il était encore persuadé que l'approche américaine, basée sur un leadership confiant, valait mieux que la débrouillardise britannique ou que la violence pure et dure de l'Armée rouge. Mais aujourd'hui, après six mois de service, il sait qu'il ne s'agit que d'un vernis bon marché, que les soldats resteront des soldats et qu'ils flirteront, se saouleront et s'endormiront autant qu'ils le pourront, dès qu'ils seront hors de vue de leur officier supérieur.

Le Kommissar le conduit en haut de l'escalier de marbre écaillé et en partie réparé avec du gypse. Le palier est encore encombré de sacs de sable et Billy imagine des hommes de la Gestapo blottis derrière avec leurs fusils vides, six mois plus tôt, et se chiant dessus alors que les soldats américains surgissaient en haut des marches.

Il n'était pas encore arrivé, à l'époque. Tout était simple. Il était plus facile de tuer les nazis que de leur trouver du travail.

– Comment a-t-elle été tuée ?

– Étranglée, répond le Kommissar. Avec une certaine force, selon nos médecins. Il y aura une autopsie, mais nous avons beaucoup de cas en attente.

– C'était une actrice célèbre, si j'ai bien compris ?

– Je n'ai jamais vu aucun de ses films. Vous devriez plutôt interroger ma femme.

Il se penche en avant pour déchiffrer sa propre écriture sur la feuille.

– Membre du NSDAP, Chambre du cinéma du Reich.

– Mais vous avez dit que c'était une star de cinéma.

Flink hausse les épaules.

– Le mot star est peut-être un peu fort. Elle n'a tourné qu'un seul grand film et a obtenu des petits rôles dans d'autres. Ce n'est pas le genre de femme que l'on souhaite voir devenir l'idole de ses filles, si vous voulez mon avis. C'est une actrice finie. Elle n'était pas mauvaise à l'époque, mais aujourd'hui… c'est une *Lebedame*. Que dire d'autre ?

– Une quoi ?

– Une… une de ces femmes qui aiment boire et danser. Trop maquillée. Pas très naturelle, en tout cas. Mais elles sont toutes comme ça, ces paumées.

– Ces paumées ?

– Les chanteuses, les actrices… ce genre de femmes. Herr Stuht, le voisin, nous a raconté qu'elle sortait tard le soir, quand les gens bien sont couchés. Un chauffeur venait la chercher. Seules certaines personnes peuvent se le per mettre de nos jours.

– Avez-vous essayé de retrouver la trace de ce chauffeur ?

– Et comment aurions-nous fait ?

Le Kommissar semble perplexe.

– Même si quelqu'un s'était souvenu de la plaque, le Bureau des immatriculations a été bombardé. Il n'y a plus aucune archive.

L'étage est plongé dans le noir. Flink lui désigne une porte vitrée à travers laquelle Billy aperçoit des gens assis en silence, bien enveloppés dans leurs manteaux. Les murs de la pièce sont recouverts d'une tapisserie de soie qui se détache dans les coins. Le poêle à charbon qui trône au milieu diffuse une faible lueur.

– Des témoins, précise Flink. Nous faisons tout notre possible pour qu'ils se sentent bien. Certains attendent pendant des heures. La blonde est Ulrike Seelman, c'est elle qui a déposé plainte.

Billy l'observe. Elle semble calme et apaisée – l'Allemande typique qui prépare le café et le pose sur la table sans rien dire. À côté d'elle est assise une femme plus sexy, cependant. Une fille mince aux cheveux noirs qui croise les jambes avec une élégance naturelle que les filles du Kentucky n'acquièrent que des années après être sorties de l'école.

Il a un petit pincement au cœur en songeant à Betty. Il lui a écrit une longue lettre à Noël. Il lui a de nouveau réclamé une photo de la robe à froufrous qu'elle avait achetée avec sa mère pour son bal des débutantes. Il lui avait déjà demandé à Thanksgiving et dans la carte d'anniversaire qu'il lui avait expédiée en octobre, mais elle ne lui a rien envoyé. *Peut-être qu'elle n'a pas réussi à en faire des tirages…*

Le souvenir de son visage disparaît brutalement quand la blonde pose les yeux sur lui. Le front plissé et les lèvres serrées, elle a cet air tourmenté typique des Berlinoises, comme si elle avait vieilli trop vite. Elle est si différente de Betty qui a toujours le sourire et le teint rose.

Billy ouvre la porte.

– Fräulein Seelman ? lance Flink. Ce soldat américain voudrait vous parler.

– *Jawohl.*

Elle se lève précipitamment en faisant un geste à son amie brune qui l'imite aussitôt.

– Où est votre bureau ?

Billy croise le regard du Kommissar Flink.

– Je n'en ai pas ici. Nous pouvons discuter dans le couloir.

– Pas de bureau, murmure-t-elle à son amie en allemand. Ils ne nous prennent pas au sérieux.

– Mademoiselle Seelman, reprend Billy en froissant sa feuille de papier. J'ai ici une transcription de votre dépôt de plainte. Mais j'ai bien peur que toutes les étapes aient été respectées. Le Kommissar a arrêté Ernst Mückler après les réclamations de vos amies.

– Et il a laissé ce bâtard s'en aller, réplique Mlle Seelman en anglais. Et maintenant, Vera est morte. Vous êtes des incapables !

Billy tressaille. Il ne comprend pas pourquoi Breedan aime tant sortir avec des Allemandes. Peut-être qu'il aime se faire injurier.

– Calmez-vous, dit-il en levant les mains. Selon le règlement de l'OMGUS, les civils accusés d'activités criminelles non politiques ne peuvent être retenus que vingt-quatre heures, à moins qu'on ait des preuves de leur culpabilité…

– Il nous a menacées.

– Il n'a pas menacé Vera Klug personnellement.

– Il a menacé notre maison, ce qui signifie qu'il nous a toutes menacées.

Elle tend le doigt vers Flink.

– Et cet homme n'a rien fait. C'est typique. Ils ne font jamais rien.

Flink jette un regard impuissant à Billy.

– Qu'est-ce qu'elle a dit ?

– Mademoiselle Seelman, s'il vous plaît, laissez le Kommissar faire son travail.

– Pour attendre jusqu'à la saint-glinglin ?

– Je vous assure que…

– Mon amie ici présente a peur de son mari, ajoute-t-elle en tirant la brune – manifestement Mme Mückler – par la manche. Nous ne serons pas en sécurité tant que cet homme sera en liberté.

Billy se mord la lèvre et se demande comment aurait réagi

Breedan. Mais celui-ci a laissé tomber la mission pour batifoler avec une fille.

– Le Kommissar interrogera Herr Mückler au sujet de la mort de Frau Klug dès qu'il le pourra, tranche Billy.

– On a fait tout ce qu'on pouvait, ajoute Flink, impuissant. Nous avons reçu une plainte et nous l'avons traitée. Mais nous avons dû le laisser repartir.

– Vous devez l'arrêter de nouveau immédiatement, s'écrie Mlle Seelman, des larmes plein les yeux. J'ai vu quelqu'un, là-bas, sur la scène de crime. J'ai vu le coupable. C'était dans le champ de ruines derrière *Chez Charlie.*

Billy croise les bras.

– En avez-vous parlé à la police ?

Elle semble exaspérée.

– Évidemment, mais… ils ont dit que j'étais trop saoule.

– C'était le cas ?

– Qu'est-ce que ça change ? lui demande-t-elle avec arrogance.

– Ça pourrait avoir influencé votre mémoire et votre…

– J'ai *bien* vu, insiste-t-elle d'une voix rauque. C'était dans le champ de ruines. J'ai…

– La police a conduit Fräulein Seelman à l'hôpital, précise le Kommissar Flink en allemand. Ils lui ont fait une injection pour la calmer.

– J'ai dit *nein*, je n'en voulais pas, continue Mlle Seelman. Mais ils s'en fichaient. J'ai été assommée pendant toute une journée. Et puis l'un des hommes du Kommissar m'a interrogée, mais la seule chose qu'il voulait savoir, c'était si j'avais dansé avec des officiers.

– C'est la loi anti-fraternisation, précise Flink. Des témoins ont raconté que des Allemandes et des soldats alliés s'étaient réunis *Chez Charlie* cette nuit-là.

– Je ne fraternisais pas.

– Selon les gens interrogés par la police, vous avez été vue avec un soldat anglais.

– Et alors ?

Billy la fait taire d'un mouvement de la main.

– Danser implique une *fraternisation*, tranche-t-il. De même que flirter, discuter ou chanter. Vous êtes en mauvaise posture. Et Vera Klug l'était aussi. Chanter dans un bar fréquenté par des soldats alliés serait...

Mlle Seelman lui jette un regard furieux.

– Vera avait un statut de collaboratrice. Elle était autorisée à travailler dans les bars américains.

– Et j'imagine très bien quel genre de contribution était la sienne, grogne-t-il. J'ai un copain qui travaille à la santé. Il pourrait vous parler des maladies répandues par toutes les Marie-couche-toi-là de la ville.

– Je ne vous permets pas de l'appeler comme ça.

Billy soupire.

– Écoutez. Laissez la police travailler. Ils vous contacteront.

– Mais...

– Et si j'entends encore parler de cette histoire, je vous ferai condamner à une amende pour avoir abusé des ressources de l'armée américaine.

Il salue Flink d'un mouvement de tête et descend l'escalier sans se retourner.

* * *

À la caserne, il dépose une requête pour consulter le certificat de dénazification d'Ernst Mückler et, en attendant que celui-ci lui arrive de l'administration centrale, il rédige son rapport en maudissant Breedan de le laisser se taper tout le boulot. Il en a ras le bol que son collègue passe son temps à enfreindre les règles, uniquement pour prendre son pied avec des jeunettes. Le pire, c'est qu'il ne cesse de répéter que les Allemandes sont des filles faciles et que Billy devrait en profiter.

Mais il n'en fera rien. Il a fait une promesse à Betty et il s'y tiendra. Sans compter qu'il ne s'imagine pas fricoter avec une de ces filles décharnées et en haillons qui rôdent dans les rues derrière la caserne, avec leurs mains irritées et leurs bas raccommodés. *Hé, monsieur, vous m'offrez un Coca ?*

Il se sent nauséeux. Il repousse la machine à écrire et traverse la cour jusqu'à l'ancien quartier des officiers où se situe le Bureau de supervision de l'administration. Son rapport sera probablement approuvé sans problème et Breedan et lui n'auront aucun souci. Ici, tout le monde arrondit les angles et s'arrange avec le règlement.

Quoi qu'il en soit, il s'est acquitté de sa mission tout seul et ce n'est pas juste.

Il y a une nouvelle fille au comptoir. Elle porte ses cheveux relevés en un chignon bien serré mais quelques mèches se sont échappées et lui chatouillent la nuque. Elle saisit les formulaires qu'il lui tend et lui demande dans un anglais guindé :

– À qui dois-je les remettre ?

– Mettez-les sur le haut de la pile.

– Oh.

– Assurez-vous juste qu'ils soient bien tamponnés et qu'une copie soit envoyée au Lézard pour contre-signature.

– Le… lézard ? répète-t-elle sans comprendre.

Billy roule des yeux.

– Où est Mlle Lowe ?

– Elle est partie, explique la nouvelle en remontant ses lunettes sur son nez. Elle est rentrée aux États-Unis. Je… je la remplace. Charlotte Lotterberg.

– Ça fait beaucoup de *lottes*.

– Hein ?

Billy grince des dents discrètement et se penche au-dessus du comptoir.

– Écoutez, Fräulein *Lotta*, vous voyez ce tampon marqué *Approuvé* ?

– Oui.

– Eh bien, prenez-le et tamponnez-moi ces feuilles, juste ici, vous comprenez ? Ensuite, vous les mettrez sur le haut de la pile du sergent Coston. Comme ça.

Il lui adresse un clin d'œil, comme il en a vu Breedan le faire à la femme à l'entrée du commissariat.

– Je vous adore, ajoute-t-il.

– Moi ? Vous me connaissez à peine.

– Laissez tomber, dit-il en rougissant avant de sortir.

Lorsqu'il entre dans son dortoir, il trouve Watkins installé à la table métallique en train de passer de l'huile sur sa moustache.

– T'es dans la mouise, mon petit Keely, lui lance ce dernier avec un petit sourire. Le Lézard veut te voir.

– À quel sujet ? demande Billy en sursautant presque.

– Ta mission. Cette affaire avec la police dont tu devais t'occuper avec Breedan. Coston a dit que c'était urgent, alors grouille-toi.

Vera

Caserne Roosevelt, 7 Augustaplatz,
zone occupée américaine de Berlin.

– Vous avez obtenu le statut de collaboratrice, dit le sergent LaBranch en parcourant les documents étalés sous ses yeux. Vous travaillez toujours comme chanteuse ?

Je ne suis pas certaine qu'il s'agisse d'une question.

Je chante régulièrement *Chez Charlie*. Je me produis aussi de temps en temps au mess, la cantine des officiers, ici, à la caserne.

En réalité, je chante chez eux quand *ils* ont besoin d'informations, mais ça, le sergent LaBranch ne le sait pas. Il se contente d'accomplir son devoir au nom de la démocratie. Il ignore que je suis impliquée dans… des activités secrètes auprès de l'OMGUS – il n'est pas assez gradé pour cela.

Il feint de prendre des notes.

– *Chez Charlie* ? Il faudrait que je vienne vous écouter, un de ces jours. Vous vous contentez de chanter, on est d'accord ? Pas de fraternisation ?

Il plaisante sans doute, mais je prends mon air timide et joue la comédie que nous jouons tous – les Anglais avec leurs formalités rigides et maladroites, les Français avec leurs chocolats et leurs cigarettes, les Américains avec leurs bobards invraisemblables et leur odeur d'après rasage. Sans oublier les Russes, qui pourraient bien être les seuls à avoir cessé de faire semblant et vivent ouvertement avec des Allemandes qu'ils font parader à l'arrière de leurs camions.

– Je ne fraternise pas, monsieur, réponds-je. À moins que vous entendiez par-là que j'offre des rappels à ceux qui demandent poliment.

Il ne saisit pas le double sens de ma phrase et se contente d'ajouter une nouvelle feuille au dossier.

– Racontez-moi comment vous en êtes venue à travailler pour l'industrie du cinéma nazi.

J'hésite. Comment *tout* a commencé ? Il ne se passe pas une nuit, pas un matin gris sans que je me pose la question. Je pourrais dire que ça a débuté avec le film, mais c'était bien avant. Nous avions l'habitude de nous moquer des Chemises brunes lors de nos spectacles. Nous raillions leur manque d'humour depuis la scène et les garçons leur bottaient les fesses lorsqu'ils étaient trop saouls. *Des voyous*, disait Herr Finetti, le gérant du cabaret où j'ai travaillé en arrivant à Berlin. *De simples voyous, voilà ce qu'ils sont.*

Berlin rayonnait, à cette époque. Je vivais la nuit. J'étais jeune et désirable – tous les hommes me tournaient autour. Les plus jeunes tentaient leur chance avec insolence ; les plus âgés, gonflés d'orgueil, m'offraient du vin et me promettaient des bijoux. Mais je n'étais pas stupide malgré mon jeune âge. J'arrivais au travail à l'heure, je ne buvais jamais au point de perdre la raison. J'évitais les blagues politiques et mes flirts restaient chastes. Je lisais les journaux. Les Chemises brunes étaient de plus en plus populaires ; ils avaient de grands projets pour la culture allemande : des financements pour les arts et un soutien aux artistes nationaux pour qu'ils puissent rivaliser avec la machine à rêves hollywoodienne.

Bientôt, ils se sont installés parmi les spectateurs, imperturbables. Herr Finetti m'a prise à part et m'a chuchoté d'y aller mollo avec la satire, qu'on n'avait pas besoin de mobilier brisé. Il fallait les laisser boire et s'amuser. *Et montre-leur ton décolleté, ils adorent ça.*

– Je suppose que ma carrière cinématographique a débuté quand je travaillais dans un cabaret appelé *Le Katzenheim*, « La Pension pour Chats », dis-je au sergent LaBranch.

– Quel genre d'établissement était-ce ?

Je lui souris.

– Exactement ce que vous imaginez.

Ce que vous imaginez signifie un club en sous-sol à Kreuzberg, des fauteuils en velours luxueux, un éclairage tamisé et de la fumée de cigare qui s'échappe en volutes au plafond. La clientèle y était invariablement âgée, mariée et politisée, mais ces hommes venaient là pour oublier leurs épouses et la politique. Ils voulaient admirer des jambes nues et de la jeunesse, une ressource qui chez moi s'est épuisée beaucoup trop vite. Ils voulaient parler de choses légères en caressant de la chair fraîche, qu'une jolie fille rie à leurs blagues. Une fille exotique, de préférence, une *Lebedame* lascive – pas une de ces femmes à la peau blanche en *dirndl*[1] traditionnelle dont ils pinçaient les joues pendant les défilés du samedi.

– Je vois, dit le sergent LaBranch. C'est comme ça que vous avez été… *découverte* ?

Découverte… Les jeunes serveuses blondes des hôtels de Mittenwald et de Berchtesgaden sont *découvertes*. Les femmes comme moi sont… je dirais plutôt… placées stratégiquement.

1. Robe typique des pays alpins, inspirée du vêtement des paysannes.

Le sergent interprète mon silence comme une tentative de dissimulation.

– Vous pouvez être honnête, insiste-t-il. Nous savons déjà pour qui vous avez travaillé et connaissons les termes de vos contrats avec le ministère de la Culture du Reich. Nous aimerions seulement comprendre comment tout ça s'est passé.

Tout ça ? J'allume une autre cigarette. Nous devons tous nous poser cette question, et nous devons continuer de nous la poser, sans relâche, jusqu'à ce que nous trouvions une réponse.

Peu de gens en sont capables, pourtant. Margit, par exemple, reste dans le déni au point qu'elle croit toujours que son fils est en vie. Parce qu'elle ne peut assumer que son soutien au Parti, l'historique de ses votes, ses efforts pour fermer les yeux, puissent être responsables de la perte de son enfant.

Ou prenez Klara. Elle prétend qu'elle se tourne vers l'avenir, pas vers le passé. Et je sais précisément pourquoi : parce que son histoire est remplie des horreurs qu'elle a commises, et qu'elle ne supporte pas de les regarder en face.

Immi, elle, vit entièrement dans le passé et le souvenir de la grandeur de sa famille. Les von Kadelburg voulaient toujours plus de terres, plus d'argent, plus d'ouvriers. Ils voyaient tout cela comme un don de Dieu. Par conséquent, Immi ne peut comprendre que ses convictions, parées du langage d'une éducation brillante, aient fait d'elle une complice.

Et moi ?

J'offre au sergent mon plus beau sourire.

– Je crois que je devrais vous parler de quelqu'un, dis-je prudemment. Un client, en quelque sorte.

Chapitre 6

Rike

– C'était peut-être un inconnu, suggère Immi. Un détraqué qui l'aurait suivie derrière le bar.

– Un détraqué aurait été repéré, réplique Rike.

Elle s'acharne sur la brouette qui peine à passer un nid-de-poule.

– En plus, Vera ne serait pas sortie dans cette allée avec un inconnu.

– Et tu ne te rappelles vraiment rien ? demande Klara en frappant dans ses mains pour les réchauffer. Aucun détail ?

– Je me suis évanouie. Je...

Rike retient un sanglot.

– Je suis désolée. Rien du tout. Sauf les yeux... Quand il m'a regardée, j'ai cru un instant que...

Immi dépose un épi de faîtage brisé dans la brouette.

– Tu as été très courageuse, dit-elle.

– Je ne me rappelle même pas l'heure qu'il était quand je suis sortie de la voiture de ce Tommy. Peut-être deux ou trois heures ? Ça a dû me prendre environ une demi-heure pour revenir *Chez Charlie*.

– Moi, je sais exactement à quelle heure je suis partie. Il était deux heures moins le quart.

Rike dévisage son amie.

– Comment peux-tu en être si sûre ?

– J'ai un peu perdu la notion du temps avec cet Américain. Quand j'ai consulté ma montre, il était 1 heure et demie. Nous sommes partis pas longtemps après.

– Mais tu es mariée, rappelle Margit sur un ton de reproche.

Le visage d'Immi prend la teinte d'un pinot noir bien mûr.

– Croyez-moi, dans cette ville, même la grosse Bemmel pourrait obtenir un baiser d'un sergent.

– Parle moins fort…

Magda Bemmel dirige l'unité de déblaiement 44-C chargée des ruines de l'église Saint-Michel. Elle apporte toujours une gourde de café chaud et une copie de *Die Neue Demokratie*, dont elle aime lire des passages à haute voix pendant que les femmes trient les briques pour le nettoyage. Elle était dans la résistance et s'est cachée aux Pays-Bas. C'est vraiment dommage. Vu son empressement à atteindre ses objectifs, elle aurait fait une excellente contremaîtresse.

Rike observe les alentours pour se rassurer. La grosse Bemmel est au niveau des tables de tri et même Klara s'est déplacée vers le bas de la pile de gravats. Elle chuchote à Immi :

– Nous devrions enquêter. Y retourner et examiner de plus près la scène de crime.

– Mais ce champ de ruines est un endroit maudit, répond Immi en frissonnant. Personne n'y va jamais.

– Tout le monde n'est pas aussi superstitieux que toi, réplique Rike. Je me demande juste comment Vera a pu se rendre là-bas avec ses chaussures à talon. Il faisait si noir qu'on n'y voyait rien. Rien d'autre que le reflet de sa robe dorée et…

– Elle était argentée.

– Non.

Rike essaye de visualiser Vera sur scène ce soir-là.

– C'était une robe dorée. Ou orangée.

– Elle était argentée, insiste Immi.

– Mais, je…

Le feu. L'image lui revient tel un flash. Quelqu'un avait allumé un feu dans l'immeuble opposé. Elle l'avait vu scintiller à travers une des fenêtres du rez-de-chaussée. Sans doute une personne déplacée ou un vagabond brûlant une vieille banderole pour se réchauffer…

Elle attrape le bras de son amie.

– Immi, quand tu as quitté le bar, as-tu vu un feu dans la ruine de l'autre côté de la rue ?

– Un feu ?

– J'ai aperçu un feu à travers une des fenêtres. Je m'en souviens très bien. La robe de Vera reflétait la lueur des flammes.

– Je… je ne crois pas, répond Immi, perplexe. Il faisait tellement sombre que nous avons dû marcher en suivant le mur des doigts. S'il y avait eu de la lumière, on l'aurait remarqué.

Rike a l'impression qu'elle se réchauffe un peu.

– Bien. Alors si tu es partie à deux heures moins le quart et que Vera a été tuée après deux heures et demie, quelqu'un a dû allumer un feu pendant ce laps de temps.

– Sûrement quelqu'un qui vit dans cet immeuble.

– Peut-être. Mais pourquoi allumer un feu aussi tard ?

– Parce qu'il avait froid.

– Ce n'était pas un poêle ou un four, précise Rike en fronçant les sourcils. C'était un vrai feu, assez gros pour illuminer la ruelle. On devrait aller fouiner là-bas après notre quart.

Immi jette une nouvelle brassée de briques brisées dans la brouette.

– Très bien. Mais allons d'abord décharger ça, d'accord ? Je meurs de froid.

Rike saisit l'engin et pousse de toutes ses forces. Mais l'aile d'une statue d'ange déséquilibre le chargement, la roue se bloque et les briques se répandent sur le sol. La poignée lui rentre dans le ventre et elle se plie en deux.

– *Verdammte Scheisse*, Immi.

Cette dernière se retourne.

– Hé, c'est pas ma faute. Pourquoi tu es si agressive ?

Rike hausse les épaules. Mais avant même de pouvoir répondre, elle repère la grosse Bemmel qui se dirige vers elles en faisant claquer son épaisse jupe de laine.

– Mesdames… Que signifient ces jurons ?

– Immi a trop chargé la brouette.

Cette dernière croise les bras et ajoute avec emphase :

– C'est ça, comme si j'ignorais comment charger une brouette.

Magda Bemmel soupire.

– Je pensais que vous finiriez par apprendre. Allez en chercher une autre, von Kadelburg. Dépêchez-vous. Quant à vous, Seelman, surveillez votre langage. C'est la maison de Dieu ici.

– *C'était*, réplique Rike en lui montrant l'aile d'ange. Qu'est-ce qu'on fait de ça ? On le met sur le tas des objets à récupérer ?

La grosse Bemmel se penche et caresse l'aile en suivant les traces du mitraillage qui a détruit le mouvement délicat des plumes.

– Débarrassez-vous-en, tranche-t-elle. Quand vous aurez fini, recoiffez-vous un peu et rendez-vous sur la pile principale. Un photographe doit passer dans une demi-heure.

Le photographe a été envoyé par le *Sydney Morning Herald.*

– Il a dû venir d'Australie à pied pour arriver aussi longtemps après les événements, raille Klara.

Pourtant, elles grimpent toutes sur le tas et prennent la pause en souriant alors que le clocher en ruine de Saint-Michel se dresse derrière elles dans la lumière de l'après-midi.

Les photographes et les caméramans adorent cette heure de la journée car les ombres qui s'étirent leur permettent de transformer les horreurs de la destruction en art. Ils sont nombreux à traîner dans Berlin : des ménagères anglaises, des touristes américains, des artistes italiens... Leurs guides leur montrent comment orienter leur objectif, comment cadrer une personne à travers une fenêtre brisée ou zoomer sur un souvenir oublié sur la tablette d'une cheminée à quinze mètres de haut. Parfois, ils se plaignent de la vitesse à laquelle tout ça disparaît ou de ce qu'il ne reste plus un char carbonisé dans les rues sur lequel faire poser des enfants en haillons.

– C'est une occasion unique, mes amis, proclament les guides. Vous ne reverrez jamais une chose pareille.

Puisse cela être vrai. Et ce sera en grande partie grâce à elles, les déblayeuses.

Le photographe remercie tout le monde chaleureusement, des gros titres plein les yeux : *Une Allemagne humiliée renaît de ses cendres*, ou bien : *Les Femmes soignant une nation ruinée.* La journée est terminée, la grosse Bemmel signe les certificats de travail et inscrit les heures effectuées dans la bonne colonne. Rike saisit le bras d'Immi et elles prennent le chemin de *Chez Charlie.* Lorsqu'elles arrivent, des nuages chargés de neige ont recouvert le ciel. Le bar est fermé ; les rideaux de velours sont tirés. Les deux femmes contournent le bâtiment et traversent la ruelle pour rejoindre le champ de ruines. Immi observe les décombres en se protégeant les yeux avec les mains.

– Est-ce que Klara t'a raconté qu'elle était passée par là juste après les bombardements, et que les Russes avaient dit...

– Oui, répond Rike. La soupe de nazis.

– L'odeur devait être atroce. Certains disent qu'on peut encore la sentir. Je me demande comment ils ont réussi à tout nettoyer.

Rike avance de quelques pas dans la ruelle, mais elle ne reconnaît rien et ne sait plus précisément où Vera était allongée. Était-elle appuyée au mur de la ruine d'en face ou se trouvait-elle au milieu ?

Et qu'est-ce qu'elle fichait là, en fait ? Cette jolie sirène capable de conduire n'importe quel marin à sa perte... Elle s'était trop éloignée du rivage. Elle avait plongé seule dans cet abysse noir et y avait croisé quelqu'un que ses pouvoirs ne pouvaient contrôler.

Elles s'approchent avec prudence de la maison où le feu a dû être allumé. Le 41 Kronenstrasse est manifestement inhabitable. La porte a été soufflée et rien ne les empêche d'entrer.

Immi passe le seuil en riant nerveusement.

– Ça me fait encore tout bizarre.

– Qu'est-ce que tu veux dire ?

– Entrer chez les gens. À l'époque des bombardements, personne ne s'en souciait. Toutes les maisons étaient des abris potentiels. Mais aujourd'hui on dirait que... que ce sont toujours les maisons des autres.

Rike hoche la tête.

Le sol de marbre crasseux de l'entrée est jonché de gravats et le tapis brûlé du couloir recouvert de cendres. Une volée de marches s'élève le long du mur, mais la partie supérieure de l'escalier est complètement carbonisée. Rike lève les yeux et aperçoit le ciel grisâtre de l'hiver.

– Cet endroit est complètement abandonné.

Immi suit son regard.

– Qu'en penses-tu, Seelman ? À détruire ou à conserver ?

Rike détaille ce qui reste des moulures, des piliers de marbre brisés, de la balustrade en acajou brûlée.

– On détruit, chuchote-t-elle. Place au neuf.

Immi passe devant elle et balaye du regard la seule pièce restée intacte.

– *Meine Güte* ! s'exclame-t-elle. Regarde.

La vision est tellement étrange que Rike a du mal à y croire. En entrant par la cage d'escalier poussiéreuse, la première chose qu'elle remarque est la couleur de la pièce. Ses murs sont couverts de soie verte et le plafond d'une fresque représentant des nuages et des oiseaux. Un tapis à motifs de roses entrelacées de rubans pourpres s'étend sur le sol. Il n'y a ici aucun débris, aucune poussière malgré l'absence de fenêtre. Les armoires et les bibliothèques disparues ont laissé des traces plus sombres sur les murs. Le vide, les nuages et les fleurs confèrent à l'endroit un éclat délicat. Mais au milieu, parmi les roses, se trouve une large marque de brûlure noire.

– C'est là qu'était le feu, constate Rike en approchant alors qu'un courant d'air éparpille les cendres. Celui qui l'a allumé l'a minutieusement contrôlé. Ça aurait pu tout embraser.

– Il a peut-être inondé le tapis d'eau, suggère Immi en tâtant les roses avec le pouce. C'est ce que les SS ont fait quand ils ont confisqué notre appartement. Ensuite, ils ont démoli le mobilier et allumé un feu au milieu du salon.

Rike laisse courir sa main à la surface du tapis. Celui-ci est froid mais elle ne peut dire s'il a été mouillé. Une odeur âcre flotte dans l'air, cependant – une odeur d'essence.

– Celui qui a allumé ce feu n'a pas brûlé de bois.

Elle remue les cendres et touche un objet coupant. Elle enfonce prudemment les doigts et en extrait un morceau de carte brillant qu'elle frotte sur le tapis, y formant une traînée de suie ; c'est un fragment de photographie. On y reconnaît un cadre blanc, une cascade de tissu satiné, le bras et l'épaule d'une femme… En bas, parfaitement imprimée, se trouve la signature de Vera.

Son rythme cardiaque accélère.

– Regarde ça, Immi.

– Qu'est-ce que c'est, Bon Dieu ?

– C'est une des photographies dont se servait Vera pour signer ses autographes.

– On dirait bien. Regarde, il y en a une autre ici. Quelqu'un en a brûlé tout un tas.

– C'est absurde…

– Complètement…

Rike se redresse et examine la photo. Le bras de Vera, la robe de Vera, son visage roussi. Son nom, Vera Klug, avec un grand V et une boucle sur le G. Elle n'a jamais vu ces photos de sa vie, bien qu'elle se souvienne du film dont l'image est extraite. *Une croisière au soleil*, présenté comme le grand succès de Vera, la révélation d'une Greta Garbo allemande.

Elle essaye de se remémorer le film. Elle l'a vu en 1943, comme tout le monde, parce qu'il avait été encensé par le magazine *Der Stürmer*. Elle ne se souvient pas de l'intrigue, mais elle avait adoré les scènes sur le paquebot, les femmes qui se prélassaient en courtes robes d'été tout en sirotant un cocktail. Bien entendu, le film laissait entendre qu'un tel comportement ne pouvait conduire qu'à des problèmes. À la fin, l'héroïne réalisait que l'Allemagne était le plus beau pays du monde, et qu'une femme ne pouvait s'épanouir qu'au sein de sa famille, avec ses enfants. Elle épousait le plus beau sergent qu'elle avait rencontré à bord et partait pour une lune de miel revigorante dans les montagnes, abandonnant les nuits au casino et les longues siestes qui l'avaient presque conduite à sa perte.

Ce rôle n'avait pas ouvert à Vera la porte du succès. Le cinéma avait finalement été déclaré dégénéré et considéré comme une distraction éloignant les Allemands de leur devoir de travailler, travailler, travailler toujours plus pour leur mère patrie.

Alors pourquoi, trois ans plus tard, quelqu'un avait-il apporté ces photos ici pour les brûler ? Est-ce que c'était Vera elle-même ? Rike essaye de l'imaginer, dans sa robe scintillante, en train de craquer une allumette dans la nuit. Du papier et de l'essence... *Pas étonnant que le feu ait été assez fort pour éclairer la ruelle.*

Elle s'approche de la fenêtre en soupirant. Les premiers flocons tombent du ciel et entrent à l'intérieur de la pièce ; les roses éclatantes du tapis perdent leur éclat. D'ici, elle distingue très bien l'intérieur de *Chez Charlie*. Le rideau qui remplace le mur manquant dissimule le bar, mais deux nuits plus tôt, les Amis l'avaient tiré pour pouvoir éclairer la scène avec leurs jeeps. Un frisson lui parcourt l'échine. Ce n'était probablement pas Vera qui avait brûlé ces photos, mais quelqu'un qui la surveillait et l'écoutait chanter dans la nuit – chanter l'amour, le désir et la douleur des cœurs brisés.

Elle se retourne vers Immi.

– As-tu déjà vu Vera apporter l'une de ces photos *Chez Charlie* ? En gardait-elle dans sa chambre ?

– Pas que je sache, répond Immi en haussant les épaules.

– Je ne comprends pas comment quelqu'un a pu s'en procurer autant.

– Peut-être quelqu'un qui a travaillé avec elle autrefois ? Ou quelqu'un qui l'aimait beaucoup ?

Rike hésite.

– Qui l'aimait ?

– Eh bien..., fait Immi en observant le tas de cendres. Pour quelle autre raison quelqu'un se baladerait avec ces images après tout ce temps ?

– Et pourquoi les brûler ici, au milieu de la nuit, alors qu'il aurait pu simplement se rendre *Chez Charlie* pour l'écouter chanter ?

En prononçant ces paroles, la réponse lui paraît évidente. *Parce que Vera l'aurait reconnu. Quel qu'il soit, il ne voulait pas être vu.*

Rike jette un nouveau coup d'œil par la fenêtre.

– On devrait interroger les voisins. Certains se souviennent peut-être des anciens habitants.

Chapitre 7

Billy

La neige a commencé à tomber, saupoudrant la caserne d'une fine couche de sucre glace. Mais le sol est recouvert d'une gadoue gris sombre, si bien que quand Billy atteint le centre de commandement, ses bottes sont couvertes de boue. Il en essuie le bout à l'arrière de son pantalon en attendant qu'on l'appelle, puis il crache sur ses boutons et les frotte avec le pouce pour les faire briller.

Le bureau de Coston est sombre, éclairé par une unique lampe de bureau à abat-jour vert. La pénurie de fuel ne cesse d'empirer malgré la réparation de la plupart des routes depuis la France et la Belgique. Breedan prétend qu'il y en a des milliers de litres en stock, mais qu'on les conserve au cas où la situation s'embraserait à nouveau. Par conséquent, l'énergie est strictement rationnée.

Coston est penché sur une pile de documents. Il a l'air épuisé, comme si tout ce papier pompait son énergie.

– Vous en avez mis du temps, soldat Keely.

– Mes excuses, monsieur, répond Billy en retirant sa casquette. Je viens d'avoir votre message. J'étais en train de taper notre rapport. Breedan et moi-même n'avons rien trouvé d'anormal dans l'intervention de la police lors de…

– Asseyez-vous.

Billy se fige ; il ne s'est jamais assis en présence d'un sergent.

– Je vous en prie, insiste Coston en ouvrant une bouteille qu'il vient de sortir du tiroir de son bureau. Cointreau ? C'est une bonne bouteille. Un peu trop léger à mon goût, mais Hitler adorait ce truc.

Mal à l'aise, Billy tire une chaise en la faisant grincer sur le parquet. Il s'assoit et saisit le verre que l'officier lui tend.

– Santé.

La boisson, orangée et visqueuse, est écœurante. On dirait une sucette oubliée trop longtemps au fond d'une poche. Coston vide son verre et se lèche les lèvres tel un lézard.

– Que sait la police au sujet de cette chanteuse assassinée ?

Billy redresse le dos, son verre à la main.

– Le mari d'une des femmes qui habitent cette maison est rentré de France il y a quelques jours, et il n'était pas content. C'est lui qui a été arrêté. Je veux dire, pas immédiatement, mais la police s'est rattrapée et a procédé à son arrestation dans un second temps.

– S'il était en garde à vue, comment peut-il être impliqué dans le meurtre de Frau Klug ?

– La police l'a relâché quelques heures avant l'assassinat.

– Pour quelle raison ?

– Heu… nos propres directives précisent que les suspects ne peuvent être retenus plus de vingt-quatre heures si l'on ne possède pas de preuve contre eux.

– À moins qu'ils soient suspectés de collaboration avec les nazis.

– C'est exact, monsieur.

Coston allume une cigarette.

– Et donc ? Qu'en pensez-vous ?

Billy hésite.

– Pardon ?

– Ce type, Mückler. Pourrait-il être accusé de tels crimes, ou du meurtre ? Ou des deux ?

– Je l'ignore. On l'a interrogé une première fois lorsqu'il est rentré en Allemagne après avoir été relâché en France. Il a été classé en catégorie IV, *Suiviste*.

– Évidemment.

Coston soupire, se ressert, et fait tourner son Cointreau dans son verre.

– J'ai repensé à notre conversation d'il y a quelques jours, Keely. Vous avez raison. Nous devrions contribuer davantage au travail de dénazification. C'est bien beau de contrôler les entretiens quand les choses tournent mal, mais nous pouvons sans doute en faire un peu plus.

– Oui ?

– Je voudrais que vous vous rendiez au camp de déplacés dès demain et que vous réinterrogiez Mückler. Essayez d'en savoir un peu plus sur son rôle pendant la guerre. Demandez-lui où il était la nuit de la mort de Frau Klug, et voyez s'il a un alibi. Ne le laissez pas vous embobiner. C'est clair ?

– Oui, monsieur.

– Et vérifiez si l'administration centrale possède de vieux dossiers le concernant. Membre du Parti national-socialiste, de la Wehrmacht, ce genre de chose. Tout est probablement parti en fumée, mais on pourrait avoir un coup de chance. Si on obtient des informations, on pourra intervenir auprès de la police et s'assurer qu'ils ne laissent pas de vieilles amitiés interférer dans leur enquête.

– Bien.

– Autre chose…

– Oui ?

– Ça reste entre vous et moi, d'accord ? Je veux que vous travailliez seul sur cette affaire.

Billy réprime une grimace.

– C'est une… une mission solo ?

Le Lézard sourit. Sa cigarette roule vers la droite, puis vers la gauche.

– Quelque chose me dit que vous travaillez mieux tout seul.

Billy sent l'alcool lui brûler l'œsophage. Quelque chose ? *Ou quelqu'un* ? Est-ce qu'on les aurait balancés ?

– Je vous ferai mon rapport dès que possible, dit-il. Merci pour le verre, monsieur.

Le Lézard hoche la tête.

– C'est dégueulasse.

Billy hésite.

– Le Cointreau ?

– J'espère que vous comprenez bien, Keely. Vous faites profil bas et vous ne rendez compte qu'à moi. N'en parlez à personne et évitez les formulaires.

– Mais c'est…

– Vous pouvez disposer, soldat.

Billy déglutit et sent à nouveau le liquide visqueux obstruer sa gorge.

– Bien, monsieur.

* * *

Les terrains boueux du centre pour personnes déplacées de Düppel sont occupés par un nombre grandissant de Juifs et de gens déracinés par la guerre. La zone juive est composée d'une cinquantaine d'abris bâtis à la hâte et entourée d'une haute clôture de fils barbelés surveillée vingt-quatre heures sur vingt-quatre par des soldats alliés. Billy s'autorise une cigarette avant de s'attaquer à sa mission. Tout en fumant, il se remémore l'arrivée des Juifs au cours des premières semaines. Les nuits étaient pleines des cris et des pleurs de ceux qui commençaient juste à faire leur deuil. C'était terrible, mais ce n'était pas le pire. Certains ricanaient constamment, ou éclataient de rire à quelque blague mystérieuse. Sans parler des individus aux yeux vides qui ne pouvaient pas marcher sans être tenus par la main. Certains ne mangeaient plus et avaient perdu la parole. Parmi ceux qui avaient survécu aux horreurs des camps de la mort, certains étaient tellement traumatisés qu'ils se pendaient dans les bois.

Désormais, les choses se passent un peu mieux. Les Juifs sont suivis par des médecins ; ils disposent d'installations sanitaires et de moyens de communication. Ils commencent à partir – pour la Palestine, pour les États-Unis, ou vers l'est. Certains rentrent chez eux, d'autres s'en vont. Pourvu qu'ils ne restent pas ici.

Dans un camp plus petit, à côté des Juifs, vivent les conscrits polonais, les Sintis et les Roms, tous ceux qui ont déferlé de l'Est. Et derrière, il y a une petite zone encore plus sale où sont cantonnés les Allemands. Les prisonniers de guerre revenus vivre dans des maisons qui ont cessé d'exister. Les nazis avec de nouvelles identités. Certains d'entre eux sont innocents, sans doute – si ce mot a encore un sens – mais les autres…

Rasséréné par la nicotine, Billy se dirige vers l'entrée principale et s'attelle aux formalités administratives. Non, son enquête n'est pas liée aux Juifs. Non, il n'a pas besoin d'assistance pour mener son interrogatoire. Oui, le niveau de responsabilité de son sujet est connu. Catégorie IV, *Suiviste*.

Une secrétaire le conduit dans la cantine et lui demande de s'asseoir. Mückler apparaît peu après, une liasse de papiers à la main. Sa bouche se tord en apercevant Billy.

– *Mein Herr ? Ich spreche kein Englisch.*

– *Kein problem*, répond Billy. *Ich spreche Deutsch.*

– Oh.

Mückler s'assoit et lui tend ses papiers. Un vieux laissez-passer de la Wehrmacht détaillant où et quand il a été mobilisé. Une carte française de prisonnier de guerre avec un numéro de détenu. La carte d'accès au camp de Düppel. Une lettre d'enregistrement de l'UNRRA indiquant l'adresse sur Hermannstrasse comme celle du membre de sa famille encore en vie le plus proche.

Billy étudie les documents et prend note des détails.

– Vous avez été arrêté il y a quelques jours, dit-il. Est-ce que ça vous a surpris ?

Mückler tousse.

– Plus rien ne me surprend.

– Avez-vous entendu parler de la mort de Vera Klug ?

– Qu'est-ce que ça peut vous faire ?

– L'OMGUS a reçu une plainte au sujet des policiers qui s'occupent de l'affaire. Je suis ici pour vérifier qu'ils ont bien respecté le règlement.

– Je ne les en blâmerais pas dans le cas contraire, marmonne Mückler. Dieu sait qui édicte les règles aujourd'hui.

– C'est nous, réplique Billy en essayant de rester aussi calme que Coston. Monsieur Mückler, je dois vous interroger au sujet de votre arrestation et de votre relaxe. Quelles raisons vous ont-ils fournies ?

– Ils ont dit que j'avais menacé de brûler la maison où vit ma femme. Je vois pas pourquoi ils doivent mettre un type en taule pour ça, mais pour être honnête, la nourriture était meilleure là-bas que dans ce trou.

Il grogne.

– Je leur ai raconté ma version de l'histoire. J'avais aucune raison de leur mentir. Les faits sont ce qu'ils sont. Ils ont quand même dû me garder une nuit. En attendant le retour de leur hiérarchie.

Billy se redresse.

– Ils vous ont prévenu qu'ils contacteraient les autorités américaines ?

– J'ai cru qu'ils voulaient me dénazifier une deuxième fois. Histoire de m'humilier un peu plus, précise-t-il avec un sourire en coin. J'imagine que ce stupide Kommissar n'a pas obtenu d'autorisation. Le lendemain, il est venu en se dandinant et m'a dit que je pouvais y aller. Je lui ai demandé à quoi correspondaient tous ces tracas. Il m'a répondu qu'il s'agissait d'un simple malentendu et il m'a laissé partir.

Mückler lui fait un clin d'œil.

– Quel âge vous avez, au fait ? Comme se fait-il que vous parliez notre langue ?

Billy ignore la première question.

– Ma grand-mère venait de Forêt-Noire.

– Vous êtes un gamin allemand, alors ? Super.

– Je suis américain. Mon arrière-grand-père était hongrois. Gyula Kelenzcy.

Mückler fronce les sourcils.

– Ah. Dommage.

– Ma famille a toujours vécu dans le Kentucky.

Mückler n'a rien à dire à cela et Billy profite du silence pour prendre quelques notes.

– Qu'avez-vous fait durant la guerre ?

– Tout est indiqué dans mon certificat Persil.

– Wehrmacht ou SS ?

– D'abord la Wehrmacht. J'ai fait mon service, précise-t-il avec un haussement d'épaules. Pologne, puis Russie, bien que mon unité ait été retardée pendant la retraite en Ukraine.

– Vous avez été capturé en France.

– Pas de chance. Mais au moins ce n'était pas à Tcherkassy. C'était le chaos, mon garçon. Un mort à chaque seconde, que vous soyez dans un char ou non. On a failli avoir ces porcs russes, mais…

Billy hoche la tête.

– Jeudi dernier, quand vous êtes sortis du commissariat, à quelle heure êtes-vous rentré ici ?

– À 21 heures, environ.

– L'administration de Düppel pourra me le confirmer ?

– Tout est enregistré, affirme Mückler avec un sourire suffisant. Vous devez signer à chaque fois que vous sortez, et il est interdit de rentrer après 20 heures. Ils m'ont fait passer un *Gottverdammt* de quart d'heure quand je suis rentré, même si ce n'était pas ma faute.

– Puis-je voir de nouveau vos papiers du camp ?

Il saisit la fiche en carton pliée en deux. La date d'enregistrement correspond au 31 décembre. Sur sa photo, Mückler est mal rasé ; il a l'air fatigué et vaseux.

Il aurait pu passer la nuit dehors en utilisant le passe de quelqu'un d'autre, comme le fait Breedan lorsqu'il a un rendez-vous galant. Mais le personnel administratif de Düppel, choisi parmi la communauté juive, est réputé pour sa vigilance sans faille. Chaque résident qui quitte le camp doit fournir son numéro d'enregistrement, sa destination et son heure de retour. Billy doute que l'équipe de garde ait laissé qui que ce soit échapper à son contrôle.

Mückler, qui semble deviner ses pensées, lève le menton et sourit.

– Vous vérifiez mon alibi ?

– Je suis ici pour vérifier que la police a bien effectué son travail. Comment êtes-vous rentré du commissariat ?

– En Mercedes.

– Vous avez une Mercedes ?

– *Per Pedes.* Ça veut dire à pied. Ça m'a pris trois heures pour arriver jusqu'ici. J'avais les orteils tellement congelés que j'ai cru en avoir perdu un.

Billy fronce les sourcils.

– Vous êtes sûr que vous n'avez reçu aucune aide ?

– Moi ? Vous rigolez… Je ne suis pas une de ces poules de l'Est qui passent leur journée à faire de l'œil à l'occupant pour passer dix minutes dans une jeep.

– Vous devriez essayer…

Mückler a les mains qui tremblent.

– Faites gaffe. Je ne suis pas venu là pour écouter un *blanc-bec* se moquer de moi.

– Et moi, pour écouter vos menaces.

Billy se lève et repousse les papiers sur le bureau.

– Ce sera tout pour aujourd'hui. Passez une bonne journée.

L'administration du camp lui confirme l'histoire de Mückler, y compris son retour tardif le 3 janvier, pour lequel il a reçu un avertissement. Si la police l'a relâché en fin de journée et qu'il a marché jusqu'ici, cette heure de retour paraît plausible. S'il a reçu de l'aide, cependant… aurait-il pu passer par *Chez Charlie* pour assassiner la chanteuse ?

Mais Vera a été tuée tard dans la nuit, n'est-ce pas ?

Billy vérifie le registre des entrées et sorties. Il y a autre chose. Au cours des trois jours qui ont précédé le meurtre, l'emploi du temps de Mückler est réglé comme du papier à musique : toujours sorti à 8 heures et jamais rentré avant le couvre-feu. Qu'a-t-il fait de ses journées ? Et il reste une énigme. *Blanc-bec*… Il n'a jamais entendu ce terme en allemand ; il faudra qu'il interroge sa mère. Peut-être que, sans le savoir, il vient de se faire insulter.

Chapitre 8

Rike

Un des derniers bâtiments de la rue encore debout est occupé par un marchand de chaussures. Son nom, *Schuhe Kanst*, est inscrit en lettres d'or au-dessus de la fenêtre. Tandis que Rike et Immi s'en approchent, un homme – sans doute M. Kanst – accroche un panonceau « fermé » sur la porte vitrée miraculeusement préservée. Il sourit en les voyant, retourne le panneau en position « ouvert » et les laisse entrer.

La boutique sent la cire, l'encaustique et les décennies d'un travail paisible. Le tapis, quoiqu'entretenu, est taché d'humidité. Deux des plafonniers fonctionnent et leur faible éclairage se reflète sur le cuir des chaussures. Rike remarque une paire de sandales blanches sur une étagère ; comme celles que porte Ginger Rogers dans ses films. Décorées d'un motif floral en relief au niveau des doigts de pied et dotées d'une large lanière affinant la cheville, elles lui rappellent aussi celles qu'elle portait le jour d'été où ils l'ont ramenée à Ravensbrück…

Le souvenir se déroule malgré elle. Elle a donné ses deux derniers reichsmarks à un fermier contre ses bottes de travail car elle n'allait pas marcher à travers… à travers *ça* avec ses jolies sandales blanches. Elle ne voulait pas les tacher et rentrer à Berlin avec des chaussures sales.

Elle ne les avait pas gardées longtemps, cependant. Quand le temps s'était refroidi, elle les avait échangées au marché noir contre un pain de savon. Ces sandales n'auraient pas été pratiques en hiver.

Elle passe le doigt sur le cuir tendre en soupirant. Si elle avait de l'argent, elle s'achèterait celles-ci en guise de cadeau de Noël en retard. Mais elles coûtaient quinze reichsmarks et déblayer les gravats ne rapportaient que soixante-douze pfennigs la journée.

Derrière le comptoir, M. Kanst place sur une étagère une paire de chaussures pour homme dont les talons viennent d'être réparés.

– En quoi puis-je vous aider, *meine Damen* ?

Rike s'approche de lui.

– La maison en ruine, juste en face. Est-ce que ses occupants habitent encore le quartier ?

Il écarquille les yeux.

– Vous recherchez quelqu'un en particulier, jeune fille ?

– Non. En fait, si. C'est compliqué.

– Tout est compliqué, de nos jours.

Il retire ses lunettes et les essuie sur son tablier.

– Malheureusement, le bâtiment a été bombardé en 1944. Les Schneider, qui vivaient au dernier étage, sont tous morts. Les Jawulke ont déménagé et Frau Siedler est partie vivre chez sa sœur à Wilmersdorf après être sortie de l'hôpital.

– Savez-vous qui occupait le rez-de-chaussée ? L'appartement de gauche ?

– Je n'en suis pas certain, répond-il en se tournant vers l'arrière-boutique. Ilse ? Tu peux venir un moment ?

La porte s'ouvre en grinçant et une femme vêtue d'un tablier bleu ajusté au niveau de la poitrine apparaît. Un sourire se dessine sur son visage à la vue des visiteuses. Elle a l'air sympathique.

– Bonjour, mesdemoiselles, en quoi puis-je vous aider ?

– Ilse..., intervient M. Kanst en désignant l'extérieur. Au numéro 12, au rez-de-chaussée... Rappelle-moi qui vivait là.

Elle fronce les sourcils.

– Les Russes y ont placé une famille de Roms de l'Est en juillet 1945. Ils sont partis en emportant tous les meubles. J'ai hésité à en informer les autorités, mais je ne voulais pas avoir affaire à l'Armée rouge. J'ai préféré ne pas m'en mêler.

– Tu as eu raison, ma chérie, reconnaît son mari. Il vaut toujours mieux s'occuper de ses affaires.

Rike les regarde l'un après l'autre.

– Je voulais parler des gens qui habitaient là avant. Avant la fin de la guerre.

Mme Kanst semble soudain méfiante.

– Oh, je ne le connaissais pas.

– C'était un homme ?

– Un musicien.

– Il nous avait commandé des semelles confortables pour ses chaussures, ajoute M. Kanst. Parce qu'il était toujours debout. Il jouait de la flûte, je crois.

Sa femme lui jette un coup d'œil.

– Il ne venait pas souvent à la boutique.

Rike a soudain une intuition.

– Qu'est devenu cet homme ?

Mme Kanst hausse les épaules.

– Eh bien, vous savez...

– Il a été arrêté ?

– Assez tardivement, précise M. Kanst. Nous avons été surpris. Son nom ne permettait pas de le deviner, ça ne sonnait pas juif.

– Comment s'appelait-il ?

– Je l'ignore, répond Mme Kanst. Nos tuyauteries ont été frappées par un éclat d'obus. L'arrière-boutique a été inondée et on a perdu tous nos fichiers.

– Mais vous devez bien vous en souvenir, dit Immi. Vous venez de dire que ce n'était pas un nom juif.

Le tablier de Mme Kanst se tend dangereusement lorsqu'elle inspire.

– J'aurais aimé vous aider, mesdemoiselles, mais c'était il y a longtemps.

Menteurs. Rike pétrit ses mains et tente tant bien que mal de trouver un argument qui pourrait les pousser à parler. Le temps d'un ou deux battements de cœur, elle envisage de prétendre qu'elle connaissait sa famille, ou qu'Immi et elle travaillent pour l'une des nombreuses organisations qui recherchent les disparus ou qui enquêtent sur les crimes de guerre, mais elle ne peut s'y résoudre.

– Quand a-t-il été arrêté ? demande-t-elle à la place. Vous disiez que c'était tardif.

– Ça devait être en 1943, dit M. Kanst. En décembre, peut-être ?

– Nous n'avons rien vu, précise sa femme. Je crois que nous n'étions pas là. C'est M. Schneider qui nous a prévenus.

– J'ai réalisé un jour qu'il n'avait jamais récupéré ses chaussures. C'était une bonne paire. Je les ai vendues à un soldat juste avant les premiers bombardements.

– Et ensuite, les Roms sont arrivés, explique Mme Kanst en croisant les bras sur sa poitrine. Ils vivaient comme des sauvages, là-dedans. Des gens terribles. Comme si on n'avait pas assez souffert comme ça.

Elle jette un œil à la porte de derrière.

– Désolée, je dois y aller. J'ai un ragoût sur le feu, il faut que je m'en occupe.

* * *

Dehors, Rike essaye de déchiffrer l'expression d'Immi pour savoir si ce discours sur les Tziganes de l'Est l'a blessée. Mais c'est impossible à dire. Immi ne réplique jamais quand les gens parlent mal des siens, les rapatriés de l'Est. L'opinion publique a brusquement changé de camp. Pendant la guerre, les gens se portaient volontaires pour les accueillir, offrant un accueil chaleureux à leurs frères de l'Est, soulagés que leur sang aryen soit sauvé de la contamination slave. Mais quand l'Armée rouge est entrée en Poméranie, les centaines de rapatriés sont devenues des milliers, puis des centaines de milliers. Ils avaient tous besoin de nourriture, d'abris, de soins. Ils racontaient des histoires terribles – de meurtres, de viols et d'abandon – que personne ne voulait entendre. Et aujourd'hui ils sont toujours là, environ un million d'Immi dans ce qu'il reste de l'Allemagne, à se disputer nourriture, maisons et travail.

– Qu'est-ce qu'on fait, maintenant ? demande Immi. Quelle fichue pluie !

– *Scheissregen*, répond Rike en souriant. Vas-y, dis-le : quelle pluie de merde, quels gravats de merde, quelle vie de merde !

– Tu es grossière, dit Immi en grimaçant.

Rike glisse son bras sous celui de son amie.

– Oh, fais pas cette tête. Désolée, ces commerçants m'ont énervée. Ils en savent manifestement plus qu'ils ne le disent.

– Ils ne veulent plus penser à… tu sais.

– Évidemment qu'ils ne veulent plus y penser. Je ne serais pas étonnée qu'ils l'aient dénoncé eux-mêmes à la Gestapo.

Immi hoche la tête.

– Oui. C'est juste amusant.

– Amusant ?

– Je veux dire, ils savent très bien ce qui s'est passé, mais ils prétendent ne pas savoir. Comme tout le monde. Tout le monde essaye d'oublier.

Rike sent son estomac se nouer.

– Nous ne pouvons pas oublier. Heureusement, les Américains sont là pour nous le rappeler.

– C'est vrai. Tu penses que ces deux-là ont déjà été dénazifiés ?

– J'en doute. Ils sont trop vieux pour être prioritaires. Pourquoi ?

– Peut-être qu'ils en ont raconté davantage aux Américains au sujet de l'homme de l'appartement. Tu pourrais demander au soldat qu'on a rencontré au commissariat.

Elles marchent dans la nuit tombante. Sur Seydelstrasse, un colporteur vend des lacets et des boutons. Il est maigre et sa mâchoire blessée pend mollement.

– Dentelle de Dresde, lance-t-il en mangeant ses mots. La meilleure qualité. Les dernières qu'il me reste.

Rike accélère le pas. L'idée d'Immi n'est peut-être pas si mauvaise. Elles ont l'adresse, et la Gestapo notait tout : il y a forcément des informations quelque part, avec une date et un nom. Et toutes ces archives ont été récupérées par les Anglais et les Américains.

– On pourrait essayer auprès des Américains, dit-elle. On pourrait prétendre que c'est… pour dénoncer un crime de guerre.

– Pourquoi nous croiraient-ils ?

– On n'a rien à perdre, affirme Rike en serrant le bras de son amie. Écoute, je vais sécher le travail, demain. Tu pourras raconter à la grosse Bemmel que j'ai des maux d'estomac ?

– Tu es sûre ?

– Oui. J'en profiterai pour aller à la caserne Roosevelt. J'essayerai de laisser un message à ce Keely. Je verrai bien ce que je peux trouver.

La neige commence à tomber et elles accélèrent encore. Rike s'accroche au bras d'Immi, son sang pulsant le chaud et le froid dans ses veines. Les archives des Américains pourraient leur apporter des réponses. Parce que tout était enregistré. Elle se souvient encore très bien des formulaires. Lieu de l'arrestation, centre de détention, première et seconde destination. Famille, profession, propriété libérée et biens apportés. Aptitude aux travaux pénibles. Lieu d'expédition, numéro et horaire du train.

Elle lèche ses lèvres sèches. Il y a forcément des traces quelque-part. *Nous avions au moins le mérite d'être méticuleux.*

* * *

Le jour suivant, elle réussit à se faire prendre en stop par deux soldats français juste après Tauentzienstrasse. Mais ils rentrent dans leur secteur et ne peuvent la conduire au-delà de Bismarckstrasse, et elle doit encore marcher deux heures pour atteindre la caserne Roosevelt, près du jardin botanique.

Le cantonnement se situe dans l'ancienne école militaire datant de l'époque prussienne, un bâtiment long et massif en briques sombres doté d'imposantes tourelles. La bruine fouette la façade, formant des taches là où les mitraillages ont fait sauter des éclats de brique. Derrière le portail principal s'étend un dédale de maisons et de baraques Nissen. Il y a une autre entrée à l'arrière, pour les soldats noirs, mais Rike ne va pas passer par là.

La caserne est entourée de plusieurs périmètres de barbelés surveillés par des soldats lourdement armés. Malgré leurs fusils et leurs casques, pourtant, ils ne sont guère intimidants. Ils sont trop jeunes. Trop las et trop… calmes. Les *vrais* soldats ont une autre allure. Elle en a vu pendant et après les batailles. Les vrais soldats sont si terrifiés, si furieux que leurs yeux vides pourraient aspirer l'univers tout entier.

Elle les dépasse en essayant de jauger lequel sera le plus conciliant. L'un d'entre eux est occupé à plier et déplier un emballage de chewing-gum. Sûrement pour tromper l'ennui. Il respire l'arrogance. Elle se précipite sur lui.

– Monsieur ? Bonjour, monsieur, dit-elle tout en ramenant ses cheveux en arrière. Pouvez-vous m'aider ?

Il plisse les yeux avec un air confus.

– Désolée chérie, mais je suis en service.

– Oh, pardonnez-moi.

Elle a au moins dix ans de plus que lui et sa façon de l'appeler *chérie* la fait presque rire.

– Je m'appelle Ulrike Seelman. Il faut que je parle au soldat William Keely.

– Billy ? Vous connaissez le tâcheron ?

– Le tâcheron ? interroge Rike en tentant de masquer sa confusion. J'ai rencontré le soldat Keely au commissariat. J'ai besoin de son aide.

Il la toise d'un œil soupçonneux avant d'afficher un drôle de sourire.

– On dirait que saint Keely s'est enfin fait pousser une paire de couilles.

– Pourriez-vous aller le chercher pour moi ?

– Impossible. Je dois rester à mon poste. D'ailleurs, les civils ne sont pas autorisés à entrer dans les casernes américaines à moins d'avoir un statut de collaborateur.

Rike serre son paquet de cigarettes dans la poche de son manteau. C'est peut-être le moment de prendre exemple sur Vera. De le persuader, non pas avec des mots, mais avec des sous-entendus. Elle bat des cils et relève les yeux vers lui, avant de reprendre à voix basse :

– Pourriez-vous faire une exception ? Pour moi ? En échange de quelques cigarettes ?

Il hésite.

– Ne jouez pas ce jeu-là avec moi, chérie. Le Lézard m'arracherait la tête.

– Un lézard ? répète-t-elle. Moi qui pensais que c'était déjà assez pénible avec les rats, ajoute-t-elle d'un air naïf.

Il éclate de rire. C'est ce qu'elle apprécie chez les Américains : leur sens de l'humour. Ils aiment les blagues, surtout les mauvaises. Ils ne sont pas aussi guindés que les Tommies, qui n'ont aucune fantaisie, ni aussi distants que les Français, qui vous écoutent à peine.

Breedan jette un œil à la barrière de fils barbelés et au soldat qui monte la garde quelques mètres plus loin.

– Écoutez, qu'est-ce que Keely ficherait d'une femme comme vous, de toute façon ? Sans vouloir vous vexer, vous n'êtes pas vraiment son genre.

– Je suis ici parce que je dois retrouver quelqu'un, réplique Rike d'une voix ferme. Quelqu'un qui a probablement été déporté dans un camp de concentration pendant la guerre.

– Contactez l'UNRRA, alors. Ce sont eux qui gèrent les recherches de victimes. Keely ne travaille pas sur les recherches et les délocalisations. Il s'occupe de superviser la dénazification.

– Pourriez-vous au moins lui laisser un message ? C'est important.

– C'est en rapport avec le meurtre de cette bonne femme ? demande-t-il soudain. Écoutez, il s'agit des affaires de la police. Laissez-la faire son travail.

– Ce n'est pas ça. C'est quelqu'un qui… L'ami d'un ami. Il est probablement toujours en vie. Et je suis presque sûre qu'il est ici, à Berlin.

– Et moi, je suis presque certain que Keely ne peut pas vous aider.

– Je vous en prie.

Breedan réfléchit.

– Qu'est-ce que j'y gagne ?

Elle tente un nouveau sourire.

– Considérez ça comme une contribution au rétablissement de la démocratie.

– C'est un peu léger. Ça vous coûtera cinq cigarettes, dit-il en lui rendant son sourire.

Chapitre 9

Billy

Ulrike Seelman sort de sa maison vêtue d'un pantalon de travail d'homme, d'un manteau en laine feutrée et d'un béret en tricot enfoncé de travers sur ses cheveux blonds. Billy doit prendre sur lui pour garder son sérieux. Au cours des derniers mois, les femmes allemandes ont développé leur propre mode, issue de la pénurie et de la libération. Leur goût se situe quelque part entre le pratique, le joli et le franchement ridicule. Il en a vu troquer leurs dernières cigarettes contre des magazines américains déchirés, essayer de rouler leurs bas de pantalons comme si c'étaient des jeans. Watkins a même rencontré une fille qui lui a échangé son appareil photo Leica contre ses lunettes de soleil en plein hiver.

Mlle Seelman redresse le dos pour se mettre à sa hauteur.

– Bonjour.

Il hoche sèchement la tête.

– Breedan m'a transmis votre message.

– Avez-vous retrouvé le nom de cet homme dans vos archives ? Savez-vous ce qu'il est devenu ?

– D'abord, je voudrais savoir pourquoi vous cherchez à rencontrer cette personne.

– C'est... comment dites-vous...

Elle réfléchit un instant.

– Un coup de poker. Il y a quelques jours, mon amie et moi sommes retournées à l'endroit où Vera a été assassinée. Nous avons trouvé quelque chose. Quelqu'un a brûlé plusieurs cartes. Des photographies de Vera avec sa signature.

– Des photos dédicacées…

– Vous ne trouvez pas ça étrange ?

Elle repousse une mèche de cheveux sous son béret.

– Je n'arrête pas d'y penser. La personne qui a fait ça la connaissait forcément.

– Vous pensez que cette personne est venue à cet endroit pour brûler des photos dédicacées de Vera Klug la nuit où elle a été tuée ?

– Au moment exact de son assassinat, même, précise-t-elle en plantant son regard dans celui de Keely. C'est peut-être l'homme qui a tué Vera.

– Ça paraît complètement dingue.

– Ça l'est peut-être.

Billy marque une pause.

– Vous n'auriez pas pu vous contenter d'interroger les voisins ? Quelqu'un aurait pu se rappeler qui habitait dans cet appartement.

– C'est ce qu'on a fait, explique-t-elle en serrant les lèvres. Mais les gens n'ont pas voulu parler.

Pas surprenant. Rien vu, rien entendu – c'est toujours la même histoire. Mais Mlle Seelman marque un point. Si l'homme qu'il a identifié ce matin avec l'aide de Mlle Lotterberg était présent lors du meurtre de Frau Klug, celui-ci pourrait être un témoin important. C'est peut-être le renseignement que Coston attend.

– D'accord, dit-il. Nous pouvons aller le voir. Mais à ma manière. Et à condition que vous ne le sollicitiez plus par la suite. C'est compris ?

– *Jawohl*, monsieur, réplique-t-elle avec un sourire. Vous parlez allemand, n'est-ce pas ?

– Un peu, *sorta*.

– Comme ci, comme ça, traduit-elle en souriant de plus belle. *So einigermassen*.

– Qu'est-ce que ça veut dire ?

– Ça signifie un peu, *sorta*.

Soudain, il se rappelle son entretien avec Mückler.

– Fräulein Seelman, dites-moi, qu'est-ce qu'un *blanc-bec* ?

– Un *blanc-bec* ? Une jeune personne. Je crois que vous appelez ça un adolescent en Amérique.

– Ah, je vois.

Elle tend le menton vers la jeep.

– On y va en voiture ?

– Oui. Nous allons à Zehlendorf.

– Très bien. Je lirai la carte.

Billy secoue la tête.

– Pas question. Elle appartient au renseignement américain.

– C'est juste une carte, dit Ulrike Seelman en grimpant dans le véhicule. Assurez-vous qu'on ne passe pas par Saint-Michel. Je suis supposée être de service au déblaiement, aujourd'hui.

– Vous déblayez les décombres ? demande Billy en faisant démarrer la jeep que Coston a mise à sa disposition. Comment ça se passe ?

Elle reste de marbre.

– C'est dur et ça n'en finit jamais.

– Vous êtes payée soixante-douze pfennigs la journée.

Elle claque sa portière.

– À peine de quoi survivre.

* * *

Ils roulent en silence autour du Knie. Quand Billy sort ses cigarettes et en offre une à Ulrike Seelman, elle accepte. Il se sent un peu mal car fumer en compagnie d'une *Fritzie* pourrait être considéré comme de la fraternisation. Mais si Fräulein Seelman a raison au sujet de l'homme qu'ils s'apprêtent à voir, il aura besoin de sa coopération.

Ulrike Seelman inhale la fumée avec une intensité désespérée, puis souffle entre ses doigts.

– Qui vous a appris l'allemand ?

– Ma mère.

– D'où est-elle ?

– Frankfort.

– Ah. Et quand est-elle partie aux États-Unis ?

– Je parlais de Frankfort dans le Kentucky.

Elle renifle.

– Jamais entendu parler.

Billy freine pour éviter un vieillard qui traverse la rue en titubant.

– Mes grands-parents ont émigré aux États-Unis avant la naissance de ma mère. Ils venaient de Forêt Noire, au sud de l'Allemagne. Je ne sais pas d'où exactement.

– Je suis de Mannheim, répond Fräulein Seelman. Mais j'ai déménagé à Berlin quand j'ai commencé à travailler pour le Reichspostministerium. C'est le… *c'était* le service des Postes.

– C'est là que vous avez appris l'anglais ?

– En fait, un de mes oncles est anglais. Ma tante est allée travailler à Londres comme nourrice et elle s'est mariée là-bas. Elle vit à Hounslow, à l'ouest. J'y ai passé plusieurs étés quand j'étais gamine. Mais ensuite la situation… vous comprenez, quoi.

Elle expire une longue bouffée de fumée.

– Ce n'est pas comme si nous avions toujours été ennemis. Surtout avec l'Angleterre. C'est un joli pays.

Billy hausse les épaules.

– Cette maison dans laquelle vous vivez avec vos amies, reprend-il, comment l'avez-vous trouvée ?

– C'était l'idée de Vera.

Fräulein Seelman fume sa cigarette jusqu'à l'extrémité avant de la jeter dans la rue.

– Un endroit où les femmes pourraient s'entraider.

– Il n'y a aucun homme dans le tableau ?

– Non.

A-t-elle levé les yeux au ciel ou l'a-t-il juste imaginé ?

– Comment ça fonctionne ?

– Nous avons chacune une chambre, nous cuisinons ensemble et faisons le ménage à tour de rôle. Celles qui le peuvent travaillent et nous partageons ce que nous gagnons pour subvenir à nos besoins.

– Et celles qui ne peuvent pas travailler ?

– Elles bénéficient de la même aide que les autres, dit-elle avec conviction. C'est un système juste.

– Mais Vera était la… la patronne, c'est ça ?

– Non. Elle n'a jamais pris plus que les autres.

– Alors, pourquoi a-t-elle organisé tout ça ?

Elle hésite avant de répondre :

– Vera pensait que nous… que nous avions besoin de son aide. Je crois qu'elle y voyait une sorte de rédemption.

– Et aucune d'entre vous n'a plus de famille ?

– Je n'en suis pas certaine. Je n'ai pas vérifié.

– Que voulez-vous dire ?

– Mes parents sont partis s'installer avec ma grand-mère à la campagne au début de 1945.

Elle hausse les épaules.

– Je n'ai plus entendu parler d'eux.

Billy ralentit un peu tout en digérant l'information.

– Vous voulez dire que vous n'avez pas cherché à savoir s'ils étaient encore vivants ?

– Non.

– Pourquoi ?

– C'est difficile à expliquer..., répond-elle en plongeant à nouveau ses poings dans ses poches. Après la... après la fin, c'était un tel chaos. Mais de ce chaos ont émergé des choses nouvelles. Pour certains, ce fut une nouvelle personnalité. J'ai du mal à m'imaginer devant la table basse en train de servir le lait comme une bonne fille... Je finirai par apprendre ce qui leur est arrivé. Ce sera comme ça. Je devrai m'en accommoder, peu importe l'issue.

Elle jette un regard aux ruines de l'usine de cigarettes Steglitzer. Les rares poutrelles qui n'ont pas été détruites forment un motif de dentelle dans le ciel insipide et enfumé.

– On s'habitue à l'incertitude, reprend-elle. Ça rend la vie beaucoup plus facile, si on veut.

* * *

Lorsqu'ils atteignent Zehlendorf, les oreilles de Billy sont presque gelées sous son casque et, tandis qu'ils attendent qu'on les laisse entrer, il se pince désespérément les lobes pour essayer de leur redonner vie.

Contrairement à Düppel, le camp de rétention des Juifs de Zehlendorf ressemble à un village au milieu de la ville, entouré de trois rangées de fils barbelés. C'est étrange de loger les Juifs derrière de nouvelles barrières. Mais c'est toujours mieux que de les obliger à vivre au milieu de leurs tortionnaires, ou, Dieu soit loué, de les parquer dans de nouveaux camps de concentration, comme l'ont fait les Russes.

Zehlendorf est un endroit relativement accueillant. Il y a

des baraques Nissen chauffées, une salle commune et une cantine faite de briques et de tôle. Les hôtes – l'Administration des Nations Unies pour le secours et la reconstruction a désapprouvé par référendum le terme *prisonniers* – ont commencé à sarcler un coin de terre pour cultiver des légumes d'hiver. Alors que Billy s'occupe des formalités administratives, il surprend Fräulein Seelman en train de regarder autour d'elle avec une curiosité non dissimulée. Ces derniers temps, les Allemands se sont plaints devant le Conseil de contrôle allié de ce que les Juifs bénéficiaient d'un meilleur traitement et de rations plus copieuses – ce à quoi même le Conseil n'a pu répondre sans en reconnaître l'ironie.

L'administrateur les conduit dans le réfectoire et les invite à s'asseoir.

– Herr Martinek est autorisé à venir accompagné, les informe-t-il. Il est libre de refuser de répondre à vos questions et de s'en aller quand il le désire.

Billy frotte sa main contre son uniforme.

– Il s'agit d'une enquête officielle de l'OMGUS.

L'homme lui adresse un sourire froid.

– Ce n'est pas votre juridiction. Nous sommes auto-administrés.

Ils patientent à nouveau. Fräulein Seelman reste calme et évite le regard de Billy ; elle ne cesse de jouer avec ses cheveux et d'incliner son béret d'un côté et de l'autre. Au bout d'un quart d'heure, une porte finit par s'ouvrir et un homme apparaît. Il a les cheveux gominés, les traits fins et des yeux perçants. Il tire une chaise et tend la main à Billy.

– Monsieur Keely, je présume ? dit-il avec l'accent allemand chantant des gens de l'Est. Je suis Roland Martinek.

Billy saisit la main tendue et réalise alors qu'à côté de

Martinek se tient une femme imposante vêtue d'une robe marron remontée jusqu'au cou.

– Merci beaucoup d'avoir accepté de nous recevoir, commence-t-il. Je ne sais pas exactement ce qu'on vous a raconté mais...

– Vera Klug est morte, coupe M. Martinek avec un sourire entendu. C'est un événement qui mérite d'être souligné. Pendant qu'on y est, je vous présente Frau Liebstein. Elle est là pour s'assurer que je suis traité avec respect. Mais ne vous inquiétez pas, elle ne parle pas un mot d'anglais, n'est-ce pas, Frau Liebstein, *ja* ?

La femme hoche timidement la tête.

– Très bien, dit Billy.

Il ôte son casque et sort son carnet de sa poche.

– Monsieur Martinek, Mlle Seelman était une amie de Vera. En fait, elles habitaient ensemble. C'est elle qui a trouvé le corps et elle voudrait vous poser quelques questions. Enfin... nous voudrions tous deux vous poser quelques questions.

– Je ferai de mon mieux pour y répondre.

Billy observe Ulrike Seelman qui se redresse sur sa chaise et commence sur un ton déterminé :

– 41 Kronenstrasse... C'était bien chez vous, n'est-ce pas ?

– *C'était* est bien le temps qui convient. Je n'y ai plus vécu depuis l'hiver 1943.

Elle tressaille.

– J'y suis allée avec une amie, avant-hier. Nous avons trouvé...

– Les restes d'un petit feu, complète Martinek en hochant la tête. Si j'avais su qu'elle mourrait cette nuit-là, j'aurais veillé à mieux couvrir mes traces.

– Vous reconnaissez donc que vous étiez là-bas ?

– Bien sûr. Qui raterait une performance de la grande Vera Klug ?

– Comment… Comment l'avez-vous connue ?

– On a travaillé ensemble, répond-il après une courte pause. Au Katzenheim.

– Au quoi ?

– À *La Pension pour Chats*. C'était un club, explique M. Martinek. L'endroit préféré des huiles nazies. Un endroit plein de jeunettes avec lesquelles s'amuser.

Il lâche un petit rire.

– J'étais musicien.

– De quel instrument jouez-vous ?

Ses yeux se mettent à briller.

– De la clarinette. Inventée en Allemagne. Perfectionnée par les Tchèques. J'ai étudié au conservatoire de Prazska avec Milan Tureček. Mon père voulait que je me concentre sur la flûte classique, car c'est dans nos gênes. Mais je me suis passionné pour la musique moderne, le genre de truc qu'ils jouent en Amérique. Mon cousin vivait à New York et il m'envoyait des disques : Fats Waller, Benny Goodman, The Flechter Henderson Orchestra…

Il soupire.

– J'ai trouvé du travail ici, à Berlin, dans l'Orchestre philharmonique. Mais le soir, j'allais dans les bars pour écouter des orchestres de jazz. J'en ai même rejoint certains. Et puis les Chemises brunes sont arrivées au pouvoir et ça a été terminé.

Billy se rend compte qu'il n'a cessé de tripoter ses boutons de manchette et pose ses mains bien à plat sur la table.

– J'imagine que ça n'a pas facilité votre carrière.

M. Martinek éclate d'un rire sonore.

– C'est le moins qu'on puisse dire. Ils ont menacé de brûler la salle de concert si des Juifs jouaient dans l'orchestre.

Alors plus de musique pour moi. J'ai perdu ma citoyenneté et mon travail. Ça m'a pris un peu de temps, mais j'ai fini par en retrouver un comme serveur à *La Pension pour Chats*. J'ai discuté avec Vera et elle m'a embauché dans son groupe, *Anetten und die Marionetten*.

Billy interroge Mlle Seelman du regard.

– *Annette et les Marionnettes*, chuchote-t-elle en réponse.

Le sourire de Martinek se fige.

– J'ai écrit des lettres à tous les gens que je connaissais. À mon cousin de New York, à mon ancien chef d'orchestre, aux conservatoires français, aux écoles de musique anglaises… Sans succès. Personne ne m'a proposé de travail. Pas de travail, pas de visa. Pas de visa, pas de voyage. Pas de voyage, pas de liberté. Chaque soir, je jouais sur scène avec la peur au ventre. Mes trémolos étaient légendaires…

Il se tourne vers Mme Liebstein.

– Vous vous souvenez ? Ce secret terrible ? Ce silence absolu ? La crainte qu'un simple mot de travers vous trahisse…

Mme Liebstein hausse les épaules.

– *Wie bitte* ?

– Je savais qu'on finirait par me démasquer, continue M. Martinek. Les gens n'arrêtaient pas de poser des questions. *Mein Herr*, de quelle région est votre famille ? Roland, quel prénom original… Et ce regard… On croirait presque que vous avez du sang tzigane…

Fräulein Seelman s'éclaircit la gorge.

– Vous alliez nous parler de Vera…

– Oh, pardon. Je vous ennuie ?

M. Martinek pivote sur sa chaise et plonge ses yeux dans les siens. Son expression reste amicale, voire enthousiaste, mais Billy y décèle une noirceur et une agitation telles qu'il sent ses poils se dresser dans son cou.

– Dites-nous ce que vous pouvez, intervient-il. Vous n'êtes pas obligé de…

M. Martinek l'ignore. Il fixe son attention sur Fräulein Seelman avec un sourire acide et reprend la parole en allemand.

Chapitre 10

Rike

– Vous deviez être une amie proche de Vera, mademoiselle, dit Roland Martinek.

Rike essaye de soutenir son regard. Il n'a sans doute plus toute sa tête – c'est le cas de la plupart des survivants des camps.

– Vera a été assassinée, dit-elle. Je veux savoir qui a fait ça.

– Et vous pensez que c'est moi, hein ?

Il replie ses mains sous son menton comme s'il priait.

– Vous croyez que je l'ai écoutée chanter, que j'ai allumé un petit feu et que j'ai couru dans la nuit pour la frapper avec une brique.

– Est-ce le cas ?

– Absolument pas, lui répond Martinek en secouant la tête.

– Alors j'ai besoin de votre aide, réplique Rike en se disant que l'honnêteté est sans doute la meilleure façon d'avancer. Parlez-moi du passé de Vera. Avait-elle des ennemis ? Des secrets ?

– Vous pensez qu'elle est morte à cause d'un secret ?

– Et vous ?

M. Martinek recule sur sa chaise.

– Les secrets sont dangereux, Fräulein Seelman. Très dangereux. Vera en avait quelques-uns. Sans doute pas aussi gros que le mien, mais plusieurs cachotteries peuvent former une pente très glissante. Un petit cadeau par-ci, un petit cadeau par-là…

Keely, qui a écouté d'un air distrait, intervient dans la conversation :

– *Geschenke* ? Vera recevait des cadeaux ? Quel genre de cadeaux ? Et de qui ?

– Oh, notre ami parle allemand…

Rike intime à Keely de se taire.

– Quel était son secret ? Dites-moi.

– Eh bien, j'étais l'un d'entre eux.

– Vous ?

– Laissez-moi vous expliquer, dit-il en jetant un œil à Mme Liebstein. Un jour, c'était un mercredi, je revenais du marché, un joli morceau de hareng dans mon panier, et au moment de tourner dans Kronenstrasse, j'ai aperçu un fourgon…

Il s'arrête brusquement de sourire.

– Je ne savais pas ce que ça signifiait. Ou pas précisément. Personne n'imaginait encore où ces camionnettes pouvaient vous conduire. Mais je savais que ce n'était pas bon. Alors j'ai fait demi-tour et je me suis enfui.

Rike marque une pause.

– Vos voisins m'ont dit que vous aviez été arrêté.

– Qui vous a dit ça ? Les Schneider ?

– Herr et Frau Kanst, du magasin de chaussures.

– Qu'est-ce qu'ils vous ont raconté, exactement ?

– Seulement qu'on vous avait emmené. Ils n'ont rien vu eux-mêmes.

Il éclate à nouveau de rire et Mme Liebstein tressaille.

– Évidemment. Rien vu, rien entendu. Ils n'étaient probablement pas là quand c'est arrivé, c'est ça ?

– Comment le savez-vous ?

– Ne me prenez pas pour un idiot, Fräulein Seelman.

À côté de lui, Mme Liebstein semble se tendre comme un ressort. Elle lève un doigt en signe d'avertissement. Rike croise ses yeux sombres ; cette femme lui fait froid dans le dos.

– Je suis allé directement à *La Pension pour Chats*, enchaîne Martinek. C'était le seul endroit où je serais en sécurité, au moins pour quelques heures. Vera sortait de sa loge quand je suis entré. Je ne sais pas comment, mais elle a compris tout de suite. Elle savait qui j'étais. *Ce* que j'étais. « Rolli, m'a-t-elle dit – elle m'appelait toujours comme ça –, il faut que tu quittes la ville pendant un moment. Que dirais-tu d'un peu d'air marin ? »

Il glousse.

– C'est comme ça que j'ai fini sur le plateau d'*Une croisière au soleil*.

– Vous étiez sur ce tournage ? demande Rike, surprise.

– Troisième lieutenant Jensen, pour vous servir, répond-il en mimant un salut militaire. Vera m'a obtenu un rôle. Je n'avais que quelques lignes et personne ne m'a suspecté. J'étais en sécurité. Pour un temps, du moins. J'ai même assisté à la première, ici, à Berlin. Je distribuais ses autographes. Goebbels était là, vous savez ? Je lui en ai donné un. Lui et cinq cents nazis dans un cinéma, riant et pleurant devant les aventures de notre héroïne, soupirant de soulagement lorsqu'elle finit par embrasser son homme. Vera était souriante, ce soir-là… Elle était devenue une star, comme elle en avait toujours rêvé.

Une star… Sauf que Vera n'a plus jamais tourné.

M. Martinek plisse les yeux.

– Vous vous demandez sans doute ce qui s'est passé ensuite, n'est-ce pas, Fräulein Seelman ? Eh bien...

Il sourit à nouveau.

– Il me restait une cinquantaine d'autographes quand soudain, l'Oberbefehlsleiter Fischer est venu vers moi et a posé une main sur mon épaule. « Rolli, m'a-t-il dit à voix basse – lui aussi utilisait ce surnom –, nous sommes au courant. » Vous ne pouvez pas imaginer le dégoût dans sa voix. Comme si j'étais un cafard sur le tapis. J'avais suffisamment taché la présence de Vera. Ce sont ses mots.

Vous devriez venir avec moi.

Et c'est ce que j'ai fait, je n'avais pas le choix. Je suis sorti avec ma pile d'autographes et suis monté à l'arrière de la fourgonnette, cette maudite fourgonnette. Je me suis retourné et... je l'ai vue. Vera. Elle regardait. Elle n'a pas dit un mot. Elle a juste...

Sa voix se brise. Mme Liebstein lui tapote l'épaule comme s'il était un petit garçon. Son geste est troublant. *Inutile.*

Rike s'éclaircit la gorge.

– Alors pourquoi êtes-vous revenu dans votre ancien appartement pour brûler ses autographes ?

Il ne l'écoute plus.

– Je suis arrivé tard dans les camps, explique-t-il avec calme, mais pas assez tard. Je suis un artiste, Fräulein, un homme faible. Là-bas pourtant, j'étais le plus fort. Pendant une semaine ou deux, en tout cas. Jusqu'à ce qu'à mon tour, je devienne plus faible que vous ne puissiez l'imaginer, à cause de la faim et de la peur. *Morgenappell*, la soupe pleine d'eau couverte de crachats. Chaque jour, l'inhumation et le décompte des morts. Ceux qui partaient en silence ; ceux qui s'asseyaient pour déblatérer sur leur existence. Ceux qui étaient entassés dans des trains pour l'est, où les attendait une mort certaine. Certains préféraient courir en hurlant vers les gardiens dont les balles étaient une délivrance. Vous m'avez demandé pourquoi, Fräulein Seelman. C'est une bonne question. Pourquoi les gens agissent-ils comme ils le font ?

Keely se racle la gorge.

– J'ai consulté les registres. Vous étiez...

M. Martinek le coupe.

– Un jour, il y a eu des rumeurs selon lesquelles la guerre était perdue et les Russes arrivaient. Les gardiens nous ont rassemblés et nous ont obligés à partir, à pied. Ça a été le pire moment de ma vie. Nous pensions qu'on nous emmenait dans la forêt. Personne ne revenait jamais de la forêt, Fräulein Seelman. Ils vous obligeaient à creuser votre propre trou. J'étais là, je marchais, je trébuchais, je pensais au trou que j'allais creuser et je me pissais dessus de trouille. On se pissait tous dessus. *Arrêtez de vous pisser dessus, sales vermines*, ils ont crié, mais j'ai pas réussi et j'ai continué à avancer. J'avais plus rien à pisser mais j'avais toujours envie, comme si la vie elle-même voulait sortir par ma bite pour quitter mon corps, ce corps de condamné à mort...

Rike se pince les cuisses. Elle a besoin de fumer. Vraiment. Peut-être qu'elle pourrait se lever et laisser Keely écouter ça tout seul ?

– Et puis il y a eu des bruits de camions...

M. Martinek sourit.

– Les camions de l'Armée rouge. Les gardiens ont lâché leurs armes. Les *Übermenschen* sont tombés au sol en pleurant. Les Russes nous ont laissés nous venger d'eux et pendant un moment, nous les avons roués de coups. Nous avions beau n'avoir plus la force de marcher, nous aurions pu les réduire en morceaux. Mais les Russes nous ont empêchés d'aller trop loin et nous ont reconduits dans le camp.

Une fois de plus il rit aux éclats, d'un rire aigu et perçant.

– Dans les mêmes baraques que nous venions de quitter. Où donc aurions-nous pu aller d'autre ? Et puis l'histoire s'est rembobinée. Un train m'a conduit au centre de regroupement de Neuenhagen, puis une fourgonnette jusqu'à Zehlendorf. Et me voilà de nouveau derrière des barbelés.

– Vous n'avez pas répondu à ma question, demande Rike trop sèchement, s'attirant une grimace de reproche de la part de Keely. Pourquoi avez-vous brûlé les autographes ?

– Ah, Fräulein Seelman, je reconnais bien là votre esprit allemand : tranchant et sans pitié. Il y a une semaine, j'ai reçu un message de l'UNRRA. Mes biens avaient été retrouvés et on allait me les rendre. Les biens qu'on m'avait confisqués quand on m'avait fait grimper dans cette camionnette. Vous imaginez ce que j'ai ressenti ? Toute ma famille a été assassinée, Fräulein, ma maison a été anéantie. Mais soudain, sortant de nulle part, je reçois un paquet de cinquante autographes de Vera Klug. Bénie soit la bureaucratie.

Il rit bêtement.

– Sa photo, encore et encore. Vera Annette, la Marionnette, la sirène nazie aux longues jambes dont les chansons entraînantes poussaient les soldats en avant, toujours plus loin, jusqu'aux abysses…

Il toussote et regarde Keely.

– Je quitte Berlin la semaine prochaine. Alors j'ai voulu l'entendre chanter une dernière fois. Et après ça, quand tout est redevenu calme et que la nuit a repris ses droits, j'ai mis le feu aux dernières choses que je possédais. Les autographes. J'ai nettoyé le passé dans les flammes. J'en ai allumé sept que j'ai utilisés pour incinérer le reste. J'ai ranimé la menorah[1] dans l'espoir d'une vie meilleure.

Kelly se penche en avant.

1. Chandelier à sept branches des Hébreux, symbole du judaïsme.

– Vous avez évoqué quelqu'un, tout à l'heure. L'homme qui vous a arrêté. Un certain... Fischer ?

– Erich Wilhelm Fischer, précise calmement M. Martinek. Oberbefehlsleiter du Parti national-socialiste, section Berlin-Centre.

Rike fronce les sourcils ; ce nom ne lui est pas inconnu. N'est-il pas venu au ministère des Postes du Reich à Zeuthen, une fois ? Elle se rappelle vaguement un homme corpulent d'une cinquantaine d'années avec une moustache grise, le cou enserré dans son col brun. Mais elle a vu tellement d'Allemands corpulents avec le cou serré de la sorte et une voix paternelle passer là-bas, qui vous demandaient si vous aimiez votre mère patrie et gloussaient en reluquant votre décolleté...

– Un Oberbefehlsleiter est un officier supérieur, explique-t-elle. Très haut gradé. Il devait en référer directement au Gauleiter Goebbels.

Keely prend prudemment une note.

– Est-ce que ce Fischer fréquentait *La Pension pour Chats*, monsieur Martinek ?

Ce dernier sourit.

– Ooh..., il était là tous les soirs, espérant boire du champagne dans les chaussures de Vera Klug, ou n'importe quoi d'autre qui put paraître érotique à une Chemise brune guindée.

– Je vois, dit Keely en posant son stylo. Bien, je crois qu'on en a terminé.

Rike repasse à l'anglais.

– Et son alibi ?

– Son quoi ?

– Son histoire ne tient pas, si ? murmure-t-elle. Vous pensez vraiment qu'il s'est contenté de s'asseoir dans un appartement sombre et de brûler des photos de Vera avant de repartir ?

– Quel intérêt aurait-il eu à la tuer ?

M. Martinek se penche en avant et Rike réalise soudain qu'il a compris chaque mot.

– C'est vrai, dit-il lentement. Quel intérêt aurais-je à tuer qui que ce soit ?

Elle doit faire un effort pour reprendre, comme si sa bouche était remplie de mélasse :

– Vous pourriez vouloir tuer un Allemand. Ce serait... compréhensible.

Il secoue la tête de droite à gauche.

– À quoi bon ? Il en resterait encore des millions.

– Vous venez de dire que vous deviez purger le passé. Rallumer le... truc pour votre nouvelle vie.

La pomme d'Adam de Martinek se met à trembler.

– La vie, Fräulein Seelman, ne commence jamais avec la mort.

Elle voudrait être sûre, soudain, qu'il sera bientôt loin, très loin d'ici. Qu'elle ne le reverra jamais.

– Où irez-vous, demande-t-elle, une fois que votre dossier aura été traité ?

– À Prague, répond-il. « Praha », comme on l'appelle maintenant. Staline veut apporter de la culture aux gens. Ils auront besoin de musiciens. Peut-être que je pourrai à nouveau jouer de la clarinette. Peut-être que je trouverai...

Il ne termine pas sa phrase. Il reste assis avec un sourire figé tandis que son regard s'assombrit.

Rike repousse sa chaise.

– Bon voyage. J'espère que tout se passera bien.

– Du moment que je quitte cet endroit, dit-il sans ironie. Vous, en revanche, devrez rester ici. Dans un pays défait dont le sol est souillé du sang de millions de morts.

Il se lève et continue d'une voix tranchante :

– Vous marcherez chaque jour sur des tombes. Vous essayerez sans doute d'enterrer le passé, Fräulein Seelman, d'empiler les briques pour bâtir le futur sur le bord de la route, mais les morts… Ils seront toujours là, remontant vers la surface. Ils ne vous quitteront jamais. Vos péchés ne seront jamais pardonnés.

Vera

Caserne Roosevelt, 7 Augustaplatz,
zone d'occupation américaine de Berlin.

Au moment où Fischer est entré dans *La Pension pour Chats*, j'ai su qu'il était différent des autres. Il était bien habillé, maniéré, poli. Surtout, il était intelligent.

J'ai perçu immédiatement le danger. Dix ans de carrière m'ont appris deux ou trois choses au sujet des hommes, des nazis notamment, qui se classent en deux catégories : ceux qui utilisent leur uniforme pour soutenir leur ego ratatiné, et ceux qui ont tant d'ego qu'il risque de faire éclater leur costume.

Fischer n'appartenait à aucune de ces catégories. Il était chahuteur sans être gueulard, généreux sans ostentation. Il sermonnait les hommes qui tripotaient les serveuses et riait de bon cœur aux blagues politiques, si tant est qu'on ose encore en faire.

En 1936, stimulé sans doute par les Jeux olympiques et la foule internationale qui avait envahi Berlin, M. Finetti, le propriétaire du cabaret, avait embauché Anita Moreno, une danseuse célèbre en Andalousie. Quand elle s'est mise à danser comme une gitane, les nazis présents dans la salle se sont mis à la huer et à lui jeter des bouteilles. Fischer est grimpé sur la scène, a attrapé le micro et a ordonné aux fauteurs de troubles de s'asseoir ou de s'en aller. La culture, a-t-il dit, pouvait prendre plusieurs formes, et même la musique des *Untermenschen* avait un intérêt artistique.

Quoi qu'il en soit, Anita a été renvoyée en Espagne au bout d'un mois. Ça lui a peut-être sauvé la vie.

Je me tourne lentement vers le sergent LaBranch.

– L'Oberbefehlsleiter Erich Wilhelm Fischer, dis-je d'une voix qui me paraît étrangement fragile dans cette pièce froide et triste. Il était responsable du cinéma au ministère de la Culture du Reich.

Pour la première fois, le sergent prend un air sérieux.

– Vous parlez sans doute du ministère de la Propagande. Il ne s'agissait jamais de simple divertissement, n'est-ce pas ?

Il a raison, mais tout art n'est-il pas une forme de propagande ? J'ai vu des films hollywoodiens, regardé des héroïnes courageuses tomber dans les bras d'hommes qui les maltraitaient. Entendu tant de cow-boys prétendre qu'il fallait tirer avant de poser des questions…

– J'avais joué quelques petits rôles ici et là, continué-je. Je chantais, surtout. De petites mélodies prétentieuses pour agrémenter de longs films. Ça n'avait jamais été plus loin. Mais Herr Fischer pensait que j'avais le potentiel d'une star. Il disait que mes yeux étaient faits pour la caméra.

Des yeux de biche qui ne cillent pas sous les projecteurs.

– Il vous a offert l'opportunité de faire décoller votre carrière ?

Je dirais plutôt une chance de m'en sortir. *La Pension pour Chats* était sur le point de fermer définitivement ses portes, tout le monde le savait. Herr Finetti avait été passé à tabac parce qu'il continuait à faire travailler des Juifs. La nuit de Cristal n'avait pas été aussi terrible qu'ailleurs, à Berlin, mais les nazis avaient désespérément besoin d'argent. Ainsi s'étaient-ils lancés dans des arrestations de masse pour envoyer les gens dans des camps de travail et réquisitionner leurs propriétés. Puis l'Allemagne a envahi la Pologne et la guerre a commencé. Herr Finetti a purifié la liste de ses artistes en fournissant au Parti les noms suspects. Celui de Rolli y figurait en premier. J'ai fourni mon certificat d'aryanité et j'ai pu continuer à travailler : en chantant des morceaux traditionnels et en gardant la tête basse…

Et puis Fischer m'a envoyé le scénario.

– Le film s'appelait…, intervient LaBranch en fouillant dans sa mémoire. *Traumschiff zur Sonne* ?

– *Une croisière au soleil*, précise l'interprète. Un film romantique.

Le sergent passe ses notes en revue.

– Le scénario vous a plu ?

– Non.

Mais ce scénario représentait ma chance. Une fois qu'*ils* vous ont engagé, que vous avez tourné la première scène, alors vous avez du pouvoir. J'avais déjà constaté ça sur les plateaux, et j'en avais entendu parler dans les magazines. Les actrices qui terrorisaient leur metteur en scène, effaçaient des scènes et changeaient le script d'un simple claquement de doigts. Les divas qui avaient une production entière sous leur coupe. Je pensais que je pourrais faire ça, moi aussi. Et j'espérais trouver des places pour mes amis. Les plateaux de tournage sont protégés de la réalité. Personne n'y pose trop de questions. Est-ce que j'étais naïve ? Ou optimiste ? Sans doute un peu des deux…

– J'ai tout accepté en espérant que je pourrais opérer quelques changements une fois le tournage commencé.

J'allume une cigarette et aspire une longue bouffée.

– La première version du scénario était… merdique. Un vrai torchon. J'avais plein d'idées pour l'améliorer.

– Avez-vous réussi ?

– Oui, réponds-je en soufflant ma fumée dans sa direction. J'ai fait évoluer les motivations de l'héroïne de l'amour vers l'argent. J'ai réclamé qu'elle puisse se venger du capitaine concupiscent, et j'ai refusé une scène dans laquelle elle succombait à ses baisers. Je me suis aussi assurée qu'elle ait des amis.

– Des amis ?

– Le troisième lieutenant Jensen. Lise, la danseuse. La femme du capitaine. À l'origine, son personnage était celui d'une mégère jalouse, mais je les ai obligés à changer les choses afin que les deux femmes puissent s'opposer ensemble au capitaine. Je voulais que les femmes qui verraient le film comprennent que… qu'elles pouvaient s'entraider.

– Pourtant, vous avez accepté de jouer dans un film de propagande. Ça ne vous a pas dérangé à l'époque ?

– Écoutez, j'ignorais ce qui allait se passer, réponds-je d'une voix rendue rauque par la fumée. La destruction. La mort. Les camps et toutes ces souffrances. On est passé de quelques idiots ivres qui criaient dans la salle à des fourgonnettes qui venaient emmener les…

J'ai avalé trop de goudron et ne peux m'empêcher de tousser.

– Une fois que les fourgons ont commencé à venir, ils sont venus pour tout le monde. Pour des mères qui pleuraient leurs fils morts inutilement. Pour les travailleurs qui refusaient de dénoncer leurs collègues juifs. Pour les amis dont les amitiés comptaient plus que la politique.

Mes doigts tremblent et ma cendre tombe sur le sol.

– Le monde est devenu un monde d'hommes. Un monde d'hommes aryens. Nous, les femmes, n'avions plus qu'à nous marier et à avoir des enfants. Beaucoup d'enfants. Et c'était tout. Ils ont rassemblé les plus blondes d'entre nous dans les Lebensborn[1] afin que les plus aryens parmi les Aryens puissent nous engrosser et que nos enfants soient adoptés par des familles pures. Il n'y avait plus de place pour nous, pour nos pensées et nos sentiments. Et je voulais que les femmes qui regarderaient ce film comprennent que, quand tout s'écroulerait, ces mêmes hommes les laisseraient en plan.

J'écrase mon mégot dans le cendrier.

– J'aurais dû m'écouter un peu plus. Fischer voulait un joli visage pour vendre leurs mensonges. Une beauté sereine, un peu exotique mais pas trop, pour dire aux gens que tout ce qui se passait, la guerre, l'extermination et les fourgons… que tout cela était pour le mieux.

Le sergent continue à sourire. Avec gentillesse et bienveillance. Comme si j'étais une imbécile qui méritait une patience particulière.

– Ce que vous essayez de me dire, c'est que vous étiez consciente des implications de la propagande des films, mais que vous coopériez dans le but d'introduire un message de résistance subliminal ?

– Oui.

– Pensez-vous y être parvenue ?

Je le regarde dans les yeux, puis, lentement, je lui retourne son sourire.

– Bien sûr que non. Si j'avais réussi, je ne serais pas là.

1. *Lebensborn* : maternités sélectives dont le but était d'accélérer la création et le développement d'une race aryenne pure et dominante.

Chapitre 11

Rike

Rike rentre ses mains dans les manches de son manteau.

– Elle a pu le rencontrer sur le tournage. Ils avaient peut-être une liaison.

Immi lâche un cri de surprise.

– Mais Fischer est un vieil homme. Trop âgé pour elle.

Klara regarde Rike et toutes deux répriment un sourire narquois. Immi a beau être mariée, elle a conservé toute son innocence.

– Nous sommes dans une impasse, constate Klara. Les gens comme Fischer ne sont jamais interrogés par la police.

– Sans doute pas sous l'ancien régime, mais avec les Amis…

– Les Amis ne feront rien, tu le sais très bien.

Rike repousse une mèche de cheveux.

– On pourrait essayer de lui parler directement ?

Klara fronce les sourcils.

– Comment ? Et qui te dit qu'il se trouve encore à Berlin. Il pourrait très bien s'être enfui en Argentine.

Elle a raison, bien sûr. La plupart des huiles comme Fischer, qui ne portaient leurs uniformes que pour la parade et n'ont jamais vu une carte de rationnement, ont filé avant d'avoir été punies. Ils n'assumeront pas l'humiliation de ce que l'Allemagne est devenue.

– J'ai rencontré Fischer, moi aussi, reconnaît Immi en se léchant nerveusement les lèvres.

Les autres se tournent vers elle.

– Quoi ? À quelle occasion ?

– Grâce à mon père. Il l'avait connu à la Chambre de la culture de Livonie. Fischer est même venu dîner à la maison.

– C'est génial, s'exclame Rike, pleine d'espoir. Il faut lui écrire. Ou lui envoyer un télégramme.

– Je n'ai pas son adresse.

– Tu pourrais demander à ta mère ?

– Je n'ai pas un sou.

– J'ai de l'argent, s'empresse de dire Klara en fouillant dans ses poches. Voilà vingt pfennigs, ça devrait suffire.

– Ce n'est pas le seul problème… Je n'ai pas envie de l'appeler. Elle va m'interroger au sujet de ma vie et de… vous savez.

– Ton mari.

– Je ne saurais pas quoi lui répondre.

Rike l'encourage d'un coup de coude.

– C'est notre seule chance de mettre la main sur Fischer.

– Mais pourquoi serait-il lié à la mort de Vera ? C'est une pure supposition.

– Rappelle-toi ce qu'elle a dit. Qu'elle avait des amis haut placés. Un homme comme Fischer aurait toujours des relations. Peut-être au Conseil de contrôle allié, ou à l'administration de la ville. Ce n'est pas gagné mais…

– Je suis occupée, aujourd'hui. C'est mon tour de faire le pain.

– Margit n'est même pas encore rentrée avec la farine. Elle en a peut-être pour des heures.

Comme Margit est trop vieille pour les travaux de déblaiement, c'est elle qui est chargée de faire la queue. Elle excelle dans cette tâche ; elle ne rate jamais une bonne affaire et ne rentre jamais les mains vides. Elle en est très fière.

Immi renifle.

– Nous avons toutes faim. Je ferais mieux de l'attendre, au cas où…

Du bruit à la porte d'entrée attire leur attention et Margit leur lance depuis la rue :

– Vous venez me donner un coup de main, les filles ?

– Quand on parle du loup…, lâche Klara avec un sourire.

– Tu vas l'aider ?

– Non. Je dois me préparer pour le travail. Bonne chance !

– Et toi, Immi ?

– Je dois m'occuper de Gisela, dit celle-ci en se levant brusquement.

Tant pis pour les amies qui ont besoin d'aide. Rike se lève à son tour et tape des pieds pour se réchauffer. Puis elle marche jusqu'à la porte, pleine d'appréhension.

Margit attend dans la rue, rayonnante, le visage rougi par l'effort. Elle porte deux sacs de farine sous un bras et maintient en équilibre une horloge à pendule qui chancelle sur deux patins à roulettes. Le côté droit de l'horloge est légèrement brûlé et ses aiguilles pendent derrière sa vitre brisée.

– Elle est déjà tombée une fois…, dit-elle en haletant. Mais un monsieur m'a aidée à la redresser. Tu me donnes un coup de main pour les escaliers ?

Rike regarde l'horloge qui semble se moquer d'elle.

– Margit… Où as-tu trouvé ça ?

– Je l'ai échangée contre ma carte de rationnement de farine. L'ancienne propriétaire m'a assuré qu'on pouvait la réparer.

– Tu as perdu la tête ?

Le sourire de Margit s'élargit.

– On en avait une comme celle-là à la maison. Günther va faire une de ces têtes quand il va la voir. Il ne remarquera même pas la différence.

– Margit…

Rike sent un liquide acide remonter dans sa gorge. Le frère aîné de Günther est tombé en Russie en 1943 et leur père Karl un an plus tard près de Bruges. Günther a tenu plus longtemps, presque jusqu'à la fin. Presque…

Margit lui adresse un regard implorant.

– S'il te plaît… Je n'arriverai pas à la monter toute seule.

Rike emporte les sacs de farine dans la cuisine et revient trouver Margit qui serre l'horloge dans ses bras. Ensemble, elles la hissent dans l'escalier et son mécanisme tinte à chaque marche de façon inquiétante.

Quand elles atteignent l'appartement de Margit et Klara, Rike est trempée de sueur. Klara, qui est en train de se coiffer, les observe sans en croire ses yeux.

– *Ach Gott…*

Rike grimace :

– C'est pour Günther.

Elles pénètrent dans la chambre de Margit en riant. Il n'y a pas de place pour l'horloge, ici ; il n'y a plus de place du tout. La pièce est remplie jusqu'au plafond de vêtements, de meubles, de rideaux, de linge de lit et de photographies. Mais les visages encadrés sont ceux d'étrangers, les vêtements portent l'odeur d'autres personnes et la plupart des meubles sont à moitié brûlés ou cassés. Pourtant, Margit a installé tout ça chez elle, avec un tapis crasseux sur le parquet et une soupière en porcelaine de Meissen placée au centre d'une table basse.

Elles calent l'horloge à côté de la penderie. Rike secoue les bras et s'essuie le front.

– Écoute, Margit, tu ne peux pas garder…

Cette dernière ne la laisse pas finir sa phrase.

– Si tu veux vivre comme une Spartiate, c'est ton problème. Mais mon fils aura besoin de confort quand il rentrera.

* * *

Dans la cuisine, les sacs de farine sont posés sur la table à côté d'un bol d'eau, d'un verre de levain et d'un tas d'épluchures de pommes de terre. Personne n'a commencé à cuisiner, cependant. Gisela observe la rue à travers les fentes des volets avant de tirer les rideaux. Assise à la table, les genoux remontés sous le menton, Immi met un doigt devant sa bouche.

– Chut… Il est revenu.

Margit fronce les sourcils.

– Ton mari ?

– Oui, répond Gisela en indiquant la fenêtre. Il attend sur le trottoir d'en face.

Elles échangent des regards inquiets et Rike sent son cœur accélérer. Ersnt Mückler… qu'est-ce qu'il leur veut ?

– On devrait peut-être aller lui parler ? suggère-t-elle.

Immi secoue la tête, les yeux pleins de larmes.

– Non. Ça ne fera qu'empirer les choses.

– Empirer quelles choses ?

– Tout ça… Je ne sais pas…

Margit marche d'un air résolu vers le placard et en sort le moulin à café.

– Le pauvre, dit-elle. Immi, tu dois aller lui parler.

– Je te l'ai dit mille fois, je n'ai pas envie.

Margit remplit le moulin de faines et de deux cuillerées de grains de café.

– Tsss… C'est ton mari. Tu devrais être avec lui plutôt qu'ici.

– Je vous l'ai déjà dit, je ne savais pas… Et je te rappelle que tu es mariée, toi aussi, Margit.

Gisela pouffe.

– Mais son mari est mort.

– Je pensais qu'Ernst l'était aussi. Je supposais… qu'il n'était plus dans les parages.

– Tu n'as pas vraiment cherché à savoir, tranche sèchement Margit. Il arrive toujours des miracles…

Rike s'approche de Gisela et jette un œil dans la rue. Ernst Mückler fume une cigarette, appuyé contre ce qui reste de la maison d'en face. Il relève la tête lorsqu'elle tire le rideau et, même s'il ne peut pas la voir, il lui sourit avec mépris. Puis il écrase son mégot, hausse les épaules et s'en va.

– Il s'éloigne, murmure-t-elle. On ne risque rien pour le moment.

– Mais on va devoir trouver une solution, dit Margit en tirant une chaise pour s'asseoir. Immi nous met en danger.

– Elle ne retournera pas avec lui. Pas vrai, Immi ?

– Non, répond Immi en attrapant délicatement la farine pour en verser à l'intérieur du bol. Je veux rester ici.

– Quelle obstinée tu fais, dit Margit. Tu n'es pas consciente de ta chance. Si tu retournais auprès de ton mari, vous pourriez bénéficier d'une allocation matrimoniale. Je suis sûre qu'il obtiendrait aussi une indemnisation de l'armée. Vous ne passeriez qu'une ou deux semaines dans un camp pour personnes déplacées avant qu'ils ne vous trouvent un appartement.

– Tu n'as qu'à l'épouser, toi, réplique Immi.

Rike avance jusqu'à son amie et lui retire le bol des mains.

– Tu veux une cigarette ? Ensuite, tu pourras nous raconter ton histoire. Comment vous êtes-vous rencontrés ?

Immi s'illumine soudain.

– C'était un de ces programmes où l'on devait écrire aux soldats du front pour les aider à garder le moral. Et il… il m'a répondu. C'est comme ça que ça a commencé.

– Ça ne peut pas être aussi simple, intervient Margit. Tu as dû l'aimer.

– Je n'en sais rien. Tous les hommes étaient morts. Je pensais que je ne trouverais jamais personne. Je voulais me marier, avoir une famille. Je voulais une vie normale. Et il…

Sa voix se brise.

– Il voulait quitter Tcherkassy. Ils lui ont accordé une permission de quinze jours, et ça lui a suffi.

– Un homme a besoin d'une épouse, tranche Margit. Je suis sûre que ça le réconfortait de savoir que quelqu'un l'attendait à la maison pendant qu'il était au front.

– Il s'en fichait complètement, rétorque Immi en tremblant. Il… il avait appris des choses à la guerre… À la fin de ces quinze jours, j'étais impatiente qu'il s'en aille.

Il y a un moment de silence. Rike, de la pâte à pain plein les doigts, laisse son esprit dériver jusqu'à Heinz, à leur appartement de Zeuthen, à la radio diffusant de la musique militaire après les infos.

Prépare-moi du café, et que ça saute, Herzi.

La lumière du soleil sur le lino, la pression de ses doigts autour de son poignet pour l'attirer à lui.

Tu es une femme allemande, tu connais ta place.

Elle fait claquer la pâte à pain sur un plateau qu'elle glisse dans le four. Celle-ci est blanche et tachetée de morceaux de pelures de pomme de terre. Rike sait qu'elle va ressortir toute dure et plate. Le levain doit être à moitié mort ; l'appartement est trop froid pour qu'il ait survécu.

Margit l'observe depuis la table.

– On devrait voter. Vous savez, comme au Conseil de contrôle allié.

– Voter pour quoi ? réplique Rike en la fusillant du regard.
– Pour savoir si Immi peut rester ou non.
– Elle est des nôtres. Pas besoin de voter. Ensuite, tu vas vouloir voter pour ou contre Tilly.
Margit incline la tête.
– Ce ne serait pas absurde.
– Souviens-toi des paroles de Vera. Nous devons apprendre à nous tolérer les unes les autres.
– On ne devrait pas être obligée de tolérer… *ça*.
– Et pourquoi pas ?
– Parce que ce n'est pas naturel. Mon mari n'aurait jamais toléré ce genre de… dégénérescence.
Rike ouvre la bouche mais un coup sec contre la porte l'interrompt. Tout le monde se fige. Margit se tourne vers elle et lui glisse :
– Va ouvrir. Tu parles anglais.
– Et si ce sont les Russes ? Ou les Français ?
– Alors fais comme si on n'était pas là.
Immi pose une main sur sa bouche.
– Et si c'était… lui ?
– Garde ton calme. Je vais voir.
Rike descend les marches sur la pointe des pieds et tente de voir quelque chose à travers un des trous laissés par des impacts de balles sur le bois de la porte.
– Un courrier pour Fräulein Ulrike Seelman, lance alors une voix.
Un courrier ?
Elle s'accroupit, au cas où ce serait une ruse pour lui tirer dessus. Puis elle s'éclaircit la gorge.
– Glissez-le sous la porte.
– Comme vous voudrez.
Une enveloppe brune apparaît. L'adresse a été tapée à la machine ; il n'y a pas de timbre mais un drapeau américain

a été imprimé dans la profondeur du papier. Rike la ramasse d'une main tremblante et en décolle le coin avec le petit doigt. Sur le papier fin et bleuté, l'écriture est parfaitement nette : *Entretien de dénazification d'Ulrike Seelman...*

Rike a la bouche sèche. *Ils ne peuvent pas savoir...*

Elle déplie la lettre avec précaution et les lettres imprimées dansent devant ses yeux. Le message est pourtant écrit noir sur blanc sur le papier bas de gamme :

Il a été porté à notre attention que vos activités au sein du Parti national-socialiste vous relient à des activités sur lesquelles nous sommes en train d'enquêter...

Elle se pince. Le champ... La femme avec son seau d'eau, le sang qui jaillit de son nez... Arrête d'y penser. Arrête...

L'objectif de cet interrogatoire est de déterminer votre niveau d'implication dans l'exercice de vos devoirs...

Ses devoirs... Elle frémit. Au cours des derniers mois, chaque matin, alors qu'ils creusaient des tranchées inutiles autour de Berlin, l'Einsatzleiter Geck, désigné dans chaque circonscription pour superviser les opérations militaires, réunissait tout le monde dans la cour, toutes les femmes capables de travailler et les petits garçons, et hurlait qu'il y avait des espions partout, des ennemis, des traîtres, des amoureux des Juifs qui menaçaient le Reich à la moindre occasion. Tout ce que vous disiez pouvait être entendu, vos moindres pensées pouvaient être devinées.

Alors ne pensez pas. Ne parlez pas. Vénérez votre Führer et votre patrie. Faites votre devoir.

Comme elle voulait connaître la vérité, elle avait écouté la BBC. C'était son devoir de rester informée, n'est-ce pas ? Mais elle s'était fait surprendre. Heinz était tellement furieux qu'il ne l'a même pas défendue, elle, sa fiancée.

Ça te servira de leçon, tu en as sacrément besoin.

Elle a écopé d'une semaine de travaux forcés à Ravensbrück et travaillé parmi ces misérables en évitant leurs regards, sans se poser de questions quand celui qui était assis à côté d'elle un jour disparaissait le lendemain. Elle ne s'est pas posé de questions non plus quand, un mois plus tard, elle est entrée dans ce champ et qu'ils ont commencé à courir…

Arrête !

Elle fourre la lettre dans son soutien-gorge et remonte en se tenant des deux mains à la balustrade. Le temps qu'elle atteigne la cuisine, son cœur s'est calmé. Le pain est dans le four et Immi a préparé le jus de chaussette, du café mixé avec des faines. Rike s'en remplit un mug qu'elle vide d'un trait en se brûlant la langue.

Immi la dévisage.

– Qu'est-ce que c'était ?

– Rien, marmonne-t-elle. Quelqu'un qui s'est trompé d'adresse.

Chapitre 12

Billy

Billy fixe la feuille blanche sur son bureau en attendant que les mots lui viennent. Sa pause déjeuner est courte et il a décidé d'en passer la moitié à écrire une lettre. Il lui reste cinq feuilles de papier à lettres de sa ration de Noël et il ne pourra pas en racheter avant trois semaines, quand il touchera sa solde. Il trouve un crayon, le taille avec son canif et s'installe sur son lit superposé.

Chère Betty.

C'est froid, alors il froisse sa feuille et recommence.

Ma Betty adorée.

C'est trop sentimental, mais il a déjà gâché une feuille de papier, alors il continue.

Ta carte de Noël est arrivée avec seulement quatre jours de retard. Je suis toujours à Berlin. Le réveillon du Nouvel An était formidable, on nous a offert un grog, une bouteille de Coors, du rab de jambon et du chocolat. Papa et maman m'ont envoyé du pain d'épice que les gars ont presque entièrement mangé quand j'avais le dos tourné.

La maison lui manque soudain avec une intensité telle qu'il sent sa gorge se serrer. C'est drôle comme les choses du quotidien deviennent précieuses quand vous êtes loin de chez vous. S'asseoir sur les marches du bungalow à Evansville, boire une limonade et regarder le coucher de soleil sur Sweetser Avenue… Sarcler les massifs de roses avec son père le samedi matin et planter des salades et des carottes. *Creuser pour la victoire.* Maman qui claque la porte du four pendant que Roosevelt prononce son discours à la radio. *Cet Hitler est un Scheisskopf*[1], disait-elle en posant la plaque de cuisson sur le comptoir. *Je t'interdis de jurer dans cette maison, Billy. Sauf quand il s'agit de cette ordure.*

Ensuite, elle lui servait une énorme tranche de pain d'épice encore fumante. Et Billy, seize ans et plus grand qu'elle, souriait comme un gamin et répétait *Scheisskopf* à voix basse tout en dévorant sa part de délicieux gâteau…

J'espère obtenir une permission au printemps, quand les Allemands pourront assurer davantage de tâches administratives. Tout se passe bien, autrement. Es-tu beaucoup sortie ?

Il s'arrête à nouveau et joue avec son crayon. Il se sent jaloux et ne sait quoi lui demander d'autre. Comment s'est déroulé le réveillon de Noël et celui du Nouvel An ? Y a-t-il eu beaucoup de fêtes ?

As-tu dansé avec des soldats ? Avec de vrais soldats ? Avec le frère de Sally, Chuck Wallace, qui s'est battu et a tué pour la liberté ?

Il serre le poing en songeant à cette injustice. Il a compté les mois, les semaines et les jours jusqu'à ses dix-huit ans. Ses parents l'ont conduit au Bureau de la conscription dès qu'il a eu soufflé ses bougies. *Trop tard. Trop tard…* Il a atterri dans la base militaire d'Anvers en juin 1945. On ne lui a laissé que du nettoyage, alors que les autres sont revenus chez eux couverts de gloire.

Je n'ai pas grand-chose d'autre à rapporter.

1. Une tête de con.

Il raye *rapporter* et le remplace par *te dire.*

Tu me manques et la maison me manque. Je…

Je t'aime ?

Il ne lui a dit qu'une fois, la nuit précédant son départ. Ça lui semblait approprié, à ce moment-là. Elle l'avait pris dans ses bras et embrassé sur la bouche en murmurant : *Tu es mon héros…* Ensuite, pourtant, elle avait été déçue parce qu'il n'avait pas songé à lui offrir une bague de fiançailles.

Il lui en avait envoyé une un mois plus tard, troquée au marché noir en Belgique contre deux boîtes de pâté en conserve. La femme qui la lui avait cédée n'avait qu'un œil, et sa tête avait été rasée par la Croix-Rouge pour exterminer les poux.

J'espère que tu m'écriras bientôt. Bien à toi, Billy.

Il recopie sa lettre sur une feuille propre et peine à trouver suffisamment de salive pour fermer l'enveloppe.

* * *

Après s'être arrêté à la boîte aux lettres, il décide de marcher autour du mess. Deux gros camions sont garés devant les bureaux de l'administration ; des soldats en déchargent des centaines de cartons pleins de dossiers. Il en arrive tous les jours des municipalités, centres d'archives, bunkers de stockage. Des documents. Des registres. Des formulaires. Une fois qu'ils ont été triés et classés, ils sont rendus disponibles à la consultation pour qu'on puisse vérifier les déclarations des gens et délivrer leur certificat de dénazification.

– Principaux Coupables, Charges importantes, Charges mineures, Suivistes, Non Concernés, marmonne Billy dans sa barbe.

Mais à moins que vous ne soyez Eichmann ou Mengele, vous écopez en général de *Suiviste* ou, au pire, de *Charges mineures*, car les coupables se taisent et leurs victimes ne sont plus là pour parler.

Puis, il se souvient. Il doit en savoir plus sur Ulrike Seelman, sur son histoire et son passé. Il y avait quelque chose dans la façon dont elle a réagi au récit de M. Martinek, quelque chose dans son silence de pierre pendant le trajet jusqu'à sa maison…

Accélérant le pas, il se dirige droit vers l'administration, où le hasard veut que Mlle Lotterberg soit encore à son bureau. Elle relève la tête en souriant.

– Monsieur Keely, comment puis-je vous aider ?

– Vous vous souvenez donc de moi ?

– Oui, parce que votre nom sonne comme Kiel. Je suis de là-bas.

– Moi, je suis d'Evansville, dans le Kentucky.

– J'ai entendu parler du Kentucky. À quoi ça ressemble ?

– Beaucoup de forêts et de collines. Et Kiel ?

Une ombre traverse rapidement son visage.

– Eh bien, ce n'est pas très joli, ces temps-ci. Et il pleut beaucoup.

Billy tapote sur le bureau.

– Je cherche des informations au sujet du 18 Hermannstrasse.

– Désolée, mais il faudra voir ça avec le service en charge des enregistrements de résidence et des revendications de propriété.

Il tente une petite moue.

– Juste une personne, alors. Ulrike Seelman. Pourriez-vous regarder dans les archives ?

Elle note le nom avec attention.

– Vous pourriez avoir de la chance. On vient de recevoir une grosse livraison de registres du personnel du NSDAP du secteur russe. Les dossiers ont été préclassés, je peux y jeter un coup d'œil rapide.

– Ce serait parfait.

Mlle Lotterberg s'éloigne en balançant les épaules avec détermination. Billy s'assoit sur une des chaises branlantes alignées le long du mur et attend. Charlotte Lotterberg revient vingt minutes plus tard, un sourire triomphant aux lèvres.

– Nous avons quelque chose, lance-t-elle. Une lettre de récrimination du ministère des Postes du Reich. Fräulein Seelman travaillait pour le service des Recherches en communication de Zeuthen. On dirait qu'cllc a commis unc faute qui lui a valu d'être internée dans un camp.

Il essaye de déchiffrer le document, le souffle court. La note a été rédigée le 15 février 1945 à Ravensbrück. *Seelman, Ulrike – surveillance et communications. Une semaine de travaux forcés pour avoir écouté de la propagande ennemie.*

Il a entendu parler de Ravensbrück. C'était un camp proche de Berlin, l'un des rares réservés aux femmes. *Nom de Dieu.*

Il referme le dossier et le tend à la secrétaire.

– Fräulein Lotterberg, pourriez-vous vérifier si une convocation pour un entretien de dénazification a bien été envoyée à Mlle Seelman ?

* * *

Il sort dans la cour sombre et allume une cigarette. Ses mains sont glacées ; il a oublié ses gants dans la jeep et sait déjà qu'il ne les reverra plus.

Pour couronner le tout, il ne lui reste plus que dix minutes avant la fin de sa pause déjeuner, et la queue serpente désormais jusqu'au Block B. À cette heure-ci, il n'obtiendra qu'une demi-ration. Les camions de ravitaillement sont bloqués par la neige à la frontière belge ; résultat, un bol de soupe coupée à l'eau accompagné d'une portion de bœuf à la crème sur un toast brûlé pour tout le monde. Il n'a rien d'autre à faire et rejoint la file d'attente.

Au même moment, un mouvement étrange attire son attention. Des gens s'agitent derrière la clôture qui sépare les quartiers noirs des quartiers blancs, un grillage de plus de deux mètres de haut surplombé de barbelés. Derrière, il y a des rangées sans fin de baraques Nissen – pas le modèle Quonset avec poêle, isolation et sol carrelé. Les Noirs sont cantonnés dans l'ancien modèle Iris, avec ses tôles courbées et son plancher pourri.

La nuit précédente a été particulièrement glaciale. Ses camarades de chambrée et lui ont eu beau alimenter le poêle et se couvrir de couvertures supplémentaires, Billy s'est tout de même réveillé en claquant des dents. Ça a été encore pire dans le quartier des Noirs. L'un d'entre eux, un pauvre bougre dont le lit était situé dans un coin et dont le sac de couchage avait été égaré dans le linge sale, ne s'est même pas réveillé.

Aujourd'hui, les Noirs, furieux, se sont regroupés derrière la palissade. Ils frappent dessus avec des assiettes et des mugs en ferraille en criant : *Sans chaleur, pas de combat. Sans chaleur, pas de combat.*

Il tape sur l'épaule du soldat devant lui.

– Vous voyez ça ? Ils…

C'est alors que deux soldats les dépassent en courant, en direction du quartier général. Billy se retourne. Derrière lui, les Noirs en ont profité pour découper le grillage avec des pinces coupantes. Plus loin, d'autres déferlent déjà par un trou dans la clôture. Il recule lentement tandis qu'ils défilent en tapant sur leurs assiettes et en brandissant les poings. *Victoire ! Victoire ! Les mêmes droits pour tous !*

Soudain, l'atmosphère est électrique. Tranchante comme une lame de rasoir. Il aperçoit Breedan injurier les manifestants. Puis deux gars de la 5e division leur balancer leurs mugs à moitié vides. *Vous voulez de la soupe ou vous préférez une raclée ?*

Mais les hommes ne cèdent pas à la provocation et continuent à marcher jusqu'au poste de commandement, des haricots dégoulinant sur leurs épaules. Breedan en bouscule un. *Qu'est-ce qui t'arrive, mec ? T'as pris un coup de froid ?*

Le Noir, un type svelte qui boite, se retourne pour lui crier : *Enlève cette bannière étoilée de ta manche, soldat. Elle ne vaut pas mieux qu'une croix gammée.*

Une bagarre éclate aussitôt. Breedan est avalé par une masse de mains et de jambes. Ses camarades le rejoignent et les coups de poing fusent. Tout le monde hurle et les assiettes en métal volent. Perry passe devant Billy et lui crie :

– Amène-toi, Keely. On va leur régler leur compte.

C'est ainsi que Billy se jette dans la bagarre.

Il se retrouve entraîné dans une tempête. On le tire d'un côté et de l'autre, on le pousse dans la poussière puis on le relève en le saisissant par le col. Il reçoit un coup à la jambe ; il balance son bras, frôlant un visage, puis quelqu'un l'attrape par la manche. Il tombe et, soudain, il se retrouve de nouveau au sol et un homme immense se dresse au-dessus de lui. Un vrai soldat avec des bras musclés et des rides autour des yeux. L'homme brandit son assiette pour la lui écraser sur la tête.

C'est alors qu'une main invisible extirpe Billy hors de la mêlée pour le mettre à l'abri derrière la réserve de la cuisine.

Billy reste étendu au sol, haletant, jusqu'à ce qu'il reprenne son souffle et se retourne. L'homme qui vient de le sauver est l'un d'entre eux. Un Noir. Il se frotte le bras droit.

– Jésus-Christ. Ça a dégénéré. On va avoir encore plus d'ennuis, maintenant.

Les portes du quartier s'ouvrent à la volée. Les gardes spéciaux sortent en brandissant leurs fusils. Le lieutenant

Magnusson se plante au milieu de la cour et tire en l'air deux coups de revolver. *Nom de Dieu, bande de bâtards, mettez-vous en rang*.

La bagarre cesse et les soldats, Noirs et Blancs, se relèvent, essuyant le sang et la soupe sur leurs visages. Billy s'est redressé rapidement, lui aussi. Le Noir a attrapé sa casquette et la lui a vissée sur la tête.

– Ayons l'air de rien, mon pote, lui dit-il en souriant. On n'a rien fait, pas vrai ?

– Quoi ?

– Je m'appelle Jameson Banks. 183e régiment de combat. On était en mission ensemble, pas vrai ?

– Quelle mission ?

– On vient de rentrer d'une mission d'approvisionnement.

– De quoi tu parles ?

– Allez. On est tous les deux dans la merde, là.

Jameson Banks tressaille lorsque Magnusson beugle les punitions à travers la cour.

– J'avais prévenu Samson que ça ne marcherait pas. Il avait raison, bien sûr. On ne peut pas en supporter davantage sans réagir. On mérite mieux que de mourir de froid dans ces putains de baraquements. Mais regarde-moi ce merdier.

Billy observe les Noirs faire des pompes dans la boue.

– Vous n'auriez pas dû passer la barrière.

– Ah oui ? Weston est mort de froid, cette nuit. Tout ça parce que ces salauds ne nous ont pas approvisionnés en fuel et en couvertures, ou que la lessive n'a pas été faite, ou… Merde, il arrive.

Magnusson apparaît soudain devant eux, furieux.

– Soldats ! hurle-t-il. Que fiche un homme de couleur dans ce secteur ? Est-ce un agitateur ?

– Monsieur…

Billy aurait dû dire la vérité. On ne ment pas à un officier supérieur, on ne bafoue pas le règlement. Mais on ne trahit pas non plus ses camarades. On ne les balance pas. *Même les Noirs*.

– On vient de rentrer d'une mission d'approvisionnement, a-t-il répondu en saluant. Des médicaments pour l'Unité C, secteur…

– La ferme ! s'est exclamé Magnusson en jetant à Banks un regard noir. Retournez dans votre secteur.

– À vos ordres, monsieur, répond Banks en saluant à son tour.

Puis, un sourire à peine perceptible aux lèvres, il retourne dans le quartier noir.

Chapitre 13

Rike

La voiture, une grosse Horch noire, attire les regards de tout le voisinage. Margit, toujours à l'affût du retour de Mückler, la repère la première.

– Les filles ! s'exclame-t-elle. Ça doit être pour vous. Quelle gentillesse de vous envoyer une voiture.

Immi adresse à Rike un sourire triomphant.

– Tu vois ? Je t'avais dit que Herr Fischer prendrait soin de nous.

Rike attrape son manteau. Ça lui semble un peu trop beau pour être vrai. Après quelques coups de fil la veille, l'Oberbefehlsleiter Fischer leur a envoyé un télégramme. Une voiture passerait les prendre à 15 heures.

Le chauffeur regarde Immi avec intérêt et Rike sent une pointe de jalousie la piquer. Sa mère lui a toujours dit que la jeunesse était le meilleur atout des femmes et que le maquillage était dévalorisant. Mais sa mère n'a jamais rencontré Immi, qui n'a pas à fournir d'efforts pour être élégante avec son foulard de soie et son chapeau noir. Elle a emprunté le plus beau manteau de Klara, celui avec le col en vison, s'est poudré le visage et peint ses lèvres d'un rouge profond.

Ils se dirigent vers l'ouest de la ville et, une demi-heure plus tard, ils rebondissent avec souplesse sur les nids-de-poule de Hubertusallee. Les villas de Grunewald paraissent aussi étranges qu'accueillantes dans leur élégance prussienne ; de toute évidence, elles n'ont pas été touchées par la guerre. Si vous plissez les yeux, vous pouvez vous imaginer revenu à l'époque de Bismarck, quand les gens construisaient des façades à pignon et des alcôves typiques de l'architecture traditionnelle allemande. Plus tard, au cours de la période républicaine, le pays a essayé de se tourner vers l'extérieur et certains propriétaires ont ajouté à leurs demeures des colonnes grecques ou des balcons italiens.

La voiture s'arrête devant une villa de couleur crème desservie par un perron d'une dizaine de marches. Une domestique leur ouvre la porte – une *vraie* domestique en uniforme. Comment obtenir un emploi de femme de chambre, ces temps-ci ? Rike se demande si elle vit sur place et si ses employeurs la nourrissent.

L'employée les conduit dans un petit salon meublé de canapés en cuir ; il y a même des palmiers devant la fenêtre, un tapis bleu pâle et des peintures à l'huile accrochées aux murs. Rike et Immi n'y patientent pas longtemps avant que la jeune femme réapparaisse et les conduise à l'étage.

L'Oberbefehlsleiter Fischer, assis derrière un lourd bureau en acajou, leur fait signe d'entrer en se levant à moitié.

– *Heil, meine Damen.* Je vous prie de m'excuser pour l'obscurité.

Il fait un geste en direction des rideaux de velours tirés.

– Cette maison est impossible à chauffer avec nos maigres rations de charbon. Asseyez-vous.

Rike s'installe dans un immense fauteuil. La pièce est sombre, en effet, avec ses tissus épais et ses meubles en bois rare. La seule source de lumière émane d'une petite lampe de bureau verte et de l'espace entre les rideaux qui laisse entrer un rayon de soleil hivernal. Fischer leur offre un cognac dans des verres marqués d'une croix gammée et de ces mots : *L'alcool, c'est la santé*. Rike se sent prise d'un léger vertige ; on n'est plus censé posséder de tels objets.

Alors que les deux femmes sirotent leur cognac, Fischer évoque le père d'Immi et son travail acharné en faveur des réfugiés. Il a vidé la moitié de son verre lorsqu'il demande à Immi comment elle s'est débrouillée pour traverser *tout ça*.

– Eh bien, je suis en vie, lui répond-elle d'une voix étrangement claire. Ils nous font travailler au déblaiement.

– Une humiliation, réplique Fischer. Comme si les Berlinois étaient responsables des bombardements qui ont détruit la ville.

– L'OMGUS nous paie, explique Rike. Soixante-douze pfennigs par jour.

Il sourit d'un air suffisant.

– Typique des Américains. Leurs conseils pour la reconstruction sont surtout des leçons de capitalisme. À une époque, les gars du service du Travail du Reich l'auraient fait pour rien, et dans la bonne humeur.

– Ils disent que c'est pour nous apprendre la démocratie.

– Pff. Nous avions une démocratie dans les années 1920, sous la République de Weimar. Et ils nous ont trahis, ces bons à rien. *Wer hat uns verraten ? Die Demokraten.*

Il marque une pause, comme s'il se remémorait les temps anciens. Le rai de lumière laiteuse qui passait entre les rideaux s'estompe, sans doute avalé par un nuage.

Fischer croise les jambes.

– Comment va votre mari, Immi ?

Immi tressaille et le met au courant, passant sous silence les menaces de Mückler de mettre le feu à la maison.

Fischer l'écoute patiemment.

– C'est compréhensible. La guerre a éloigné beaucoup d'hommes de leur épouse. Avez-vous un endroit sûr où habiter ?

– Nous logeons près de Kreuzberg, avec des amies, répond Rike. La maison appartient à Vera Klug.

Rike observe attentivement le visage de Fischer qui a froncé les sourcils à l'évocation de Vera.

– Vera Klug ? Eh bien, je suis content qu'elle s'en soit sortie.

– Elle est décédée, en fait.

– Décédée ? Les bombes, je suppose…

– Elle a été assassinée, il y a quelques jours.

– *Oh, mein Gott*. Par qui ?

Immi se tord les mains.

– Nous n'avons aucune certitude, mais nous avons des soupçons.

Fischer semble ne pas écouter. Son visage est égal, son expression un peu trop mesurée.

– Quelle tragédie. Vera Klug possédait un réel talent. Mais je ne suis pas étonné qu'il lui soit arrivé malheur. Elle n'a jamais su jouer les bonnes cartes.

Rike se penche en avant.

– Connaissez-vous quelqu'un qui pourrait lui vouloir du mal ?

– Aucune idée, ma chère. Je ne l'ai pas vue depuis au moins deux ans.

– Quelques jours avant la mort de Vera, le mari d'Immi a eu… une sorte de crise de nerfs. Il nous a menacées. Vera nous a dit qu'elle allait le faire arrêter grâce à un vieil ami. Nous pensions que vous étiez peut-être cet ami. Et que vous sauriez quelque chose au sujet de…

– Oh, Vera, Vera, Vera. J'ai toujours cru qu'elle pourrait figurer parmi les grandes. Savez-vous que c'est moi qui lui ai obtenu un rôle dans *Une croisière au soleil* ? Le public l'a adorée. Elle avait une telle présence à l'écran. Ça a été un immense succès.

– Vous étiez… intimes ?

– Oh, non. Je suis plutôt heureux en mariage.

Il lève la main pour leur montrer son alliance dorée.

Rike se crispe.

– Mais vous avez soutenu sa carrière, vous l'accompagniez à des soirées. Nous avons parlé avec un membre du tournage d'*Une croisière au soleil*, il nous a dit que vous lui portiez beaucoup d'attention.

– Vera était comme toutes les starlettes, elle avait sans cesse besoin d'être rassurée, ajoute-t-il en agitant son cognac. Une fois qu'elle a commencé à tourner, elle est devenue difficile. Elle voulait changer ses dialogues, modifier l'histoire au profit de rôles secondaires. Elle se préoccupait des messages et de la motivation des personnages… Je lui ai dit, ma belle, contente-toi de rendre les gens heureux. Ne te tracasse pas des détails.

Immi s'apprête à parler mais Rike la devance :

– Quels détails ?

Fischer soupire. Dans la lumière verte de la lampe de bureau, son visage se teinte d'une pâleur étrange.

– Le contenu. Elle était obsédée par le contenu. Par le message que le film délivrait aux spectateurs. Elle se souciait du réalisme, réclamait moins de faste et plus de substance. Selon elle, le film ne montrait pas la vie telle qu'elle était en Allemagne.

Il secoue la tête en gloussant.

– Je lui ai rappelé que c'était la raison d'être du cinéma. Que les films n'étaient pas *censés* montrer la réalité. Bon sang ! *Une croisière au soleil* parlait d'amour sur un bateau. Quel Allemand serait parti en croisière en 1943 ?

– Oui, mais…

– Je lui ai expliqué que le but de cette production était de donner aux gens du courage en les faisant voyager dans un monde meilleur.

– Absolument, reconnaît Immi. Je n'aimerais pas aller au cinéma pour voir ce qui arrive aux gens dans la vraie vie.

Rike lui jette un coup d'œil.

– Vera voulait probablement…

– Mesdames…, la coupe Fischer. C'était un film pour les femmes. Leur vie pendant la guerre était suffisamment difficile comme ça. Voilà ce que je lui ai dit. Qu'il fallait les laisser rêver. C'était tout ce dont elles avaient besoin.

Rike songe à M. Martinek. *Elle était une star, comme elle en avait toujours rêvé.*

– Est-ce la raison pour laquelle elle n'a plus jamais tourné ? Son obsession pour… le contenu ?

– Vera ne comprenait pas ce qu'on essayait d'accomplir, c'est tout. Le studio a décidé de continuer avec quelqu'un de plus… compréhensif. Quoi qu'il en soit, la production de films a cessé six mois plus tard, quand le Führer a eu besoin de mobiliser les hommes.

– Ce n'était pas parce que Vera avait introduit des amis juifs sur le tournage ? insiste Rike en fixant la croix gammée gravée sur son verre.

– Elle vous a parlé de ça ?

Rike s'efforce de soutenir son regard.

– L'homme à qui nous avons parlé, il a été envoyé dans un… camp de travail après avoir joué dans *Une croisière au soleil.*

Un sourire se dessine sur les lèvres de Fischer.

– Aha… Voici une bonne raison d'avoir tué Vera. La vengeance.

– Vous étiez très impliqué dans la production de ce film. Vous auriez dû savoir…

– Je n’étais pas responsable du casting. Ni de la vérification des certificats d’aryanité. J’ignore qui a déconné, mais ce n’est pas moi.

– L’homme a été arrêté lors de la première du film. Vous ne vous souvenez pas ?

– Pas vraiment. J’étais occupé.

– Je vous en prie, Oberbefehlsleiter. Un Juif sur le plateau. Vera aurait eu de graves problèmes.

Il remplit de nouveau son verre.

– Que représente un Juif pour moi ? Mais je dois admettre que vous faites de sacrées détectives.

– On a juste…

– De toute façon, vous n’êtes pas venues ici pour remuer de vieilles histoires, si ? Immi, ma chère enfant, il semble que votre mari ait besoin de vous. Il a besoin de votre amour et de vos soins.

Immi se redresse sur son siège.

– Il a été horrible avec nous. Pour être honnête, il me fait peur. Nous avons toutes peur de lui.

Comprenez-le, Ernst est un combattant. Un vrai Allemand. Il a traversé beaucoup d’épreuves. Et maintenant…

Il désigne le rideau.

– Cette obscurité qui s’est abattue sur nous est difficile à supporter. Nous devons garder la tête baissée, admettre notre défaite en attendant des temps meilleurs. Vous ne pouvez pas abandonner votre devoir d’épouse, Immi. Vous devez prendre soin de lui.

Rike entrevoit une ouverture.

– Je pensais que vous pourriez peut-être les aider à trouver un endroit pour vivre ?

Elle donne à Immi un coup de pied sous la table.

– Vous êtes toujours un homme important, n’est-ce pas ? J’ai lu dans le journal que vous collaboriez avec l’administration britannique…

– C'est exact. Au Conseil de contrôle allié. Les ordres, les directives, la réglementation… les Alliés ne reculent devant rien au nom de la démocratie. Mais il faut que je réfléchisse. Ma situation demeure précaire et je ne pense pas pouvoir agir au grand jour. J'ai finalement été dénazifié, mais j'ai d'abord été jugé coupable majeur. Catégorie II, *Inadapté à la nouvelle administration.*

Rike se replie un peu sur elle-même dans son immense fauteuil.

– Je… je suis désolée de l'apprendre.

– J'ai contesté leur décision, bien sûr. Je leur ai expliqué que mon travail consistait à protéger Berlin et à développer les arts et la culture. Heureusement, les Amis ont été raisonnables et m'ont rétrogradé au rang de coupable mineur. J'ai beau avoir déjeuné avec les Goebbels deux ou trois fois, ce n'est pas un crime.

– Quand je pense à ce qui est arrivé à leurs enfants… C'est terrible, dit Immi en secouant la tête. Quelle mère peut assassiner ses propres enfants ?

– Je ne pense pas qu'elle ait fait quoi que ce soit, ma fille. Ne croyez pas tout ce que les Amis racontent.

Rike inspire un grand coup.

– Est-ce que Vera Klug a réclamé votre aide la semaine passée ?

– Ils utilisent tout ce qu'ils peuvent pour nous traîner devant des tribunaux militaires et nous jeter en prison.

– Herr Oberbefehlsleiter, avez-vous rencontré Vera avant qu'elle…

– Par exemple, prenez les lois anti-fraternisation. Les Amis ont rendu officiel le fait que les Allemands n'étaient pas dignes de confiance… et pourtant vous les voyez danser tous les soirs avec nos femmes ou soutirer des informations aux personnes déplacées, ces pauvres affamés qui leur racontent n'importe quoi. Vous devriez prendre ça comme un avertissement, mesdames. Demandez-vous toujours qui sont vos amis, car ce ne sont jamais les occupants.

Une chaleur étrange se répand dans le ventre de Rike et ce n'est pas seulement à cause du cognac dans son estomac vide. Autrefois, elle se fichait que les hommes parlent plus fort qu'elle. Elle considérait cela comme un trait de caractère, un signe de leur supériorité. Les hommes avaient la charge du poids du monde, après tout, alors que les femmes...

Alors que les femmes n'avaient qu'à subir. Serrer les dents et tenir bon. Et regardez où ça nous a menés.

– Je sais qui sont mes amis, lâche-t-elle sèchement. Vera Klug en était une, et je veux savoir ce qui lui est arrivé. Je vous en prie...

– Il est bientôt l'heure de passer à table, constate Fischer. Pourquoi ne resteriez-vous pas dîner ? C'est le moins que je puisse faire pour vous, Fräulein von Kadelburg.

Chapitre 14

Billy

Billy fait les cent pas dans la cour, tirant avec précaution sur sa dernière cigarette. La nuit tombe déjà. Il a essayé de parler à Coston tout l'après-midi, mais sans succès. L'affaire des Noirs a mis toute la caserne en état d'alerte.

Il ne sait pas par où commencer. Doit-il enquêter en détail sur ce lien qui a existé entre Vera et ce notable nazi ? Vérifier l'alibi de Mückler ? Ou bien doit-il se pencher sur ce M. Martinek ? Sans parler de toutes ces femmes qui vivaient avec Vera. Tout le monde semble avoir quelque chose à cacher, et si même Coston ne parvient pas à clarifier toutes ces histoires, alors comment...

– Psst, Keely...

Billy se fige et observe les alentours.

– Ici...

À sa droite, quelques jeeps projettent leurs ombres sur la palissade de ségrégation. Il scrute l'obscurité jusqu'à ce qu'il discerne une silhouette derrière le grillage.

– C'est quoi ton problème, mon pote ? demande-t-il d'une voix hésitante.

– C'est moi, Banks. Ça gaze ?

Billy redresse les épaules.

– Qu'est-ce que tu veux ?

– Tu as des projets pour ce soir ?
– Pourquoi ?
– J'ai deux places pour le Triangle.
– C'est quoi, le Triangle ?
– T'as jamais entendu parler du Triangle ? s'exclame Banks en gloussant. Tu vas adorer. C'est le meilleur club de blues de ce côté-ci de l'Atlantique.

Il agite un ticket à travers le grillage.

– Sois là-bas à 21 heures. Et débrouille-toi pour inviter une gonzesse.
– Une gonzesse ?
– Ne me dis pas que tu n'en as pas une sur le feu. Rien ne nous oblige à rester célibataires, dans cette ville.

Il lâche le ticket qui volette au-dessus du sol tel un flocon de neige. Billy se précipite pour le récupérer avant qu'il ne tombe dans la boue et, quand il relève les yeux, Banks a disparu.

Il observe le morceau de papier mal imprimé. Le Triangle. *Une gonzesse*. La sienne vit à des milliers de kilomètres. Elle ne lui a même pas écrit…

Un sentiment étrange se propage en lui. Peut-être est-ce dû à l'agacement constant de Breedan, ou au vague souvenir des mèches rebelles de Mlle Lotterberg. Ou peut-être que Banks a raison. Rien ne l'oblige à rester célibataire, dans cette ville. Il y a plein de filles qui cherchent à passer du bon temps. Il faut juste avoir le courage de demander.

* * *

Charlotte Lotterberg l'attend à l'arrêt de bus de Tietzenweg, celui où descendent les collaborateurs pour se rendre à la caserne le matin. Elle porte un manteau démodé et un petit chapeau guindé, mais elle a mis des chaussures de soirée.

– *Guten Abend*, dit-il en lui ouvrant la portière. Comment allez-vous ?

– Très bien, répond Mlle Lotterberg en grimpant dans la jeep. Ma tante m'a donné l'autorisation de minuit. Où allons-nous ?

– Dans un club de blues, répond-il en étalant sa carte. Près de la Potsdamer Platz.

La Potsdamer Platz, le cœur névralgique de la vie nocturne berlinoise. Là-bas, les bars américains se disputent la place avec les tavernes allemandes et les bistros français. Les Anglais ont aussi leurs repaires favoris, mais ils boivent n'importe où.

La carte, pourtant, les conduit au-delà de la place, jusqu'à une esplanade déserte au sud de la gare centrale. Billy doit mettre les pleins phares pour y voir à travers le brouillard ; les infrastructures ferroviaires défoncées par les bombes les empêchent d'avancer et il doit faire plusieurs embardées à la dernière minute. Le crachin scintille dans la lueur de ses phares comme les paillettes d'une boule à neige. De temps à autre, on aperçoit une silhouette qui se faufile parmi les décombres et les squelettes de wagons, les épaules basses et le col remonté jusqu'aux oreilles.

– Les Berlinois appellent cette zone le Triangle, explique Mlle Lotterberg. C'est ici que les trois lignes de chemin de fer se croisaient. Ce n'est pas le meilleur endroit qui soit. Faites attention, on n'ira pas beaucoup plus loin.

La route se termine bizarrement par un morceau de palissade brûlé. Billy coupe son moteur et court autour de la jeep pour ouvrir la portière passager. Lotti Lotterberg prend son bras et s'y accroche tandis qu'il l'entraîne à travers les gravats jusqu'à une rangée de petits entrepôts abandonnés.

Une lampe au kérosène marque l'entrée du bar. Il présente son ticket à un portier. Il remarque son nœud papillon qui dépasse du col d'un épais manteau de l'armée russe. L'homme leur jette un coup d'œil rapide avant de les laisser passer.

Billy sent son cœur accélérer – il n'est jamais entré dans un tel endroit. En réalité, il n'est jamais entré dans aucun bar. Ses parents n'auraient pas approuvé ; Jésus-Christ non plus. Mais Mlle Lotterberg passe la porte sans hésiter et il est bien obligé de la suivre.

La pièce est baignée d'une lumière chaude et tamisée. Le mobilier est composé de luxueux fauteuils de train collés dos à dos le long d'un mur afin de former des box autour de petites tables sur lesquelles sont posés des cendriers et des bougies. Une publicité au néon pour une bière suisse, rendue floue par la fumée, a été suspendue au-dessus du bar.

Mlle Lotterberg le tire par le bras.

– Venez. Trouvons une place.

Billy avance de quelques pas avant de s'arrêter, car il n'y a aucun siège libre. Tous les box sont occupés par des Américains, noirs et blancs, accompagnés de femmes allemandes. D'autres soldats jouent aux dés sur le comptoir ou blaguent avec les musiciens, plusieurs Noirs et deux Blancs. Billy est presque certain qu'un des Blancs, le joueur de trombone, est allemand.

Il sent son ventre se contracter. *Ce n'est pas un endroit pour une jeune femme.* Des Blancs et des Noirs, des Allemands et des Américains… C'est contre le règlement. Il repère deux Français qui se tiennent par la main dans un coin. Ce n'est pas le pire, cependant : près du bar, un homme porte des vêtements de femme – une robe à paillettes et un boa rouge qui s'étale sur sa poitrine plate. Il a la mâchoire carrée, les épaules larges et du rouge à lèvres.

Billy a un mouvement de recul, déstabilisant Mlle Lotterberg.

– Ce n'est pas… Ne…

– Keely… On se demandait quand tu te montrerais.

Il se retourne et Jameson Banks pose une main sur son épaule pour l'entraîner vers un box occupé par une femme blanche. Mlle Lotterberg se glisse à son côté et lui serre la main, puis celle de Banks, comme si tout était… normal.

– Je m'appelle Lotti, dit-elle. Ravie de vous rencontrer.

– Enchanté. Moi, c'est Jameson. Vous êtes sacrément jolie.

Il jette un œil admiratif à Keely.

– Tu t'assois avec nous ou tu attends un train ?

Les filles éclatent de rire mais Billy reste figé sur place. *S'asseoir ?* Jamais. Il se ferait arrêter. Non, *ils* se feraient arrêter. On ne s'assoit pas avec des Noirs, on ne boit pas avec eux. Les Noirs ne doivent pas toucher des Blanches – ils ne doivent même pas les regarder.

Mais Mlle Lotterberg est déjà en train de papoter avec la copine de Jameson, une brune qui, Billy doit bien l'admettre, est vraiment jolie.

– *Ich bin die* Lotti.

– *Ich bin die* Gabi.

Elles se tournent vers les hommes.

– Vous allez nous chercher des bières ?

Jameson adresse un clin d'œil à Keely.

– Allons chercher à boire avant que la musique reprenne.

Billy suit Banks jusqu'au bar.

– Quatre bières. Bien fraîches.

– Pas de problème, répond le barman, un grand type maigre aux yeux cernés mais souriant. Après tout, on vit dans le plus grand frigo d'Europe.

Billy fouille dans sa poche à la recherche de quelques pièces.

– Je paie la mienne, murmure-t-il. Laisse-moi…

– Pas question, camarade, répond Banks en poussant deux bouteilles vers lui. Tu paieras la prochaine tournée.

– Non, réplique Billy d'une voix qu'il voudrait ferme. Je ne paie pas de bière aux… aux…

– Aux gens comme moi ? coupe Banks en fronçant les sourcils. Tu me casses les pieds, Keely. On a fait la même guerre, pas vrai ?

– Oui, mais… *Ça ne se fait pas. Pas dans…*

– On n'est pas dans le Kentucky, mec, lui rétorque Banks avec un regard sombre. Arrête de rouspéter et détends-toi. Il y a de la musique, à boire et une jolie fille à ton bras. Mets tes préjugés de côté.

Billy respire profondément.

– Qui est cette Gabi, au fait ?

– On n'en voit pas beaucoup des comme elle dans ton trou, hein ? Relax, Keely. Les femmes allemandes ne rechignent pas à sortir avec des Noirs. Elles n'ont pas de problème avec ce truc de race.

Billy sent son cœur accélérer.

– Tu dérailles, Banks. Tu as entendu parler des camps de concentration, non ? Ou bien tu…

– Entendu parler des camps ?

Les yeux de Jameson deviennent soudain deux flèches sombres qui le transpercent.

– J'appartiens au 183e bataillon du génie qui a libéré Buchenwald, tu es au courant ? J'ai tout vu, mec. Tout. Chaque tas d'os et de chair. Alors tu peux garder ta condescendance.

Billy avale sa salive avec difficulté. *Les tas, les monceaux… Les tas et les monceaux de…*

– J'y étais aussi. Quelques jours après la libération du camp. Nous devions y emmener un bus rempli d'Allemands, à des fins éducatives. L'odeur… Ça schlinguait.

Banks secoue la tête.

– Bon sang, ils t'ont forcé à voir ça ? Tu n'es qu'un gamin.

– Je suis un soldat, corrige-t-il en enfonçant ses ongles dans ses paumes. Mais je suis arrivé trop tard pour faire quoi que ce soit.

Banks hausse les épaules.

– Nous sommes tous arrivés trop tard. Certains agonisaient déjà quand nous les avons ramenés à la caserne. D'autres sont morts en mangeant trop vite, en buvant trop d'eau. Nous avons fait ce que nous pouvions, Keely. Tout ce qu'un homme peut faire.

– Les Juifs…

Il a du mal à formuler son argument.

– Ils ont été assassinés à cause de leur race. Ces femmes… il y a un an, elles t'auraient flanqué dans un camp.

Il désigne les deux Allemandes près du bar.

– Mais c'était hier et aujourd'hui c'est aujourd'hui, réplique Banks. Les choses peuvent changer.

– Tu le crois vraiment ?

– Ouais.

Banks avale une gorgée de bière et le regarde avec une expression bizarre.

– Sinon, comment garder espoir ?

Chapitre 15

Rike

Trude, l'épouse de l'Oberbefehlsleiter Fischer, est une femme rondelette, polie et souriante. Ses enfants, Sieglind et Heinrich, lui ressemblent en tous points. Wolf, leur spitz nain, est lui aussi rond et propret ; il ne sourit pas, mais il est clair, à la façon dont il accueille joyeusement son maître avant de rejoindre son panier, que la faim ne l'a jamais obligé à arracher de la chair humaine à un os.

Frau Fischer – *Je vous en prie, appelez-moi Trude, nous sommes entre amis* – invite tout le monde à s'asseoir autour de la table recouverte d'une nappe brodée. Elle refuse l'aide de Rike à la cuisine et, tandis qu'elle en rapporte un plat fumant, Immi discute poliment avec les enfants. Fischer observe sa fille avec bienveillance. Sieglind raconte sa journée d'école et comment sa professeure a refusé de punir un dénommé Herbert qui avait tiré sur les nattes d'une camarade.

– Ce n'est pas juste, s'exclame-t-elle. Elle le laisse faire tout ce qu'il veut.

Rike retient un cri de joie lorsque Trude remplit les assiettes. Il y a des saucisses bouillies bien grasses et des pommes de terre épaisses et farineuses – rien à voir avec ces tubercules verdâtres et fripés qu'il faut peler avec une lame de rasoir. Il y a même des petits pois – *mon Dieu*, depuis combien de temps n'en a-t-elle pas mangé ?

L'Oberbefehlsleiter Fischer attrape la saucière et recouvre sa nourriture d'une sauce brune et épaisse. À tel point que son assiette déborde presque…

– Vous devez avoir faim, Fräulein Seelman, lâche-t-il avec un sourire. Vous avez un regard de loup.

– Je suis désolée, s'excuse Rike en tressaillant.

Trude sourit.

– Ne vous inquiétez pas. Nous savons bien que la vie est dure en ville, ces temps-ci.

Ces paroles l'agacent. *Non, vous n'en savez rien. Je n'ai même pas déjeuné. Je n'ai pas pris de petit déjeuner non plus.* Elle demeure pourtant de marbre en regardant la saucière passer de main en main.

Fischer raconte à sa femme que Vera a été retrouvée morte dans un terrain vague.

– Elle a été soufflée par un obus perdu ? s'exclame Heinrich, qui doit avoir une douzaine d'années.

– Non, lui répond sa mère. C'est un criminel qui l'a tuée.

– Il y en a partout, ajoute Fischer. Les Amis sont incapables de faire régner l'ordre. Ils n'arrivent même pas à contrôler les enfants des écoles. Pas vrai, Sieglind ?

La fillette redresse la tête.

– Notre professeure passe son temps à nous faire écrire ce que nous avons fait de mal. C'est ennuyeux. Herbert mériterait une fessée.

– Je suis d'accord avec toi, dit sa mère.

– On devrait même le gazer.

– Allez, allez, ça suffit.

– Mais il a…

– Assez, j'ai dit.

La saucière presque vide arrive enfin jusqu'à Rike. Celle-ci pourrait racler le fond avec sa fourchette mais ce serait impoli, n'est-ce pas ?

– J'irai dire deux mots à ta professeure, reprend Fischer en tapant sur la table, son couteau à la main. Qu'est-ce qu'elle vous a appris, hier, lors du cours consacré à l'art ?

– L'espressionisme, répond Sieglind avec un cheveu sur la langue. On prend toutes les couleurs et on les mélange et...

– Exactement. Et Dieu sait quelle confusion ça sème dans l'esprit des enfants, la coupe Fischer en se tournant vers Immi. C'est encore une de leurs idées bizarres. Élargir notre horizon grâce à l'art. Ils veulent que les Allemands tournent à nouveau des films, mais sous leur supervision. Ils veulent du cinéma d'art et essai, des œuvres d'avant-garde. C'est la faute des Français. Ce sont eux qui contrôlent toutes les décisions culturelles du Conseil de contrôle allié.

– Ce serait bien de voir des films allemands, intervient Immi. Je ne suis pas allée au cinéma depuis si longtemps. J'ai entendu dire que celui sur Wilhelmstrasse avait réouvert, mais qu'ils ne diffusaient que des informations et des westerns.

– Cela n'a rien à voir avec ce que nous regardions avant, note Fischer.

– C'est épouvantable, intervient Trude. Tu te souviens quand nous sommes allés à ce festival international du film pendant les Jeux de Munich ? Erich et moi avons vu des films roumains ou hongrois...

– Des films de dégénérés. J'en ai eu la chair de poule. Aucun scénario, aucune histoire. Juste... des scènes. C'est difficile à décrire.

Rike ne peut s'empêcher de songer aux bombes qui s'abattent, aux arbres en flamme, aux gens en flamme, au ciel bleu derrière la fumée, aux membres et aux cheveux longs suspendus aux lampadaires. *Juste des scènes.*

– Ils appellent ça de l'art, bien sûr, continue Fischer.

Trude regarde ses enfants.

– Et maintenant, les Amis leur apprennent ça à l'école. C'est plutôt inquiétant. Qu'est-ce que t'a dit ton professeur, Heinrich ? Que le fleurissement de « l'art », comme ils osent l'appeler, pouvait empêcher ce pays de devenir une nation marginale…

Heinrich tripote ses pommes de terre avec sa fourchette.

– Je ne veux pas être un marginal, maman.

– Tu n'en seras pas un, répond Fischer en se resservant une saucisse. C'est impensable. La culture allemande a tant à offrir. Ils ne parlent pas de marginaux lorsqu'ils jouent du Mozart, n'est-ce pas ?

– Mozart était autrichien, précise Rike.

– Hitler aussi. Et qui s'en soucie ? Personne. Surtout pas les Allemands. Nous restons solidaires du peuple germanique, dans les bons comme dans les pires moments.

Rike mâche avec difficulté. La saucisse est trop grasse et la sauce épaisse n'aide pas à la faire passer. Elle ne peut pas s'empêcher de manger, pourtant, alors qu'elle a déjà le ventre plein. Elle se penche en arrière pour faire de la place dans son estomac et les roses gravées dans le dossier de sa chaise en chêne lui entrent dans les omoplates.

– Moi, j'aime les films qui finissent bien, dit-elle prudemment. Comme *Une croisière au soleil.*

Fischer la dévisage avec une intensité inquiétante. Avant qu'il ait pu dire quoi que ce soit, cependant, sa femme pose une main sur son bras.

– Exactement, dit-elle. C'est le genre de film qu'on devrait voir plus souvent. Des films réconfortants avec de vrais héros. Des films… *gemütlich.* Oh, pardonnez-moi. Je vais rechercher de la sauce.

* * *

Fischer ordonne à son chauffeur de les raccompagner chez elles. Il les salue d'un *Heil* joyeux et demande à Immi de transmettre ses amitiés à sa famille. Mais juste avant que la voiture ne démarre, il se penche à la fenêtre et approche son visage tout près du sien.

– Ma chère enfant, lui dit-il gentiment, réfléchissez à ce que vous faites subir à votre époux. Je n'aime pas savoir une jeune épouse seule. Ce n'est pas dans l'ordre des choses.

– Oui, répond Immi en s'enfonçant dans son siège.

– Je vais vous faire une faveur, par amitié pour votre père. En retour, promettez-moi d'être une bonne fille qui le rendra fier.

Il glisse une feuille de papier dans sa main.

– J'ai rencontré votre mari sur le champ de bataille, Immi. C'est un homme bon. Une belle âme. Il vous a peut-être traitée durement, mais vous êtes jeune et avez encore besoin d'être guidée. N'oubliez pas que le lierre ne peut s'épanouir que s'il est soutenu par un arbre fort. D'ici là, si vous avez besoin d'aide, allez *Chez Schuster* et demandez Heinz.

Immi le remercie d'une voix crispée et, alors que la voiture descend l'allée, elle tend la feuille à Rike. Il s'agit d'un nom et d'une adresse, mais il fait trop sombre pour qu'on puisse les lire.

Rike s'enfonce dans le siège en cuir moelleux. La ventilation souffle un air bien chaud et elle a tellement mangé qu'elle peine à se tenir droite. Les soubresauts de la route la bercent comme un bébé. C'est réconfortant. Confortable. *Gemütlich.*

Vera détestait ce mot. À chaque fois que Margit rapportait un napperon ou suggérait qu'elles accrochent une des peintures qu'elle avait récupérées pour rendre la maison un peu plus *gemütlich*, elle s'énervait. Rike la voit encore en train de gesticuler à travers la pièce, le bout de sa cigarette voltigeant entre ses lèvres tel un ver luisant.

– Ce n'est pas le confort que nous recherchons, mesdames. C'est là que se cachent les pires horreurs. Sous les coussins des sofas et dans les horloges à coucou.

Mais quel mal y a-t-il à être au chaud et rassasiée, à demi assoupie comme une enfant ? Rien. Il n'y a aucun mal à être *gemütlich*.

* * *

– C'est typique, dit Klara en sortant une pomme de terre au lit de la casserole pour la mettre dans une assiette. Les gros bonnets ont tout pour eux. Une maison chauffée, des saucisses et des petits pois… Au diable ces faisans dorés !

Les pommes de terre au lit sont une recette incontournable à Berlin. Vous faites chauffer une casserole de patates et vous la retirez du feu dès que l'eau commence à bouillir. Ensuite, vous mettez la casserole dans un lit pendant une journée entière, jusqu'à ce que les patates se soient ramollies. Résultat : vous avez économisé du charbon et gagné une couverture chaude.

– Ce n'est pas la faute de Fischer, intervient Immi, toujours prête à apaiser les choses. C'est un homme influent. Il profite de ses contacts pour mettre sa famille à l'abri du besoin. On ferait toutes pareil, non ?

– Tu crois ? dit Klara en poussant l'assiette devant Gisela. Vous auriez pu au moins leur demander si vous pouviez emporter les restes.

– Tu me prends pour une mendiante ?

– Tais-toi, Klara, dit Margit en tendant son menton pointu en avant. Immi a raison. Herr Fischer est un homme bon. Il a dit qu'il allait nous aider.

– C'est bizarre qu'il travaille pour les Alliés, maintenant, remarque Gisela en écrasant son unique pomme de terre avec sa fourchette. C'était un ami de Goebbels, non ?

– Il n'a fait que son travail, constate Immi en prenant une cigarette dans le paquet posé sur la table. Ils ont besoin d'hommes comme lui pour faire tourner le pays maintenant qu'ils ont confié certaines tâches administratives du Conseil de contrôle allié aux Allemands. Ils ont besoin de maires, de procureurs, de directeurs d'école, de...

Elle ne trouve pas d'autre fonction à ajouter à sa liste et conclut par un haussement d'épaules empathique.

Rike soupire. Elle a froid malgré son manteau et son estomac encore plein appuie désagréablement sur ses côtes. Son ventre gargouille, elle n'arrive pas à digérer la sauce.

– Fischer a dit qu'il avait déjà rencontré ton mari, sur le champ de bataille.

Immi hausse les épaules.

– Et alors ?

– Mais Fischer n'était pas un soldat. Tu crois vraiment qu'un homme comme lui, avec toute son influence, aurait rejoint la Wehrmacht ?

– Beaucoup d'hommes l'ont rejointe dans les derniers mois, rétorque Margit, dans un dernier effort pour sauver le Reich.

– Tu te souviens de sa réaction lorsqu'on lui a annoncé que Vera était morte, Immi ?

– Pas vraiment. Pourquoi ?

Il ne semblait pas surpris. *Von deinem Fischer.*

– Je me demande si..., commence-t-elle en allumant à son tour une cigarette, si Vera savait des choses à son sujet. Des choses qui auraient pu empêcher sa réhabilitation. Des choses liées à son passé. Il semble qu'il ait eu quelques problèmes lors de son entretien de dénazification, avant d'obtenir son statut de coupable mineur. Imaginez que Vera ait été au courant d'un truc qui... qui aurait pesé contre lui ? Qu'elle l'ait fait chanter ?

Gisela repousse son assiette vide et attrape le paquet de cigarettes.

– Pourquoi aurait-elle fait ça ?

– Pour nous sauver, bien sûr, et nous débarrasser de Mückler. Vous vous souvenez des deux jours qui ont précédé sa mort ? Elle était tout le temps par monts et par vaux.

– C'est vrai, reconnaît Margit en fronçant les sourcils. Je l'ai vue grimper dans une grosse voiture noire, comme celle de Fischer. Je vois des choses, moi aussi. Je ne suis pas idiote.

Rike pose une main sur son estomac. Douillet et *gemütlich*. Vera avait raison, avoir le ventre rempli de sauce n'aide pas à comprendre.

– Je me demande combien de Juifs ont travaillé sur ce film. Vous croyez que Martinek était le seul ? On pourrait lui demander ?

– Qu'est-ce que ça changerait ? demande Immi en soupirant.

– Je me demandais seulement..., dit Rike en sentant monter la nausée. Je me demandais pourquoi Vera avait protégé un Juif. La découverte de Herr Martinek a mis fin à sa carrière. Elle n'a plus obtenu aucun rôle.

– Ils étaient sûrement amis, suggère Immi.

Un silence étrange s'installe autour de la table. Les visages sont brouillés par la fumée de cigarette, mais Rike sait qu'elles pensent toutes la même chose. Aurions-nous agi ainsi pour un Juif, même un ami ? Le ferions-nous pour l'une d'entre nous ? *Est-ce que Vera l'aurait fait pour nous ?*

Elle se remémore leur dernière conversation. Les yeux fatigués de Vera, son désespoir. *Je croyais bien faire.*

Mais un Juif. Tout sacrifier pour... une vermine. Une vie indigne. De grands yeux bruns, des membres qui tremblent. *Elle. La femme.* Rike ne peut empêcher les images de tourner dans sa tête. *La femme de Ravensbrück.*

Ce n'était pas une femme, alors, c'était une chose. Une aberration affamée et crasseuse. Une sous-humaine assise à côté d'elle dans cette horrible usine. Pendant toute une journée. Elle était restée une journée et puis elle avait disparu et ce n'était pas juste, mais elle, Ulrike Seelman, n'avait posé aucune question, ni au sujet de cette femme, ni au sujet d'aucune autre. Parce que c'était dans l'ordre des choses. Pour la gloire du Reich. *Mais c'était mal, les laisser s'enfuir, les laisser vivre, elle aurait dû... elle n'aurait pas dû... elle...*

Elle ferme les yeux. *Plus de souvenirs, par pitié. Que le passé disparaisse. Qu'il disparaisse à jamais !*

Mais son esprit refuse de lui obéir et la voici de retour à Ravensbrück, le jour de l'évacuation. *Faites-les sortir, les Russes ne doivent trouver aucune preuve.* Les gardiens fourrant dans leurs poches bijoux, argent et nourriture. L'Einsatzleiter Geck étendu dans son bureau, son pistolet à la main, du sang plein le mur. Le chaos, les cris. *Maintenez-les groupés, on marche vers l'est, c'est un ordre.* Les kilomètres de routes bombardées. Une femme allemande, la femme d'un paysan, avec un seau d'eau et quelques tasses. *Je vous en prie, c'est inhumain. Je veux seulement leur donner à boire.* La crosse d'un fusil qui lui frappe le visage, le bruit de l'os qui se brise, le sang qui gicle de son nez. Et la femme qui continue à hurler, à les maudire. *Ordures de SS ! J'espère que les Russes vont vous avoir !*

Puis les champs à perte de vue. La radio qui grésille, les piles qui rendent l'âme, *Himmler s'est rendu, c'est la fin, laissez-les partir, c'est un ordre. Sauvez votre peau.* Les gens trop faibles pour ramper qui tentent leur chance, clopinant, boitant dans toutes les directions. Et elle… elle…

Vous me donnez de l'espoir.

– Rike, ça va ? Tu pleures ?

Elle sent la main d'Immi sur son épaule, légère comme une plume, mais elle la repousse.

– Il y a trop de fumée. J'ai besoin d'air frais.

– On n'ouvre pas la fenêtre, râle Gisela. Je me suis presque réchauffée avec cette patate infecte.

Chapitre 16

Billy

Dans le box, les deux femmes discutent comme si elles se connaissaient depuis toujours. Billy a toujours envié ça chez les femmes. Même Betty, qui est plutôt timide, se mettait instantanément à papoter avec ses amies quand il l'accompagnait au café. Parfois, elle pouvait boire trois sodas avant qu'il ne réussisse à l'emmener au cinéma.

Il se glisse à côté de Mlle Lotterberg – Lotti – et lui tend une bière. Ils trinquent tous les quatre à la soirée et il ressent comme une décharge électrique lorsque ses doigts effleurent ceux de Banks.

– C'est la première fois que je viens dans ce bar, dit Lotti en tendant le cou pour apercevoir les musiciens. Est-ce qu'on va danser ?

– Ça dépend de l'humeur de Tammy, répond Banks en désignant le saxophoniste. C'est lui le boss.

– Le tromboniste est allemand ? demande Billy.

– Ouais. J'ai oublié son nom, mais il est excellent. Il a joué dans tous les bars américains à Noël. Certains disent que c'est Glenn Miller déguisé, mais c'est n'importe quoi.

Gabi boit une petite gorgée de bière.

– Glenn qui ?

– Tu n'as jamais entendu *Chattanooga Choo Choo* ? Glenn Miller était un des meilleurs swingueurs de tout le Missouri. Sans compter Armstrong, bien sûr.

– J'adore sa musique, dit Lotti. *Don't sit under the apple tree, with anyone else but me...*

Puis elle redevient sérieuse.

– Il n'a jamais été retrouvé, n'est-ce pas ?

Banks secoue la tête.

– Perdu pour toujours au-dessus de la Manche, paix à son âme.

Ils boivent en silence, puis le leader du groupe tapote son micro.

– Bonsoir. On ne va pas vous faire attendre davantage, les gars. Ce soir, on démarre par du Coleman Hawkins.

La musique commence et...

C'est comme si Billy était entraîné sous l'eau. Le rythme est à la fois tranquille et nerveux, les mélodies s'entremêlent, s'écartent et se rejoignent. Les musiciens semblent jouer avec tout leur corps ; ils sourient, ils rient, font des clins d'œil à la foule. *Et ce swing !* Il donne envie de bouger, de danser, de boire de l'alcool. Billy sent la présence de Lotti Lotterberg tout près de lui, son bras qui effleure la manche de son uniforme...

Quand le morceau se termine, il propose une nouvelle tournée de bières. Alors qu'il fait la queue au bar, l'homme à la robe à paillettes grimpe sur la scène et attrape le micro.

– Salut, mes mignons, s'exclame-t-il d'une voix mélodieuse et féminine à l'accent nettement allemand. Vous passez une bonne soirée ?

Billy balaye la salle du regard, personne ne semble choqué. Les hommes sifflent et tapent du pied tandis que les femmes envoient des baisers vers la scène. Il saisit les bières et se dépêche de rejoindre sa place, les yeux fixés sur la table.

– Je m'appelle Lisa Müller, glousse l'homme. Mais vous pouvez m'appeler Lieschen. Voyons si l'un d'entre vous veut se présenter.

Puis il arrive une chose horrible. Billy perçoit un bruissement de soie, un écho dans le micro, et une présence à ses côtés. Quand il relève la tête, l'homme le dévisage avec ses grands yeux maquillés et moqueurs.

– Mon Dieu, mon Dieu, qui avons-nous là ? Un petit grincheux...

Billy s'agrippe au dossier de son siège et lance aux autres un regard désespéré. Mais ils sont comme hypnotisés par le spectacle.

Lisa Müller lui caresse le bras.

– Allez, mon ami américain. Fais-nous un sourire. Regarde ta ravissante amie. C'est un rayon de soleil.

Laisse Lotti tranquille. Il voudrait crier mais le regard de Lisa le scotche à son siège.

– Pourquoi fais-tu ton timide, soldat ? Tu n'aimes pas parler aux femmes ?

La foule éclate de rire et Billy rougit violemment. *Arrête de me regarder. Bouge ton cul de pervers de là.*

Puis il sent la main de Lotti se poser sur son épaule avec la légèreté d'un papillon. La jeune femme penche la tête et sourit.

– Il est aussi gentil qu'un Ami peut l'être avec une jeune femme. Je n'ai aucune raison de me plaindre, Lieschen Müller.

Lisa hausse les sourcils.

– Bien... Je vous laisse réconforter un peu votre timide compagnon.

Il rejoint la scène en balançant les hanches.

– Et maintenant, musique !

Le groupe se remet à jouer, entonnant une mélodie allemande. Billy l'entend à peine ; son cœur bat la chamade à ses oreilles. Lotti Lotterberg lui pince l'épaule.

– Allez, détendez-vous, ça fait partie du spectacle, lui dit-elle gentiment.

– Comment ose-t-il…, lâche-t-il d'une voix grinçante. C'est… c'est dégoûtant.

Elle hausse les épaules.

– Elle ne fait de mal à personne.

– Mais c'est un homme ! lui rappelle-t-il en serrant les poings.

– Qu'est-ce que ça change ?

– Excusez-moi, Lo… Fräulein Lotterberg.

Elle plisse les yeux.

– Il faut vous détendre, monsieur Keely.

Billy laisse son regard errer à travers la salle, mais il est accroché soit par Lisa et son boa de plume, soit par Jameson et Gabi qui ont commencé à s'embrasser à pleine bouche. Ces deux visions le perturbent au plus profond de lui-même, alors il se replie sur le visage de Lotti qui fait la moue.

– Vous, les Américains, n'arrêtez pas de parler de liberté, dit-elle assez fort pour qu'il l'entende malgré la musique. Liberté de choix, liberté de penser. Démocratie…

Elle fait un geste en direction de Lisa Müller.

– Alors voilà. Après treize années d'oppression, chacun essaye d'être libre. Il n'y a rien de mal à ça.

– Cet homme n'est pas normal.

– Si, tranche-t-elle d'une voix ferme. Il n'y a rien de mal à être ce que vous voulez être.

– Tu parles. Il y a six mois, vous envoyiez les gens comme lui dans…

Les chambres à gaz.

– C'est vrai, répond-elle calmement. Et c'est ça, Billy, qui était vraiment ignoble.

– La liberté ne signifie pas qu'on puisse faire n'importe quoi.

Banks décolle ses lèvres de celles de Gabi et sourit.

– Keely, mon gars, tu devrais essayer. Il est temps que tu oublies un peu le Kentucky. Allez, donne un peu de plaisir à ta nana.

Billy secoue la tête.

– Je…

Heureusement, Lotti rougit autant que lui.

– Je n'embrasse pas si facilement, dit-elle sèchement.

Gabi tire Banks par le bras.

– Et si on allait danser ? J'ai des fourmis dans les fesses à force de rester assise.

Avant que Billy ne puisse les en empêcher, les deux femmes le tirent hors du box. Il se retrouve sur la piste de danse remplie d'hommes en uniforme et de femmes en robe d'été raccommodée et aux cheveux tirés derrière les oreilles. Banks et Gabi lui passent devant en swinguant. Sur la scène, Lisa Müller jette son boa de plume par-dessus son épaule en fredonnant : *You let all the women make a fool of you…*

Lotti saisit son bras et le place autour de sa taille. *Why don't you do right… right like other men do ?*

– Je ne sais pas danser, murmure-t-il. Pas sur cette musique.

– C'est facile.

Elle le tire vers elle et recule en même temps.

– Deux pas sur le côté, deux pas en avant. Comme ça…

Il se passe alors quelque chose de magique. Après seulement quelques pas, sa gêne disparaît. Il se laisse porter par la musique, guidé par Lotti. Ce n'est pas comme danser dans la salle paroissiale d'Evansville, où les mères vous surveillent tels des rapaces et où vous êtes constamment terrifié à l'idée d'écraser les doigts de pied de votre cavalière. Ici, au milieu de tous ces corps en sueur, noirs et blancs, hommes et femmes, il se sent libre comme jamais.

Lisa Müller entame ensuite une chanson en allemand qu'il ne comprend qu'à moitié. Une chanson lente qui parle de la mer, des étoiles et d'un au-delà bleu. Il pose doucement la joue contre le front de Lotti et contemple les mèches qui retombent sur sa nuque. Ivre de bière, de fumée et de mélancolie, il se demande si la personne avec qui vous buvez, que vous embrassez, importe tant que ça...

Il n'a pas le temps de répondre car, soudain, le hurlement d'une alerte antiaérienne retentit par-dessus la musique. Un bruit aigu et perçant comme le cri d'un animal blessé. Les musiciens baissent leurs instruments ; seul le saxophoniste continue sur quelques mesures.

Lotti raffermit son emprise sur les épaules de Billy.

– Qu'est-ce qui se passe ?

Il la repousse sans lui répondre et se met à courir. Cette sirène est un message gravé dans le cœur de tout combattant américain. *Soldat, au rapport à la base.* Il s'est passé quelque chose. Une menace, une attaque. *Votre pays a besoin de vous.*

Trébuchant hors du bar, il sort les clés de sa jeep. La sirène déchire l'air glacé tel un diamant un morceau de verre. Il fait démarrer la voiture lorsqu'un GI grimpe sur le siège passager.

– Tu m'emmènes, mec ?

Il se retourne et fait de grands gestes à Banks qui tient les filles par les bras au milieu de la foule qui se précipite dehors.

– Ramène-les chez elles, crie-t-il. Veille sur elles. Je vais voir ce qui se passe.

Puis il écrase l'accélérateur et fonce dans la nuit, le vent glacial s'engouffrant sous sa casquette. Il évite des passants, des gravats, un chien errant pétrifié dans le faisceau de ses phares.

Le soldat qui l'accompagne regarde vers l'est.

– Tu crois que ce sont les Russes ? On n'arrête pas de me dire qu'ils préparent un truc dans leur secteur. Il va y avoir...

– Là ! s'exclame Billy en faisant une telle embardée qu'il manque tomber de son siège. Ce sont nos gars.

Un barrage a été dressé sur Potsdamer Platz et des projecteurs éclairent la zone d'une lumière blanche éblouissante. Une rangée de tanks a été formée d'un côté et des soldats érigent des barrières pour bloquer les rues conduisant dans les secteurs russe et français. Un homme leur fait signe et braque sa torche sur eux.

– Vos noms ? Vos unités ?

– Stanley Smart. 94e régiment d'artillerie.

– William Keely, 2e bataillon, 6e régiment d'infanterie.

– Smart, vous trouverez un véhicule qui vous conduira jusqu'à votre base. Keely, filez à Spittelmarkt, au coin de Mühlendamm. Vous verrez des projecteurs. Faites votre rapport au lieutenant Archer.

– Qu'est-ce qui se passe ? demande Billy.

Le soldat écarte le faisceau de sa lampe.

– Vous serez briefé sur place.

Billy attend que son passager soit descendu pour foncer à nouveau dans la nuit, plein est. Les rues sont désertes, maintenant, l'alerte a poussé les civils à rentrer chez eux. Les portes sont fermées, les bâtiments forment des blocs de pierre noirs le long des rues et les fenêtres étincellent sur son passage.

En s'engageant sur Seydelstrasse, il rencontre un nouveau barrage surveillé par des hommes lourdement armés. Derrière, un champ de ruines a été éclairé.

Une voix familière attire son attention.

– Keely. Bon Dieu, mec.

Il éteint son moteur et se penche au-dessus de son parebrise, reconnaissant son voisin de chambrée.

– Perry, c'est toi ?

– Putain, mec. Tu vas pas y croire.

– Quoi ? Qu'est-ce qui se passe ?

Les yeux de Perry s'arrondissent sous la visière de son casque.

– C'est le Lézard. Il a été tué.

Vera

Caserne Roosevelt, 7 Augustaplatz,
zone d'occupation américaine de Berlin.

Le sergent LaBranch me dévisage en plissant les yeux.

– Vous pensez que vous êtes une lâche ? D'après tout ce que vous m'avez raconté sur votre carrière, ce n'est pas l'impression que vous donnez.

J'allume une nouvelle cigarette au mégot de la précédente. Il ne m'en reste que quatre et je ne tiendrai pas la nuit, mais je ne peux pas m'en empêcher. J'ai besoin de nicotine, du goût du goudron dans ma bouche pour oublier celui de l'amertume.

Rolli a été un heureux hasard. Je peux me l'avouer à moi-même, sinon à lui. Je n'ai jamais eu pour projet de sauver qui que ce soit. J'avais entendu parler des fourgons, bien sûr, et des rumeurs au sujet des camps. Je connaissais leur propagande immonde, sur les tasses de café et dans les jeux de société – *Expulsez six Juifs et vous gagnez.* J'avais regardé les dessins animés diffusés avant les films au cinéma, vu les personnages au nez crochu et aux yeux perçants.

– Certaines personnes sont entrées en résistance, continue le sergent.

Franchement, ça ne m'a même pas traversé l'esprit. Je travaillais, j'étais convoitée ; le départ des Juifs et des talents internationaux avait créé un vide sur le marché. Certains de mes amis exilés m'avaient écrit de Londres ou de Chicago pour me dire qu'ils pourraient peut-être me trouver du travail. Mais quel travail ? Chanteuse de seconde zone ? Serveuse ? Un petit rôle de belle-mère sans dialogues ? J'avais une trentaine d'années, pas l'âge de faire mon come-back.

Alors je leur ai dit que je ne pouvais pas obtenir de visa. Et ensuite le scénario d'*Une croisière au soleil* est arrivé sur mon bureau.

– Pas moi, réponds-je en soufflant la fumée. Parce que j'ai obtenu ce rôle.

– Je vois.

La machine à écrire cliquette. Je me demande si je dois leur parler de Rolli et des six semaines qu'il a passé sur le plateau en tant que troisième lieutenant Jensen. On ne lui a posé aucune question car la diva qui l'avait fait embaucher n'aimait pas la paperasse, qui lui filait mal au crâne, et que si on la tannait avec ça, elle serait indisposée pendant les deux jours de tournage suivants.

J'étais fière de moi. C'est drôle, mais sa présence me rassurait, je me sentais en sécurité, avec l'impression d'avoir été plus maligne que le système. *Tu vois*, me disais-je, *tu n'as qu'à être un peu intelligente et tu pourras toujours échapper à leur emprise.*

Comment Rolli se sentait-il ? Ça a dû être terrible pour lui de sourire et de jouer alors que…

– Frau Klug, reprend le sergent LaBranch. Vous semblez réticente à l'idée d'évoquer ce film. Est-ce parce qu'il a représenté, vous me pardonnerez de vous le rappeler, le début et la fin de votre carrière ?

– Écoutez, réponds-je sans grande conviction. Il y a eu un… un problème lors de la première. Ça n'avait pas grand-chose à voir avec moi mais…

Pourquoi est-ce que j'ai dit ça ? Ça avait *tout* à voir avec moi.

– Racontez-moi ce qui s'est passé.

Est-ce à moi de raconter l'histoire de Rolli ? Il est probablement mort. Non pas en dépit de mes efforts, mais à cause de moi. Je l'ai jeté dans la fosse aux lions, je l'ai mené à sa perte.

Aujourd'hui encore, j'ignore comment Fischer a su. Mais je n'ai pas besoin de connaître les détails. J'ai été stupide de croire qu'il ne vérifierait pas les antécédents de tout le monde. Peut-être que quelqu'un qui travaillait avec nous avait mouchardé contre la promesse d'un meilleur rôle. Peut-être que j'ai gaffé en appelant Rolli par son surnom au lieu d'utiliser Franz, l'alias que nous lui avions choisi dans la voiture en nous rendant au casting. Peut-être était-ce une simple intuition de Fischer. C'est un homme intelligent. *Redoutablement* intelligent.

– Ce soir-là, on a découvert que l'un des membres de l'équipe était juif.

Je fume ma cigarette trop rapidement.

– Vous pouvez imaginer que ça a créé quelques remous. Et cette personne a été… écartée.

Le sergent LaBranch relève à peine la tête.

– Vous connaissiez cette personne ?

– Un peu.

– Savez-vous comment elle a été découverte ? Et par qui ? Où a-t-elle été emmenée ?

Il n'a donc pas lu les brochures ? En Enfer, bien sûr. En Enfer sur terre.

– Il y avait plusieurs officiers supérieurs sur le tournage, dis-je en essayant de contenir les tremblements de ma voix.

Ils veillaient à ce qu'on fasse bien passer le message, à ce qu'on effectue le travail attendu. L'un d'entre eux…

Je ne peux éviter de me crisper. *Fischer*. Je repense à son après-rasage. Au chatouillement de sa moustache sur mon menton, à mon abandon à cet homme que je pensais capable de m'ouvrir toutes les portes. Il m'avait offert un pendentif en diamants. Je l'ai conservé précieusement car il a de la valeur et je pensais que je pourrais l'utiliser comme un moyen de pression. Fischer avait beau être intelligent, il avait été assez idiot pour y avoir fait graver son nom.

Un moyen de pression. Je pensais en avoir un. Un Juif sur le plateau… Si cela s'ébruitait, ça pourrait coûter très cher à Fischer. Ça et notre petite affaire. Il était marié et père de deux enfants. Le parfait patriarche.

Qu'en penserait votre femme ?

J'ai dû rejouer la conversation dans ma tête une centaine de fois.

Que diraient les gens ? Vos collègues, le régime, le grand public ?

Le parti nazi prônait de fortes valeurs familiales.

Vous perdriez toutes vos fonctions officielles.

C'est là que fut mon erreur. Je n'ai pas su voir à quel point la situation s'était dégradée. Les Chemises brunes avaient conquis le pouvoir en vantant leur morale, mais ils agissaient comme les voyous qu'ils avaient toujours été, à l'époque où Herr Finetti les fichait à la porte. C'étaient des *Übermenschen*, des surhommes qui faisaient ce qu'ils voulaient, avec qui ils voulaient, sans craindre les conséquences. Et leurs épouses, fatiguées par leurs enfants, craignant que le fragile piédestal sur lequel elles se tenaient ne s'écroule, ne disaient rien. Elles cachaient leurs yeux au beurre noir avec du maquillage, acceptaient d'être envoyées à la campagne pendant l'été, loin des maîtresses. Elles auraient bientôt un autre fils, une petite tête blonde qui abîmerait leur corps, et se résignaient à l'idée que, même si elles ne pouvaient rivaliser avec les secrétaires, les serveuses de cocktails et les soubrettes qui pullulaient dans les bureaux du Parti, elles auraient au moins fait leur devoir envers la Patrie.

Je lui dirai. Je le dirai à Trude.

Fischer m'avait jetée dehors en riant.

Vas-y donc. Essaye. Mais avant, regarde bien ce téléphone. Un seul appel, Vera, et tu suivras ce sale Juif.

Mais je ne suis pas...

Tu n'as pas besoin d'être juive pour finir dans un camp. Je trouverai une raison. Tu crois être intelligente, mais j'en sais plus sur toi que tu n'en sais sur moi.

Il m'avait embrassée, avant de me renvoyer sur mon petit bonhomme de chemin.

C'est dommage, m'a-t-il dit. Tu avais tellement de talent. J'aurais pu faire de toi une star... Parfois on perd, parfois on gagne.

Et certains perdaient leur vie.

Le sergent LaBranch jette un œil impatient à la dactylo qui tourne la tête vers moi, les doigts collés à son clavier.

– Frau Klug, de qui parlez-vous ?

Où est Fischer, maintenant ? Qu'est-il devenu ? Est-il mort dans une tranchée en Russie ? A-t-il été retrouvé avachi sur son canapé avec Trude et les enfants, la gorge gonflée par le cyanure ? Ou est-il toujours vivant, comme la plupart des faisans dorés ?

Et s'il était vivant ?

Et s'il était toujours à Berlin ?

Ma cigarette me brûle les doigts et je la jette sur le Formica. Je ne peux pas leur dire. Si je l'implique, je m'implique avec lui. Je pourrais perdre mon statut de collaboratrice, mon salaire et toute chance de redevenir un jour une actrice. Par ailleurs, les nazis sont loin d'avoir disparu, et ce simulacre de procédure ne les fera pas partir. Fischer est intelligent. S'il a réussi à s'en sortir, il a dû trouver un poste influent. Il sortira à nouveau la tête de la boue et quand il découvrira que j'ai parlé à ce gratte-papier, ce stupide bureaucrate…

Non, c'est un sujet pour le sergent Coston. Lui seul aura les moyens de savoir ce qu'est devenu Fischer. Lui seul sera en mesure de me protéger.

– J'ai oublié son nom, dis-je finalement. Je n'étais qu'une actrice. Je n'étais pas impliquée dans quoi que ce soit.

Chapitre 17

Rike

Les sirènes retentissent dans toute la ville tel un million d'âmes à vif. Rike se réveille avec la chair de poule, les pieds si froids qu'ils ont perdu toute sensibilité. Que se passe-t-il encore ? *Oh, Gott, was jetzt ?*

Il y a des jeeps dans la rue, des hommes qui crient. Elle se précipite à la cuisine et rejoint Klara et Tilly autour de la table, bien emmitouflées dans leur manteau, leur passeport à la main. Ensemble, elles poussent la lourde armoire devant la porte d'entrée tandis qu'Immi surveille les alentours par la fenêtre de la cuisine.

– Il y a des projecteurs, souffle-t-elle. Ils éclairent toute la place.

Gisela éclate en sanglots. Margit passe un bras autour de son cou, mais elle la repousse. Elles attendent dans la pénombre en fumant, inquiètes. Peut-être que les Français et les Anglais ont eu un différend ? Peut-être que les Russes ont confiné leur secteur ? À moins qu'il y ait eu une révolte ? Ou qu'on ait trouvé un obus intact, une bombe A qui aurait été lancée et n'aurait jamais explosé ? Et si Berlin était sur le point de disparaître, comme Hiroshima ?

Les sirènes finissent par se taire et le jour se lève lentement, étendant son ciel gris sur la ville. La radio se remet à émettre en crachotant et le speaker répète en anglais et en allemand qu'il n'y a aucune raison de s'inquiéter. Les employés des administrations et les déblayeurs doivent se rendre au travail, comme d'habitude. Les autres ne sont autorisés à sortir que pour raisons essentielles et munis d'une pièce d'identité.

* * *

Les Amis ont bouclé le secteur et le chemin jusqu'à Saint-Michel est parsemé de barrages. Les soldats au visage sombre hurlent sur Immi, Klara et Rike quand elles fouillent dans leurs poches pour sortir leurs certificats de travail.

– Plus vite, mesdames. Allez, on se dépêche.

Sur le site de nettoyage, Magda Bemmel forme les groupes.

– Il y a eu un... problème, annonce-t-elle en leur montrant une note de l'armée américaine. Un sergent américain a été tué la nuit dernière, sur Kronenstrasse.

Rike tressaille. *C'est juste à côté de Chez Charlie.*

– L'OMGUS va envoyer deux hommes dans la journée. Vous habitez toutes en centre-ville, alors si l'une d'entre vous a vu ou entendu quelque chose, prenez le temps d'aller leur parler. Mais n'en profitez pas pour tirer au flanc.

La grosse Bemmel croise les bras.

– Les Américains ont décrété que toute tentative d'entrave à leur enquête se solderait par la retenue d'une semaine de salaire. C'est compris ?

– Oui, cheffe, murmure Klara. À vos ordres.

Rike se crispe. À vos ordres, à vos ordres... Elle songe à la lettre cachée sous son matelas et cette lettre lui pose problème. Elle devrait la jeter au feu. Mais ils la lui ont envoyée spécialement par coursier, alors ils ne vont pas tarder à...

– Le meurtrier est peut-être américain, chuchote Immi à Klara. Comme dans ces magazines. Un de ces types pervers qui tuent des tas de femmes.

– La grosse Bemmel a dit que la victime était un sergent, répond Klara en grimpant sur le tas de gravats, le souffle court. Pas la victime idéale pour un pervers.

Elles forment une chaîne et commencent à se passer les briques. Immi râle en en rattrapant une pleine de ciment et se tourne vers Rike.

– Tu crois que ça pourrait être lié au meurtre de Vera ?

Klara plisse les yeux.

– Qu'est-ce que tu racontes ?

– Vera avait un statut de collaboratrice, répond innocemment Immi. Elle n'arrêtait pas d'aller et venir à la caserne. Et elle a parlé de ce vieil ami qui pourrait l'aider à faire arrêter Ernst. Nous avons toutes pensé qu'elle parlait d'un Allemand, mais s'il s'agissait d'un Américain ? Tu devrais aller parler au soldat Keely, Rike. Et ensuite…

Klara fait claquer ses lèvres.

– On pouvait soupçonner Vera de beaucoup de choses. Mais pas de collaboration avec l'occupant.

Rike se raidit.

– Qu'est-ce que tu insinues ?

– Est-ce que vous révélez toutes les deux des secrets aux Amis ?

– Quels secrets je pourrais révéler ?

Klara crache par terre.

– Tu ferais bien de ne pas oublier que la fraternisation est interdite. Imagine ce qu'il se passerait si les Amis découvraient ton histoire avec ce gamin américain…

Rike jette sa brique qui s'écrase sur le tas dans un nuage de poussière.

– Oh, la ferme.

– Essaye donc de me faire taire.

Rike bondit en avant, mais Immi lui attrape le bras avant qu'elle n'ait pu atteindre Klara.

– Arrêtez. Vous allez nous attirer des ennuis.

Trop tard. Du coin de l'œil, Rike aperçoit Magda Bemmel qui court vers elles en agitant sa bouteille Thermos tel un bâton.

– Qu'est-ce qui se passe, les filles ?

– Rien.

– Je vous ai vu jeter une brique, Seelman. C'est très dangereux.

– Je ne l'ai pas jetée, répond Rike en reculant. Elle m'a échappé.

– Vous auriez pu blesser quelqu'un.

– Mais…

– Les comportements dangereux doivent être punis. Votre paie d'aujourd'hui sera réduite de cinquante pfennigs.

– Mais je n'ai pas…

– C'est mon dernier mot. Maintenant, retournez au travail, dit Bemmel en se retournant pour redescendre du tas.

Soudain, une barrière tombe dans l'esprit de Rike. Elle ferme les yeux, se précipite en avant et…

Bouscule Magda Bemmel de toutes ses forces.

Celle-ci crie, essaye de résister, mais Rike est plus forte, plus jeune, plus puissante. Bemmel dévale le tas de gravats en battant des bras, laissant dans son sillage une traînée rouge. Elle s'écrase en bas telle une bombe. Elle se désintègre et ses membres, ses os et ses organes se répandent tout autour. Sa Thermos la rejoint dans une mare de sang, *cling*, *cling*, *cling*…

Aussi vite qu'elle est apparue, la vision disparaît et la réalité reprend ses droits. Rike sent ses genoux la lâcher et se laisse tomber au sol en réprimant un cri. Elle se mord la main au point qu'elle en pleurerait. Pourquoi a-t-elle des pensées pareilles ? *Pourquoi ?*

– *Oh Gott*, Seelman, qu'est-ce qui vous arrive, encore ? lui lance Magda Bemmel.

Elle n'est pas morte. Elle se tient juste là, le souffle court. Elle renvoie Klara et Immi au travail et débouche sa Thermos pour remplir une tasse de café brûlant que Rike saisit comme s'il agissait d'une bouée de sauvetage.

– Je... je n'y arrive plus. C'est... c'est trop.

– Qu'est-ce qui est trop, ma chère ? lui répond Magda Bemmel d'une voix douce. Dites-moi.

– Tout, dit Rike en soupirant. Les sirènes, les Amis... Je... Je n'ai pas envie d'être interrogée.

– Les Amis n'interrogeront que les filles qui auront quelque chose à leur raconter à propos du sergent mort, la rassure la grosse Bemmel en fronçant les sourcils. Tu sais quelque chose ?

Est-ce que je sais...

Rike a de nouveau envie de crier. Elle en sait trop. Elle sait que Klara appartenait au mouvement des femmes SS et ne l'a jamais regretté. Elle est certaine que M. et Mme Kanst ont dénoncé leur voisin juif et qu'ils nieront jusqu'à leur mort. Elle sait ce qui est arrivé à la femme qui était assise à côté d'elle à Ravensbrück pendant une journée avec ses yeux vides et creux. Elle sait qu'Ernst Mückler a quitté l'Allemagne en héros et y est revenu criminel, comme un million d'autres, les pires criminels de l'histoire. Et que s'il en est un et que tous les autres en sont aussi, qu'en est-il d'elle ? *Tu as regardé calmement et tu as toléré tout ça.*

Ravensbrück... les visages décharnés, les plaies, les yeux vides. Le champ. Les crachotements moqueurs de la radio. *Ça ne peut pas finir comme ça. Ne les laissez pas...*

Elle a regardé sans rien dire. Elle aurait pu empêcher le pire, mais elle n'a rien dit. Pas un mot.

La grosse Bemmel se penche sur elle.

– Je sais ce que vous avez toutes traversé. Je ne vous méprise pas. Je ne juge pas vos choix ou…

– Nos choix ?

Rike ne se souvient même pas d'avoir fait un choix.

– Si vous avez besoin de quoi que ce soit, continue Bemmel. D'un endroit où dormir, de médicaments… Je ne peux pas faire grand-chose pour la nourriture mais…

Rike baisse sa tasse de café et la regarde dans les yeux.

– Pourquoi m'aideriez-vous ? Vous, en particulier ?

– Nous devons rester solidaires, Fräulein Seelman. Nous, les femmes. Celles qui ont survécu. Sinon, notre pays ne se redressera jamais.

Elle voudrait répondre, mais elle ne peut s'empêcher de revoir la grosse Bemmel dans une mare de sang. Aujourd'hui, les Américains la considèrent comme une héroïne alors que six mois plus tôt, elle était encore une traîtresse à la cause, la lie du monde. Six mois plus tôt, elle aurait été pendue à un arbre comme une chienne.

Magda Bemmel lui prend la tasse des mains.

– Je suis sincère, ajoute-t-elle en l'aidant à se relever pour la guider en bas du tas de gravats. Vous nettoierez les briques jusqu'à la fin de votre service, Seelman. Essayez de ne pas attraper froid.

Ces derniers mots sont pure moquerie. Un vent glacial souffle pendant toute la matinée et Rike a les doigts si raides qu'elle doit les enrouler de force autour de son burin. Alors que l'après-midi se rapproche, une grosse Ford noire descend la rue. Bemmel rassemble tout le monde et présente les Américains, Messieurs Mason et Perks. Les deux hommes portent des costumes, des manteaux et des chapeaux à large bord que Rike n'a vus que dans des films avec Mae West. Dans un allemand hésitant, M. Mason lit un communiqué demandant à chacune sa coopération à l'enquête de l'OMGUS tandis que M. Perks fait les cent pas, les mains derrière le dos.

Aucune femme ne s'avance, pourtant, même quand Bemmel annonce que le temps pris par l'interrogatoire sera rémunéré. Après le départ des Américains, Rike nettoie ses briques jusqu'à ce que ses doigts soient à vif et, à la fin de son service, elle patiente dans la queue avec Immi pour faire signer son certificat de travail. Magda Bemmel retranche vingt-deux pfennigs à son salaire.

* * *

Sur le chemin du retour, elles ont de la chance. Immi trouve une pièce de dix pfennigs dans la neige fondue et, lorsqu'elles s'engagent sur Oranienstrasse, elles repèrent la charrette d'un boulanger qui vend des petits pains durs et non levés. Immi en achète trois et en distribue deux à Rike et à Klara, balayant leur résistance d'un revers de main.

– Tu as besoin de manger, dit-elle à Rike. Tu as fait un malaise.

Rike hausse les épaules.

– Ce n'est rien.

– Tu veux toujours avoir l'air forte.

Les petits pains au goût savonneux manquent de sel, mais Rike mâche lentement. *Force du caractère, fermeté de la volonté*, proclamait son père à chaque fois qu'un de ses enfants mordait dans un des morceaux de savon qu'il faisait passer clandestinement au milieu des patates bouillies. *Un Allemand ne recule jamais*, assénait-il à Rike et son frère alors qu'ils avalaient en retenant leurs larmes, les poings serrés. *Un Allemand est solide comme un roc, plus résistant que du fer.*

– J'en ai tellement marre, murmure-t-elle.

– De quoi ?

– Nous faisons tout le travail, explique-t-elle en levant ses mains rougies. Nous, les femmes. Nous nous débrouillons toutes seules. Et les hommes ne font rien.

– Quels hommes ? demande Klara.

– Tous. Le Kommissar, les Amis, M. Mason et le soldat Keely.

– Ton jeunot ?

– Ils sont tous incompétents, ces bons à rien, ajoute-t-elle, les larmes aux yeux. Et ils continuent de nous traiter comme des… *Untermenschen.* Des sous-hommes.

– Chut, intervient Immi en surveillant la rue. Ne dis pas ça.

Rike se mord les lèvres. *Contente-toi de mâcher le savon en gardant la tête haute. Personne ne verra rien.* Mais elle en a assez de mâcher sans pouvoir recracher. De lécher les bottes des Américains, de rester contrite et pénitente. D'être convoquée pour un interrogatoire alors qu'elle n'a rien fait de mal. Elle ne faisait que son devoir, à l'époque.

Il est temps d'assumer votre responsabilité.

Mais dans quel but ? C'est juste que les choses ont changé.

Chapitre 18

Rike

Lorsqu'elles arrivent à la maison, Margit et Gisela semblent les avoir attendues. Elles sont assises à la table de la cuisine avec un air sombre, les bras croisés autour de leur poitrine. Rike se fige sur le seuil alors que deux paires d'yeux se fixent sur elle. Elle n'a jamais été confrontée à un tribunal populaire de la Gestapo – après tout, elle est encore en vie –, mais c'est ainsi qu'elle l'imagine.

– Que se passe-t-il ? demande-t-elle en suspendant son manteau. Pourquoi êtes-vous si tendues ?

Margit pousse une lettre en travers de la table.

– Nous l'avons reçue ce matin. Le Conseil de contrôle allié a accordé au mari d'Immi un droit de résidence.

Rike saisit la lettre – deux feuilles de papier agrafées ensemble – avec au coin, l'adresse décolorée du Conseil.

Margit se tord les doigts.

– On peut la contester ? Ou est-ce qu'on ferait mieux de s'enfuir dès maintenant ?

– On ne peut pas partir comme ça, réplique Klara, rouge de colère. Où Gisela irait-elle ?

– La Croix-Rouge s'occupera d'elle, dans le pire des cas.

– Dommage qu'ils aient fermé toutes les *Lebensborns*, dit Margit avec un soupir. Au moins, les nazis prenaient soin des mères, quelle que soit leur situation.

– Pas de celles qui portaient des bâtards russes.

Rike veille à garder une voix douce.

– Ne nous énervons pas. Il doit y avoir un moyen de régler ça.

Elle étudie la lettre attentivement, cherchant une solution dans les timbres, les cachets et les chiffres.

– Pourquoi cette lettre vient-elle du Conseil de contrôle allié ? C'est pourtant l'OMGUS qui gère les logements dans notre secteur.

Gisela hausse les épaules.

– Qu'est-ce que ça change ?

– On doit trouver un moyen de se débarrasser de ton mari, Immi. Qu'a-t-il fait pendant la guerre ?

Immi plisse les yeux.

– Je te l'ai déjà dit, il a combattu à Tcherkassy, puis en France.

– Pourquoi en France ? À l'époque, ils n'envoyaient pas de troupes là-bas.

– Je ne sais pas.

– Il a dû être fait prisonnier en Allemagne. Ce qui pourrait signifier…

Rike hésite et penche la tête.

– Rappelez-vous ce qu'a dit Fischer : ils se sont rencontrés sur le champ de bataille. Des *Kommandos* spéciaux ont été formés dans les derniers jours, n'est-ce pas ?

Les yeux de Klara se rétrécissent.

– Vous pensez que Fischer y a participé ?

– Et s'il en avait dirigé un ? Après tout, il était haut placé dans le parti. Je me demande si nous ne devrions pas rendre visite à ce Heinz comme l'Oberbefehlsleiter nous l'a conseillé, *Chez Schuster*.

Gisela secoue la tête.

– On ne devrait pas parler à des gens qui étaient dans les SS ou les SA.

– Tu parles à l'une d'entre eux en ce moment même, réplique Klara en croisant les bras. SS *Helferinnenkorps*[1], et alors ? Tout le monde appartenait à une organisation ou une autre, à la fin. Je n'ai rien fait de mal.

– Très bien, concède Rike en lui jetant un regard noir. Alors viens avec moi *Chez Schuster*.

– Hors de question. Je ne veux pas prendre de risques.

Margit lève la main à la manière d'une écolière.

– Je t'accompagne.

Rike attrape son manteau.

– D'accord. Allons-y.

Margit la dévisage.

– Maintenant ?

– Qu'est-ce que tu attends ? Le dîner ?

Pendant un instant, Margit semble sur le point de protester, mais elle se redresse, les yeux pétillants.

– Laisse-moi d'abord me préparer. Je suis prête dans cinq minutes.

Après son départ, Gisela s'excuse à son tour. Klara disparaît dans sa chambre et Immi, qui se sent sans doute coupable de n'avoir acheté que trois petits pains, commence à préparer un levain avec de l'eau, de la farine et une demi-cuillerée du lait en poudre enrichi de Gisela.

Rike la regarde faire, un creux à l'estomac. Elles ont déjà essayé ça avant : du lait en poudre, du sucre et une tasse

1. Régiment féminin auxiliaire de la Waffen-SS. Initialement composé de volontaires, de nombreux membres du SS *Helferinnenkorps* travaillaient comme gardiennes de camps de concentration et recevaient également une formation au combat.

d'eau réchauffée entre les cuisses. Malgré tous les nutriments que le lait en poudre est censé contenir, ça ne suffira pas pour maintenir en vie les bactéries nécessaires.

Elle parcourt d'un air absent l'exemplaire de *Die Neue Demokratie* que Margit a rapporté l'autre jour. Il est rempli de termes à la mode : fédéralisme, divisions en zones, marché mondial... La Bavière et le Bade-Wurtemberg défendent l'idée d'une Allemagne fédérale. Les Américains les soutiennent, préconisant « l'unité dans la diversité ». Des conférences ont été prévues avec les Russes pour résoudre la question de l'Est, d'autres au sujet de l'avenir du Tyrol du Sud, d'autres encore pour résoudre la question palestinienne ou savoir si l'on devrait ou non accorder le droit de vote aux personnes déplacées.

Elle adorait parcourir le journal, autrefois, surtout le *Völkischer Beobachter*, quand Heinz avait fini de le lire. Elle se préparait un café et s'installait à la table de la cuisine, près de la fenêtre. Puis elle découvrait les informations et les photos qui les illustraient. Les soldats allemands sur l'Acropole, célébrant la victoire de la Wehrmacht en Grèce. La reddition de la Norvège. L'opération Barbarossa. Les soldats à Paris, paradant sur les Champs-Élysées, profitant du nouvel espace vital allemand. Elle appréciait également les nouvelles qui n'étaient pas liées à la guerre. L'invention d'une lentille qu'on pouvait poser directement sur l'œil, rendant les lunettes obsolètes. Le calculateur de Zuse, qui permettait d'effectuer les calculs les plus complexes et de mémoriser les résultats. Entendre parler des réussites de l'Allemagne et de la grandeur du Reich à travers le monde lui faisait du bien.

Désormais, elle repousse le journal et se frotte les bras. Soudain, elle se sent seule et à la dérive, assise dans cette cuisine mal éclairée aux placards vides, près de ce levain condamné à mourir. Heinz et l'appartement étriqué qu'ils partageaient sur Teutonenweg, les petits pains frais et le beurre dans son assiette en porcelaine de Frise lui semblent un rêve lointain. Heinz ne lui tendra plus jamais les pages internationales du *Völkischer Beobachter* avec son sourire plein de confiture…

Quand Margit réapparaît enfin, elle n'a guère l'air plus gaie qu'avant. Ses cheveux bien peignés sont rentrés sous son chapeau et deux petites perles pendent à ses oreilles. Elle porte un sage manteau marron et des chaussures noires tout aussi sages, qui lui font paraître plus que ses cinquante ans, et le châle en dentelle qui repose sur ses épaules est tout taché.

Alors qu'elles sortent dans le crépuscule, elle attrape le bras de Rike. Le faible soleil visible à travers les nuages les réchauffe à peine.

– Merci d'être venue, souffle Rike. Je suis fatiguée d'être toujours celle qui… qui s'occupe de tout.

– Ne t'inquiète pas, ma chère, lui répond Margit avec un petit sourire. Je ferai n'importe quoi pour sauver les habitantes de cette maison et… ce que Vera a fait pour nous.

Elles s'engagent sur Oranienstrasse.

– Je ne crois pas te l'avoir déjà demandé, Margit, mais comment l'as-tu connue ?

– C'était lors d'un des bombardements du mois de mars 1945. J'ai couru me réfugier dans l'abri au sud du Spittelmarkt. Les Tommies rasaient la ville. On était là, enfermés près du Kaderkauf, en attendant la fin et…

Margit prend une grande inspiration.

– Tu sais comment c'était. Les femmes étaient hystériques, les enfants hurlaient… mais Vera nous a fait chanter. J'ai pensé qu'elle était un peu… *durchgeknallt*. Folle. Tu aurais dû voir son maquillage.

Elle passe les mains sur ses propres joues cireuses.

– Mais Vera a entraîné tout le monde avec elle. D'abord avec *This won't make the world fall down*, puis avec *Schatz, ach Schatz*, *Don't travel far* et même *A bird comes A-flying*. Je… je ne saurais te décrire le sentiment que ça a provoqué en nous.

Elle chante doucement.

– *A bird comes A-flying, settles down on my feet*… Ça nous a donné de l'espoir.

Rike tressaille. *Vous me donnez de l'espoir.*

– Et ensuite elle t'a invitée à t'installer dans la maison…

– Oh, elle ne vivait pas encore là. Mais elle avait remarqué à quel point j'étais émue. La phrase *Il avait une lettre dans son petit bec, le doux salut de sa mère*, m'avait bouleversée. Je pensais à Axel et à Karl… mais surtout à Günther.

Qui était déjà mort à l'époque, songe Rike.

– J'ai raconté à Vera que je n'avais pas de nouvelles de mon fils depuis des semaines. Elle connaissait des gens haut placés, elle m'a promis de se renseigner.

– Tu crois qu'elle parlait d'Erich Fischer ?

– Aucune idée, je ne lui ai jamais demandé. Je lui ai juste donné mon adresse et… je n'y ai plus pensé. Jusqu'à ce qu'on m'apporte la lettre.

– T'apprenant que Günther avait été tué ?

Margit se gausse.

– Un tissu de mensonges. J'ai hurlé à l'officier de la Gestapo qu'il était un idiot. Je l'ai crié dans toute la rue. Tous les voisins sont sortis pour écouter.

Elle ricane.

– J'ai hurlé après cet homme à en perdre la voix. *Traître. Espion.* Tout le monde savait que le Parti trafiquait les chiffres. La radio ne diffusait pas une seule information qui soit vraie à cette époque. J'ai exigé de voir Goebbels immédiatement. Il me devait des excuses pour cette terrible erreur.

Rike n'en revient pas. À un moment donné, tous les Berlinois, tous les Allemands ont dû avoir des pensées semblables. Mais ils les gardaient pour eux, car les fourgons n'étaient jamais loin. Si Margit disait vrai, c'était un miracle qu'elle soit encore en vie.

– Ils ont eu le culot de m'arrêter, continue cette dernière. Je suis restée en cellule pendant trois semaines. J'avais à peine de quoi manger et boire, même pas de toilettes. La seule chose qui me permettait de tenir, c'était l'espoir que Günther soit dans un camp de prisonniers de guerre en attendant de rentrer à la maison.

– Comment es-tu sortie ?

– Quand tout s'est écroulé. Les Amis sont arrivés. Ils ont ouvert les cellules et m'ont laissée partir. Je suis retournée chez moi… mais l'appartement avait été pillé. Il n'y avait plus rien. Toutes nos jolies choses avaient disparu. La vaisselle, le linge de lit, même les premières chaussures des garçons. L'homme est un loup pour l'homme.

– Et ensuite ?

– Je suis allée vivre chez des amis à Pankow et un jour, j'ai entendu dire que quelqu'un vendait une soupière au marché noir derrière l'église du Souvenir de l'Empereur Guillaume. Alors je me suis précipitée à la maison, j'ai récupéré tout le charbon que j'ai pu trouver et je l'ai utilisé comme monnaie d'échange. La femme qui vendait la soupière, c'était Klara.

Elle sourit pendant un court instant.

– Mes amis étaient mécontents. Ils m'ont obligée à aller récupérer le charbon, mais quand je suis arrivée chez elle, dans Hermannstrasse, Klara l'avait déjà utilisé. Vera, qui était là, m'a reconnue. Elle m'a donné une paire de boucles d'oreilles pour dédommager mes amis et m'a invitée à m'installer chez elles.

– Comme ça ?

– Elle a promis de m'aider à apprendre la vérité au sujet de Günther. Elle m'a dit que si j'avais un endroit où me reposer, alors je finirais par comprendre. C'était très attentionné de sa part.

– Elle a toujours été très attentionnée avec nous.

– Un peu trop, parfois, précise Margit en pinçant les lèvres. Ce n'est pas correct de la part d'Immi d'abandonner son mari comme ça. Et je ne parle même pas du garçon. Quand mon Günther rentrera, j'aurai une petite discussion avec lui. Je ne tolérerai pas ce genre de… déchéance.

Rike serre les poings.

– Tilly ne nous pose aucun problème. Il essaye juste d'être joli.

– Les hommes n'ont pas à être jolis. Ce sont des hommes. Ils n'ont pas de temps à perdre avec les bijoux et les babioles.

– Et les objets que tu récupères pour Günther ? Les napperons, les pendules et les soupières ?

Margit fait la moue.

– C'est différent. C'est le rôle de la femme d'apporter du confort et de la beauté dans la vie d'un homme. Günther sera si content quand il découvrira que rien n'a changé.

Elle se remet à fredonner.

– *Petit oiseau, continue à voler, envoie un baiser à ma mère. Je ne peux pas t'accompagner, alors c'est elle qui me manque…*

Chapitre 19

Billy

Les soldats de l'OMGUS sont autorisés à quitter la caserne par deux de la fin de leur service jusqu'à 22 heures, à condition qu'ils se signalent au sergent de garde.

Pourtant, Billy le sait bien, personne ne s'en préoccupe vraiment. En général, le sergent en question a le nez plongé dans une bande dessinée et de toute façon, rien n'est plus facile que de demander à un gars de vous faire sortir en douce à l'arrière d'un camion. Vous pouvez aussi raconter que vous êtes avec ce type, McLeod, Smith ou Cooper, mais qu'il est en retard et qu'il signera pour vous deux en passant ; le sergent ne vous cherchera pas des noises. C'est ce qu'il a fait, la nuit dernière, pour rejoindre Mlle Lotterberg et danser comme il n'avait jamais dansé…

Il revient à la réalité. *Coston est mort.* Le Lézard a claqué, comme dit Breedan. Depuis, toute la caserne est confinée, et ça va lui attirer des ennuis. On va vérifier les registres, les sorties et les entrées des dernières quarante-huit heures, et on ne va plus tarder à découvrir sa petite aventure. C'est sans doute déjà le cas. Pourquoi, sinon, serait-il convoqué dans le bureau du lieutenant Magnusson ?

Il n'est pas le seul à avoir des problèmes, cependant. Breedan se tient à côté de lui, rasé de près, dans son pantalon bien repassé.

– Eh, Tâcheron, qu'est-ce qui t'arrive ? Le gentil garçon a fait une bêtise ? Tu as foutu le feu aux archives de la dénazification ?

– Très drôle…

– Ça m'étonnerait pas. Toute cette paperasse doit te faire tourner la tête.

– Et toi, qu'est-ce que tu fiches là ?

Breedan frotte le bouton de son col avec le pouce.

– Du ramdam pendant la corvée de linge. C'est pas un crime. Mais toi, qu'est-ce que tu as foutu ?

Billy sait qu'il devrait garder le silence, mais sa fierté l'en empêche.

– Je suis sorti, hier soir, avec une fille, chuchote-t-il. Dans un bar.

– C'est pas vrai, j'y crois pas. Notre garçon coincé est sorti faire la fête ? J'imagine que ton escapade n'entrait pas dans le cadre du règlement ?

Pas le moins du monde. Billy ne peut s'empêcher de penser à Jameson Banks. Il a bu avec un Noir, dansé sur la même musique… Asthma ne doit jamais savoir, le lieutenant Magnusson non plus.

Une porte s'ouvre et un sergent aux traits tirés apparaît.

– Soldat Keely ? C'est votre tour.

– À vos ordres, sergent.

Son cœur accélère et il avance en tremblant jusqu'à la porte. Il se retourne au moment d'entrer, espérant que Breedan va l'encourager, mais le ricanement de son camarade est juste aussi malhonnête que celui de l'Oncle Sam.

* * *

Le lieutenant Charles Howard Magnusson n'a pas besoin de rappeler qui est le boss. Il ne vous fait pas attendre en lisant des papiers ou en allumant une cigarette. Il ne fume pas et son bureau n'est encombré d'aucune paperasse. D'emblée, il regarde Keely droit dans les yeux.

– Commençons par le début, soldat. J'ai entendu parler de vous et de votre copain, et de votre habitude de vous couvrir mutuellement. Pas exactement de quoi rendre votre mère fière, n'est-ce pas ?

Billy se sent blêmir.

– Mon lieutenant…

– À la lumière des événements de la nuit dernière, à savoir la mort du sergent Alfred Coston, ça pourrait vous retomber dessus. Mais je suis un homme raisonnable, n'est-ce pas ?

– Euh… oui.

– Je veux donc que vous sachiez que tant que j'aurai votre entière coopération, je passerai l'éponge sur votre petite transgression. C'est compris ?

– Oui, mon lieutenant.

– Bien, passons aux choses sérieuses.

Magnusson tire une chaise tournante cabossée de sous son bureau et s'affale dedans.

– Racontez-moi ce que vous avez appris.

Billy se redresse.

– Pardon ?

– Donnez-moi les infos que vous avez recueillies, allez. Est-ce que j'ai l'air d'un homme qui passe ses journées à siffloter ?

– Non, mon lieutenant.

– Alors je vous écoute.

Magnusson pose ses pieds sur son bureau.

– Si j'ai bien compris, le sergent Coston vous a demandé d'enquêter sur la mort d'une dénommée Vera Klug.

– C'est exact, mon Lieutenant.

– Qu'est-ce que vous attendez, alors ?

Billy lui révèle en balbutiant ce qu'il a découvert. Que si Mückler avait un mobile, il avait aussi un alibi. Que Martinek avait travaillé sur un tournage avant d'être arrêté et interné dans un camp.

Magnusson lève les yeux au ciel.

– Vous gaspillez le temps de l'OMGUS, Keely. Qu'est-ce qu'on a à faire de quelques bonnes femmes ?

Il frappe sur son bureau.

– Nous courons après des types importants. Des dignitaires nazis. Les vrais coupables.

– Désolé, mon lieutenant. Je...

Magnusson le coupe :

– Toute cette histoire est un grand bazar. D'abord, une de nos meilleures informatrices meurt dans des circonstances mystérieuses. Ensuite, un sergent américain est retrouvé mort. Nous devons reprendre la main. Coston doit avoir découvert quelque chose qui l'a conduit dans ces fichues ruines, et j'ai besoin de savoir quoi. Vous comprenez, soldat ?

Billy a du mal à respirer.

– Vous dites que... Vera Klug était une informatrice ?

– Écoutez, gamin, vous n'êtes pas censé le savoir, mais oui, Vera Klug travaillait pour nous. Elle fréquentait la haute société du IIIe Reich et plus tard, elle a transmis des informations à l'OMGUS au sujet des activités des nazis. Qui était de retour en ville, qui avait postulé pour travailler dans l'administration, ce qu'ils avaient fait pendant la guerre... ce genre de choses. Mais j'ai besoin d'entendre votre version, fiston. Qu'avez-vous découvert avec Coston qui ait pu conduire à son assassinat ?

Billy sent la fièvre monter. *Une informatrice...*

– Je pense que ces femmes nous cachent toutes quelque chose, dit-il. L'une d'elles s'appelle Ulrike Seelman. Elle se trouvait à Ravensbrück pendant les derniers mois de la guerre. Je l'ai convoquée à un entretien de dénazification.

– Mais quel est son lien avec Vera Klug ?

– Eh bien quelques jours avant sa mort, un incident s'est produit avec le mari d'une autre habitante de la maison. Un rapatrié. Et si Mme Klug avait menacé de le dénoncer à l'OMGUS, et que ce dernier avait décidé de la tuer ?

– Elle ne *dénonçait* pas, comme vous dites. Elle nous livrait des informations pour nous aider à restaurer la démocratie.

– Mais si elle avait dit au sergent Coston que...

– Arrêtez de poser des questions, Keely. Je veux des faits. J'attends.

Billy regarde droit devant lui en essayant de rassembler ses pensées. Il remarque une affiche sur le mur, intitulée *L'Allemagne à un carrefour – la conduirez-vous sur la bonne route ?*

Il presse les mains sur les coutures de son pantalon.

– Roland Martinek, l'homme que nous avons interrogé au camp de Düppel, nous a affirmé que Vera entretenait des liens avec Erich Fischer, un ancien responsable du Parti chargé de la culture aux côtés de Goebbels. Il s'est d'abord vu octroyer le statut de coupable majeur pour le rôle qu'il a joué dans la propagande nazie mais j'ai vérifié son dossier et il travaille maintenant pour le Conseil de contrôle allié. Il a été rétrogradé au rang de coupable mineur il y a quelques mois.

Le lieutenant Magnusson bondit hors de son siège.

– Et ce type était de mèche avec Vera ?

– Il bossait au ministère de la Culture et elle était une star de cinéma. Quoiqu'il semble que sa carrière n'ait jamais décollé. En tout cas, on pourrait trouver des indices dans la maison. Elle pourrait avoir conservé des contrats ou...

Magnusson frappe du poing sur son bureau, les yeux brillants.

– Vous allez faire une descente là-bas. Je veux que vous me retourniez cette baraque de fond en comble et que vous trouviez tout ce qui pourrait relier Vera à un dignitaire nazi.

Billy sursaute.

– Moi, monsieur ?

– Oui, vous. Je vais rassembler des hommes et vous interviendrez demain, avant l'aube.

* * *

Quand Billy ouvre la porte de sa chambrée, l'air chaud lui saute au visage, aussitôt suivi par les odeurs du poêle à fuel et du tabac. Breedan et Watkins sont en train de cirer leurs chaussures devant la petite table alors que Perry, allongé sur sa couchette, joue avec un revolver allemand obsolète.

– Salut, Tâcheron, lui lance Breedan.

Les deux autres se tournent vers lui avec de grands sourires.

– Le gros M t'a passé un savon ?

Billy tire une chaise et défait son manteau.

– Nan. Il voulait juste me parler de la dénazification. Et toi, quelle a été ta punition ?

Breedan se tourne vers lui.

– Un blâme. Ce sera noté dans mon dossier. Magnusson est un bâtard.

– Qu'est-ce qu'il te reprochait, en fait ? demande Perry.

– Il y a deux jours, quelqu'un a découpé toutes les couvertures dans la laverie des Noirs.

Il hausse les épaules.

– J'ai payé les pots cassés alors qu'ils ont aucune preuve contre moi. Je vous dis, c'est pas juste. Je vais déposer plainte devant la Convention de La Haye.

Billy sent sa poitrine se serrer.

– Tu… tu as découpé leurs couvertures ?

– Je t'ai dit qu'ils n'ont aucune preuve, mec. Alors la ferme, ou un couillon va finir par cafter. C'est dangereux de trop parler.

Watkins tend la main pour attraper le tube de cirage qu'il a fait fondre sur le poêle.

– Comment ça va, Perry ? Tu guéris ?

Il fait un clin d'œil à Billy.

– Le pauvre bébé a eu des engelures aux doigts de pied depuis sa nuit de garde. Mais l'intendant nous a donné des rations de fuel supplémentaires, alors il y a une lueur d'espoir.

Perry se retourne sur son lit et soulève son pied bandé.

– Bon Dieu, Charlie, j'ai cru mourir. J'ai passé douze heures à piétiner près de ce fichu champ de ruines. J'ai cru que le jour ne se lèverait jamais.

Billy retient un bâillement et prend une cigarette dans le paquet de Breedan. Il n'en propose pas à Perry, qui n'a pas ce vice. Il s'appuie au dossier de sa chaise, aspire une longue bouffée et ferme les yeux quand la chaleur de la fumée se répand dans ses poumons. Il pourrait rester assis comme ça éternellement, hors du temps, à écouter le chiffon à cirage grincer sur le cuir et les cliquetis occasionnels du revolver de Perry. Mais il n'a pas l'esprit tranquille. Le rire creux de Martinek… Le champ de ruines… Les projecteurs illuminant une scène trop étrange pour être crue…

– Qu'est il arrivé à Coston, Perry ? Comment est-il mort ?

– Il est tombé dans un trou. Ou on l'y a poussé. Je n'ai rien vu de mes propres yeux, mais c'est ce qu'on raconte.

Perry essaye de rentrer la détente du revolver derrière la gâchette, mais ses mains se mettent à trembler.

– Cet endroit était horrible. Ça puait.

– Qu'est-ce que ça sentait ?

– Un truc bizarre. Fétide et infect. Je n'ai jamais rien senti de pareil. Il y avait une cave sous les gravats. Ils ont trouvé Coston à l'intérieur.

– Tu crois qu'on a essayé de cacher le corps ?

Perry hausse les épaules.

– Je crois pas, Sherlock. Toute la zone était jonchée de métal tordu, de briques et blocs de béton brisé. Il aurait fallu être quatre pour traîner un corps jusque-là. Non, je suis sûr qu'il est tombé. Ou qu'on l'a poussé.

– Ce serait quand même bizarre que Coston se soit rendu dans un champ de ruines au milieu de la nuit. Seul.

– Tu connais les gradés, intervient Breedan. Ils n'obéissent pas aux mêmes règles que nous.

– Qu'est-ce que tu veux dire ?

– Il y a un bar juste à côté, dit Perry. *Chez Charlie*, un lieu de fraternisation bien connu. Coston est peut-être allé là-bas pour se trouver une jolie Veronica Dankeschön.

– Veronica quoi ?

– Ne me dis pas que tu n'en as jamais entendu parler ? Ces femmes qui utilisent le sexe en échange d'avantages. Elles couchent avec nous pour tout et n'importe quoi : de l'argent, de la nourriture et même des cigarettes ! Appelons-la V. D. si tu préfères. Continue.

Billy se penche en avant.

– Le Lézard n'était pas ce genre de personne, rappelle-t-il. Il ne fréquentait pas ce genre de… ce genre de femme.

Breedan sourit.

– Tu me fais rire, mon petit Keely. Une nuit dehors et ça croit tout savoir sur les femmes.

– La ferme, Asthma. J'ai travaillé avec Coston pendant six mois, et je ne l'ai jamais vu tiquer quand une secrétaire entrait dans son bureau.

– Peut-être qu'il séparait le travail du plaisir.

– En tout cas, ça va jazzer, assure Perry en faisant tourner le barillet de son revolver. Et je vous parie cent dollars que le sergent de garde va devenir méfiant. Finies les sorties nocturnes.

– Qui a trouvé le corps, Perry ?

– Le propriétaire du bar. Il a entendu une bagarre et il est sorti pour voir. Il a alerté la police allemande et ils nous ont aussitôt prévenus. T'aurais dû voir leurs têtes. On aurait dit qu'ils avaient reçu une bombe. Donne-moi une cigarette.

Watkins penche la tête.

– Qu'est-ce qui t'arrive, Perry ? Tu t'es mis à fumer ?

– Non. C'est exceptionnel, répond celui-ci avant d'allumer sa cigarette et d'inhaler prudemment la fumée. C'est pour ôter l'odeur infecte de cette fichue cave de mon nez.

Chapitre 20

Rike

Les Amis ont restauré l'électricité dans le centre-ville de Berlin au mois de septembre et si les coupures sont moins fréquentes, les raccordements et les ampoules restent rares. C'est à ça qu'on reconnaît les bars les plus branchés : ceux qui sont fréquentés par les consommateurs les plus riches – ou les trafiquants du marché noir – se distinguent par les guirlandes lumineuses suspendues au-dessus de l'entrée.

Alors que Rike et Margit descendent le Kurfürstendamm, elles sont attirées par de la musique jouée à plein volume. Rike repère un endroit éclairé comme un palais, le *Hopplahop*. Peut-être qu'Immi et elle pourraient s'y rendre un jour, pour noyer leurs problèmes dans l'alcool en écoutant des chansons de Tex Williams ou des Harmonicats. Une bouteille de Coors, un officier qui danse un swing à moitié indécent… L'idée est séduisante.

Mais ce ne sera pas pour ce soir. Il y a d'autres bars en ville – des endroits plus discrets ouverts seulement aux connaisseurs. Aucune guirlande, aucun néon ne les signale. Des filles à moitié nues y dansent sur une scène et leur clientèle est composée d'Allemands à l'air hagard et fatigué. Les filles y rient trop fort, y boivent trop vite et tentent de danser le Schuhplattler[1] jusqu'à ce qu'elles tombent. Situé dans une cave en bas de Kantstrasse, *Chez Schuster* est l'un de ces endroits. Le bâtiment est un vieil immeuble berlinois plein de fioritures en stuc et de têtes sculptées sur les piliers qui soutiennent chaque étage ; un rideau crasseux flotte à l'une des fenêtres brisées.

– On y est, dit Margit en soupirant de soulagement. J'ai trois reichsmarks. Ça devrait suffire pour boire un verre.

À l'intérieur, l'atmosphère est brumeuse et Rike met un peu de temps à s'y adapter. L'ambiance lugubre qui règne là n'est pas due à la seule pénurie d'ampoules, les clients ne tiennent pas à être vus en pleine lumière.

Les hommes – il n'y a que des hommes – sont assis sur des caisses retournées, des tabourets de traite et, curieusement, sur quelques fauteuils appariés brodés de roses ; certains relèvent la tête avec méfiance. Un tourne-disque posé sur un tonneau diffuse une musique militaire. Rike scrute les coins les plus sombres mais ne repère aucun drapeau ni aucun portrait de *lui*. Ils n'oseraient pas.

Elle se redresse et se dirige vers le bar.

– Nous cherchons un dénommé Heinz, explique-t-elle au barman. L'Oberbefehlsleiter Fischer nous a dit qu'on le trouverait ici.

L'homme pose une bouteille sur le comptoir et la décapsule.

– Ça, c'est pour Heinz. Heinz, ces deux femmes voudraient te parler.

Un homme émacié se lève à une table du fond et s'approche d'elles. Rike cherche à distinguer un signe familier, mais ce n'est pas lui. Ce n'est évidemment pas *son* Heinz.

1. Danse traditionnelle de Bavière.

Celui-ci a disparu et il faudrait qu'elle soit aussi folle que Margit pour croire qu'il réapparaîtra un jour.

L'homme la dévisage et semble apprécier ce qu'il voit, car il s'assoit et avale la moitié de sa bière d'un seul coup.

– L'Oberbefehlsleiter Fischer…, dit-il avec un petit sourire. Il a du nez avec les femmes. Que puis-je faire pour vous, Fräulein ?

Rike invente un petit mensonge.

– Nous recherchons le mari de mon amie, dit-elle en désignant Margit. Le Conseil de contrôle allié lui a accordé un droit de résidence dans notre maison, mais tous les appartements sont complets. Il leur faut donc un endroit où ils pourraient loger tous les deux.

– En quoi ça me concerne ?

– C'est étrange, non ? Pourquoi le Conseil de contrôle allié s'occuperait-il soudain des problèmes de propriété. C'est le job des Amis, et de l'OMGUS.

– La lâcheté des Américains… Ils se planquent toujours derrière un autre pouvoir. Si la Gestapo n'avait pas laissé les Russes entrer dans Berlin… Pas vrai, les gars ?

– *Jawohl*, lâche un de ses copains. Si Himmler ne nous avait pas vendus aux Tommies…

– On les aurait battus facilement, ajoute Heinz en essuyant la mousse sur ses lèvres. Une autre, Kalli. Quel est votre nom, Fräulein ?

– Ulrike, répond-elle. Mon amie cherche un nouveau foyer. Vous pouvez nous aider ?

– Ce n'est pas facile.

Il fait un geste en direction de l'autre homme.

– Je travaille pour le Conseil de contrôle allié. Mon dossier est clean et je parle français. *Plus vite, chien allemand.* J'ai appris assez vite. Et j'ai aussi appris à reconnaître mes vrais amis.

Son sourire s'agrandit et révèle une rangée de dents jaunies. Des dents d'alligator.

– Et vous, Ulrike ? Qu'avez-vous fait pendant nos grandes années ?

Rike pense à la lettre.

– J'étais... je suis membre du Parti, dit-elle d'une voix rauque. Et j'étais à Ravensbrück au cours des derniers jours. J'ai participé à l'évacuation avec les femmes SS.

– Bah, c'était une perte de temps et de ressources.

Il se tourne vers ses copains pour obtenir leur approbation.

– Envoyer les femmes au combat, en faire des officiers... Quand j'ai appris ça, j'ai compris qu'on avait perdu.

Rike pose son verre ; le cola, mélangé à de l'eau, n'a aucun goût.

– Nous avons appris à manier les armes, dit-elle. Ils ont fait de nous...

– Comment s'appelait cette femme, déjà ? Celle qui commandait cette opération sanglante ?

– Ilse Steiger, dit le barman. Une putain prétentieuse.

– Elle a dû sacrément charmer Himmler pour mener à bien son petit projet. Et pendant ce temps-là, les hommes crevaient de faim sur le front et donnaient leurs vies...

– Nous aussi, on se battait. Je me suis occupée des canons antiaériens pendant trois jours, à Ravensbrück.

Se battre, crever de faim et mourir. *Il a déjà oublié ?* Pas de sommeil, pas de nourriture et que l'eau des flaques à boire. Les sifflements, les hurlements, les gerbes de poussière et de sang. Au bout d'un moment, vous n'entendiez même plus les explosions. Vos oreilles se fermaient. Vous voyiez les lèvres bouger sans discerner les mots, les arcs rouges dans le ciel, des morceaux de corps éparpillés partout, mais vous n'entendiez plus rien.

Heinz la dévisage un moment.

– Des trucs de gonzesses, lâche-t-il. Avez-vous déjà été dénazifiée, ma chérie ? Vous avez eu votre certificat Persil ? Je ne veux pas prendre de risque, vous comprenez ?

Elle soutient son regard et ment :

– J'ai été déclarée Suiviste. Comme tout le monde.

Il pose sa main glacée et moite sur la sienne.

– Bien. On n'est jamais trop prudent. Certaines femmes n'arrêtent pas de parler aux Amis, de tout et n'importe quoi. Un homme n'est jamais en sécurité, même dans un endroit comme celui-ci. Mais vous, Fräulein Ulrike, j'ai l'impression que je peux vous faire confiance.

Il se penche en avant et ne semble pas remarquer qu'elle se dérobe à lui.

– Fischer était un type formidable. Il dirigeait notre *Kommando*. Un chef né ! Mieux que Himmler, ce porc floconneux. Nous nous sommes bien amusés les derniers jours. Nous n'avons pas laissé tomber la patrie, contrairement à ces chiens de la Wehrmacht, n'est-ce pas ? lance-t-il à la cantonade.

– Oui, répond un homme au visage de rat, nous l'avons défendue !

– Je vais vous raconter une drôle d'histoire. Joseph et moi – il fait un geste en direction du même homme –, on était en mission de transport depuis six mois quand ils nous ont envoyés en Russie. On a fait la navette entre Bergen-Belsen et les mines du Hartz. Raconte-leur l'histoire du Chieur, Joseph.

– Oh, mon Dieu, dit celui-ci en grognant dans sa bière. Alors les Juifs étaient descendus des trains, vous voyez ? Les morts au bûcher, les vivants dans les camions. À ce stade, la plupart avaient la chiasse et étaient vêtus de haillons. Mais l'un d'entre eux... Les gars, il fallait le voir pour le croire. Il portait un costume de tailleur, une marque italienne. Il est descendu du train aussi propre qu'un gigolo de Mussolini.

Il s'essuie les yeux.

– Nous l'avons conduit avec le reste de la vermine au rassemblement du matin. On les a laissés attendre debout pendant deux heures. Ça valait la peine. Soudain, le type a fait un énorme pet et la merde a giclé sur son pantalon et sur ses chaussures.

Heinz continue l'histoire :

– Les autres ont eu leur uniforme de camp rapidement. Mais le Chieur a dû garder son costume sur lui, nuit et jour. Il l'a porté jusqu'au jour où il est tombé raide mort.

Les deux hommes rient et Margit se joint à eux en se tortillant sur sa chaise comme une perruche folle.

– Tu as entendu ça, Rike ? Ils l'ont appelé le Chi… Oh, mon Dieu, quelle histoire.

Rike s'efforce de sourire. Oui. Ils se *chiaient* dessus. Toutes les femmes de Ravensbrück puaient. Elle sentait encore leur odeur le jour où les Amis lui avaient fait traverser le camp pour la dernière fois. Ils voulaient qu'elles voient, qu'elles affrontent la vérité… et elle avait dû enlever ses chaussures pour que la merde, la gadoue et tout ce qui était sorti des corps pendant ces quelques jours ne laissent pas de trace.

– C'était le bon temps, dit Joseph en terminant sa bière.

Heinz serre la main de Rike et chantonne :

– *Je ne sais plus où, je ne sais plus quand…*

Puis il interpelle le barman :

– Je crois que cette jeune femme aurait besoin d'un vrai remontant pour calmer ses nerfs. Un schnaps ou quelque chose dans le genre.

Rike retire sa main.

– Non merci. Je ne veux pas boire d'alcool.

Il lui sourit.

– Moi, j'en ai envie. J'ai envie de boire avec une bonne fille allemande. Les filles ordinaires sont toujours les moins pénibles, pas vrai, les gars ?

Ordinaire ? Une chaleur étrange se répand dans le ventre de Rike. Elle aurait peut-être dû se maquiller, faire un effort afin de… de l'impressionner ? Un raté comme lui… Ce criminel qui, par hasard, est passé sous les radars et s'est trouvé un travail au Conseil de contrôle allié…

Il reprend sa main et la serre si fort, cette fois, qu'elle ne peut la retirer poliment. Ses yeux luisent, il sent la pourriture.

– Il est tard, lui murmure-t-il à l'oreille. Pourquoi tu dirais pas à ta mère qu'il est temps qu'elle s'en aille ?

Rike jette à Margit un regard implorant.

– Ce n'est pas ma mère. C'est ma…

– Fiche-la dehors et bois avec moi.

Elle tire brusquement sur son bras.

– Non ! Je m'en vais, *mein Herr*.

– C'est impossible, *Herzi*. Je t'ai offert à boire.

– Je n'en veux pas.

Elle se lève, mais l'alligator bondit et la repousse sur sa chaise, si fort que la douleur lui transperce le dos.

– Assise, femme ! hurle-t-il. Fais ce que je te dis.

Soudain, Vera lui apparaît, pâle et souple, puissante et furieuse, telle une sirène émergeant d'un étang. Elle a un sourire ironique et moqueur. *Avec les hommes, il faut toujours se méfier.*

Rike bondit sur ses pieds, le fixe dans les yeux et crache.

– Je ne bois pas avec des ratés.

Puis elle se dégage rapidement et se précipite dehors en attrapant Margit au passage.

Il était temps, car elle sent l'air vibrer au-dessus de sa tête et, une demi-seconde plus tard, une chaise s'écrase sur le pavé.

Rike presse les mains sur ses oreilles. Cours. Peu importe où, mais cours loin de ces hommes, des Ivans, des bombes.

Danger, lui crie une petite voix. *Danger, danger, danger*. Elle trébuche sur Breitscheidplatz et s'écroule sur les pavés gelés. Une femme se précipite pour l'aider, mais elle la repousse. Elle tente de se relever et retombe, une vive douleur dans le genou.

– Rike, crie une voix familière. Rike, attends.

Elle tourne la tête en grognant – ce n'est que Margit qui clopine derrière elle en grimaçant.

– Rike, qu'est-ce qui t'arrive ?

– Qu'est-ce qui m'arrive ? crie-t-elle en se relevant à nouveau. Cet homme voulait me baiser.

Margit sursaute.

– C'est un vilain mot, jeune fille.

– C'est la vérité. Il l'aurait fait.

– Tu es grossière, dit Margit en sortant un mouchoir de sa poche. Regarde-toi, tu es couverte de boue.

– Laisse-moi tranquille.

– Rike, qu'est-ce qui te prend ?

Elle est tout essoufflée et ne sait quoi répondre. C'est juste qu'elle… qu'elle ne veut pas qu'on la touche. Surtout pas des gens comme lui.

– Je ne ferai pas la putain pour des soldats brisés.

Margit frotte la terre qui souille son manteau.

– Il allait tout nous dire. Mais tu as tout gâché.

– Je ne veux pas lui parler.

– Où est passée ta fierté, Ulrike ? Il est allemand, il essayait juste de nous aider.

Son rire se libère et se transforme en cri. *L'aider*. Comme Heinz l'a fait ? Il n'a pris soin que de lui-même. Ça a été facile pour lui, un employé modèle du ministère des Postes du Reich. Un faux passeport de la Croix-Rouge, un aller simple réservé sous un faux nom. Munich–Gênes–Buenos-Aires. Il a tout emporté, l'argent et les bijoux, même la broche en diamants de sa grand-mère. *Tu dois comprendre, Herzi, l'Allemagne de demain n'est pas faite pour un homme comme moi*. Il l'a abandonnée, il l'a laissée toute seule en enfer.

Margit continue à frotter son manteau boueux, mais ses efforts vigoureux ne font qu'imprégner le tissu de terre.

– Je t'assure que quand mon Günther sera de retour, ça se passera autrement à la maison, marmonne-t-elle. Il établira des règles pour vous toutes. Il est temps que vous appreniez le respect.

– Le respect… Mais pour qui ? Pour ce bâtard du bar ?

– Pour le Reich. Pour notre Patrie. Attends que Günther soit de retour. Tu verras, les beaux jours reviendront. Comme autrefois. Et alors…

– Il est mort, lui crie Rike en saisissant ses épaules. Il est mort, mort, mort, Margit. Il ne reviendra jamais.

– Comment… comment oses-tu dire une chose pareille ?

– Ils sont tous morts, Margit. C'est fini.

Les tas partout… les sandales qui se balancent entre ses doigts.

– Günther est parti pour toujours. Heinz est parti. Le Reich s'est effondré. Tout ce que nous avions a… disparu.

Elle se met à sangloter.

– Oh, et puis va au diable.

Elle se retourne et cours sur Tauentzienstrasse, des larmes plein les yeux, le nez bouché par la morve et par cette odeur de merde et de sang exsudant des tas. *Soupe de nazis*.

Vera avait raison. Elle ne peut plus fermer les yeux sur ce qu'elle a fait, sur ce qu'elle *est*… Elle s'arrête à un angle et vomit son cola sur les pavés, l'esprit soudain clair.

C'est à nous de corriger nos erreurs.

Chapitre 21

Billy

Le cœur de Billy bat la chamade dans l'immobilité de l'aube. Hermannstrasse semble abandonnée. Une brise glaciale lui cingle le visage et il frissonne.

– Bon, les gars, voilà ce que nous savons. Cinq femmes vivent ici, ainsi qu'un jeune garçon. Vous sortirez tout le monde du lit et vous les rassemblerez dans la cuisine. Banks, tu les surveilleras pendant que les autres fouilleront la maison.

Les trois soldats hochent la tête. Taylor et Sachs, originaires du Wisconsin, sont fiers d'être en mission spéciale. Quant à Banks, il ignore s'il est là par hasard ou si c'est un coup tordu de Magnusson.

Taylor lève la main.

– Est-ce qu'on cherche quelque chose de spécial ?

– Confisquez tout objet en rapport avec le parti nazi, répond Billy d'une voix éraillée par le froid. Bulletins de salaire, lettres, cadeaux… Ce genre de choses.

– Bien, monsieur.

Banks et Taylor sortent le bélier de la jeep et se présentent devant le numéro 18. Au signal de Billy, ils commencent à frapper, mais la porte est en chêne épais et les éclats de balle l'ont à peine affaiblie. Ils doivent s'y reprendre à une demi-douzaine de fois avant que la serrure ne finisse par céder. Ils se précipitent alors à l'intérieur, revolver à la main, en criant :

– Armée américaine, restez calmes !

Le bruit a réveillé tout le monde. Alors qu'il grimpe les escaliers, Billy se retrouve face à Ulrike Seelman et une autre femme, toutes deux en manteau et chaussettes de laine. Fräulein Seelman brandit un tisonnier alors que son amie a attrapé une chaise qu'elle s'apprête à jeter. Elles sont terrifiées. Il le lit dans leurs yeux.

C'est alors que Fräulein Seelman le reconnaît.

– Monsieur Keely, dit-elle en abaissant son tisonnier. Qu'est-ce que ça signifie ?

Billy brandit son mandat.

– Madame, nous devons fouiller le bâtiment sur ordre de l'OMGUS. Nous vous prions de bien vouloir coopérer.

Elle en a le souffle coupé.

– *Wie bitte ?*

– Taylor, Sachs, allez chercher les autres et amenez-les ici.

Il désigne l'autre femme.

– Comment s'appelle-t-elle ?

– Kl... Klara Sauebrunn.

– Voici le soldat Jameson Banks, dit Billy en poussant celui-ci vers la table. Il va veiller sur Fräulein Sauebrunn. Quant à vous, venez avec moi. Conduisez-moi à la chambre de Vera.

Fräulein Seelman hésite un court instant. Puis elle chuchote quelques mots à son amie et se dirige vers les marches.

– Par ici, s'il vous plaît.

L'escalier est plongé dans la pénombre mais Billy peut entendre des coups secs, des voix et des bruits de pas tandis que Taylor et Sachs s'occupent des autres résidentes. Ils apparaissent au premier étage en compagnie d'une femme dont le ventre est exceptionnellement gros. *Une femme enceinte*. Ça ne va pas leur simplifier la tâche…

Au dernier étage, Fräulein Seelman lui indique la porte de droite.

– C'était l'appartement de Vera.

Billy hoche la tête.

– Très bien, écartez-vous.

Il s'approche de la porte mais Fräulein Seelman le retient.

– Attendez, Tilly est à l'intérieur.

– Qui ?

– Écoutez, est-ce que je peux entrer la première ? Tilly a besoin de…

– Poussez-vous, j'ai dit.

Il la bouscule et ouvre la porte.

Le faisceau de sa torche éclaire une pièce telle qu'il n'en a jamais vu en Allemagne. Celle-ci est remplie de vêtements, de livres et de babioles jusqu'au plafond. Des rideaux rouges ont été tendus devant les fenêtres brisées. Le lit est recouvert d'une couverture en crochet et il y a une coiffeuse assortie à la table de nuit. Il aperçoit un bustier noir à froufrous suspendu à une chaise, puis un mouvement attire son regard. La porte de l'autre pièce, qui était entrouverte, vient de se fermer.

Il lève son revolver.

– Sortez de là, les mains en l'air.

Une seconde plus tard, la porte s'ouvre et la personne qui se cachait derrière apparaît dans la lumière. C'est un garçon aux traits fins, à peine moins âgé que lui. Il porte une robe de chambre de femme, des chaussures à talon et du rouge à lèvres. Ses cheveux, blonds et hirsutes, sont retenus par une pince de nacre.

Billy se crispe.

– Nom et profession ?

Le garçon fixe le sol.

– Je représente l'armée américaine. Vous feriez mieux de coopérer.

Pas de réaction. Billy abaisse puis relève son revolver sans savoir quoi faire.

– Descendez. Maintenant.

Le garçon prénommé Tilly s'éloigne sur ses talons hauts en titubant tel un poivrot. Billy le suit jusqu'à la cuisine où les femmes se sont rassemblées autour de la table. La brune sanglote. La plus âgée, que Billy n'avait pas encore vue, parle en allemand à toute vitesse à Banks, qui ne cesse de hausser les épaules.

Ulrike Seelman se tourne vers lui.

– Margit voudrait que vous ne touchiez pas à ses affaires, explique-t-elle.

Billy s'approche de la table.

– Tout se passe bien, Banks ?

– Oui, monsieur. Cette femme a peur que Taylor et Sachs lui volent ses affaires.

– Elle n'a aucune raison de s'inquiéter. Nous ne sommes pas des pillards.

Dans l'obscurité, l'expression de Banks est difficile à déchiffrer.

– Veille bien sur la femme enceinte, lui dit Billy. Elle est toute pâle.

– Elle va juste…

– Vous êtes des porcs, s'exclame la femme qui brandissait la chaise, Klara Sauebrunn, en tapant du poing sur la table. Fichez le camp.

La brune retient son bras.

– Klara, calme-toi.

– *Nein*, continue Klara en allemand. On n'a pas à supporter ça. Pour qui ils se prennent ? La Gestapo ?

– Calmez-vous, Fräulein, intervient Billy en levant la main. Nous voulons juste…

Un bruit violent résonne à l'étage, puis on entend la voix étouffée de Taylor :

– Désolé, les gars ! J'ai fait tomber une sorte de soupière.

Le bruit a perturbé la femme enceinte qui se raidit sur sa chaise, les yeux ronds comme des soucoupes. Elle commence à trembler, la bouche entrouverte, sans réussir à parler.

Banks lance à Billy un regard inquiet.

– Elle a pas l'air bien…

– T'inquiète pas, répond Billy. Bon, tout le monde…

– Quelqu'un doit la calmer.

– Oh, la ferme, lâche Billy, soudain furieux.

C'est lui qui dirige cette mission et il n'acceptera pas qu'on lui manque de respect. Surtout un…

Il grogne et pointe du doigt le garçon accroupi par terre.

– Nom ? Âge ? Profession ?

Fräulein Seelman le dévisage.

– Je vous ai dit qu'il s'appelait Tilly. Il ne nous a pas dit son nom de famille.

– Quel âge a-t-il ?

– Quatorze ans, je crois.

Billy enjambe l'adolescent et l'oblige à se relever en tirant sur le col de sa robe de chambre ridicule. Tilly a essayé d'essuyer son rouge à lèvres et le tissu est tout taché. À la lueur de la lampe, on dirait qu'il a été égorgé.

– Ton nom, hurle Billy.

– T… Till Schulte.

– Âge et profession ?

Pas de réponse en dehors d'un tremblement de la pomme d'Adam.

– Tu étais soldat ? Dans les Jeunesses hitlériennes ? La SS Werwolf ?

– Laissez-le tranquille, crie Ulrike Seelman. Il n'a rien fait.

– Taisez-vous.

Bien sûr qu'il a fait quelque chose. Les plus jeunes étaient les pires. Billy a entendu dire qu'ils étaient devenus féroces dans les derniers temps. Des gamins de douze, treize, quinze ans se précipitant sur l'ennemi avec leurs yeux morts. Ils se tuaient les uns les autres quand les jeeps américaines approchaient. Ils tiraient une balle dans la tête de ceux qui lâchaient leur arme pour se rendre. Ils tuaient les prisonniers, leurs parents, leurs frères et sœurs, plutôt que de les abandonner à l'ennemi.

Mais soudain, la voix de Mlle Lotterberg résonne dans son esprit. *Elle ne fait de mal à personne. Ça fait partie du spectacle.*

Avant qu'il puisse prendre une décision, Taylor apparaît en bas des marches, les bras chargés d'uniformes nazis recouverts par un manteau de femme à col de vison.

– Regardez-moi ça, dit-il en jetant les vêtements par terre. C'était dans le bazar du haut.

– Bien. Autre chose dans la chambre de Vera ?

– Quelques lettres avec le tampon de la SS. Et ceci.

Il montre un collier orné d'un pendentif en forme de cœur.

La plus âgée des femmes, Margit Barsch d'après les dossiers, se lève brusquement.

– *Lass meine Sachen*, hurle-t-elle. Ne touchez pas à mes affaires !

Billy lâche Tilly et fourre le collier dans sa poche.

– La ferme, tout le monde.

– La ferme toi-même, espèce de bâtard, crie Klara en contournant la table. Ces lettres m'appartiennent.

– Asseyez-vous. Je vous ai demandé…

– Elles sont à moi.

Il brandit son arme.

– Un geste de plus et je vous arrête.

Elle ne l'entend même plus. Elle se jette sur Taylor, toutes griffes dehors, et celui-ci saute en arrière.

Billy pointe son revolver sur le plafond et appuie sur la détente.

Il n'aurait sans doute pas dû. Plus tard, des années plus tard, cette question reviendra le hanter, tard dans la nuit, alors que sa femme enceinte cherchera en vain le sommeil en remuant à ses côtés. Elle refera surface devant la salle d'accouchement et lorsqu'il prendra sa fille des bras de Lotti, épuisée par l'allaitement.

Il n'aurait pas dû. Il a perdu le contrôle.

Le coup de feu lui explose les tympans. Klara le dévisage, bouche bée, et Banks sursaute, terrifié.

Puis la femme enceinte se met à crier d'une voix si aiguë et incongrue que Billy a d'abord du mal à la situer, bien qu'il voie le trou béant de sa bouche grande ouverte. C'est un hurlement de sirène, le sifflement d'une bombe ou d'un Stuka qui descend en plongée. Il n'a entendu de pareil cri qu'aux informations ou dans ses cauchemars. Et voilà que dans cette cuisine, il ne s'arrête plus…

Les yeux de la femme enceinte roulent en arrière et elle prend son visage à deux mains. Puis, lentement, elle laisse ses doigts glisser sur ses joues et y creuse trois plaies sanguinolentes.

Billy abaisse son arme.

– Qu'est-ce que c'est que…

Fräulein Seelman se précipite vers lui.

– Ça lui arrive parfois, dit-elle. Elle a été prisonnière des Russes. Pendant un mois. S'il vous plaît, posez votre arme.

Le regard de Billy s'attarde sur le ventre énorme. Un mois entier…

Il voudrait soudain être loin d'ici. Très loin. Il voudrait être dans sa chambre avec ses Archie Comics et ses posters des Wildcats et écouter sa mère s'agiter dans la cuisine. Il voudrait retrouver son innocence, ignorer ce qui se passe ici et ce dont les humains sont capables.

La femme enceinte cesse de hurler, mais ses soubresauts sont encore plus terrifiants. Elle tombe de sa chaise et reste étendue sur le sol, les jambes découvertes et le dos arqué. Sa peau devient blanche, mais son ventre est parcouru de vagues terrifiantes…

Billy sent son estomac se contracter. Il y a un enfant, là-dedans, et il gigote. Un bébé. *S'il mourait et que c'était sa faute ? S'il avait terrifié la mère à mort ?*

Banks se met soudain en mouvement. Il écarte les chaises, repousse la table d'un coup de pied et saisit les bras de la femme. Il la serre fort contre lui, la berce comme une enfant et lui chuchote en anglais :

– Allez, ma fille, respirez à fond. Ils ne vous feront plus de mal. Allez, tout va bien.

Miraculeusement, la femme se ressaisit, haletante et tremblante, et Banks sort de sa poche une barre chocolatée – une de ces barres farineuses qu'on trouve dans les rations des Noirs – qu'il lui tend comme si c'était une délicieuse praline.

– Tenez. Une maman doit manger.

Elle observe la sucrerie, puis, lentement, la saisit et mord dedans.

Billy inspire comme s'il n'avait pas respiré depuis dix minutes. Et lorsqu'il expire, sa colère se ravive. Il a tout faux. C'est sa mission. C'est lui le chef et au lieu de l'écouter, on lui désobéit.

– Assez ! dit-il d'une voix ferme. Banks, laisse cette femme tranquille. Taylor, Sachs, préparez-vous à emmener Mlle Sauebrunn. Elle est en état d'arrestation.

Une demi-douzaine de têtes se tournent vers lui.

– Quoi ?

– Vous avez bien entendu, confirme-t-il en brandissant son revolver. Mademoiselle Sauebrunn, je vous arrête pour avoir agressé un soldat de l'armée américaine.

– *Aber…*

Il s'éclaircit la gorge.

– Vous pourrez faire votre déclaration complète au sergent en chef. Mademoiselle Seelman, voulez-vous accompagner votre amie à la caserne ? Comme aucune femme ne se trouve parmi nous, elle est autorisée à être accompagnée.

Il fronce les sourcils.

– Votre entretien de dénazification a lieu aujourd'hui, n'est-ce pas ? Nous serons ravis de vous y conduire.

Ulrike Seelman soutient son regard avant de secouer lentement la tête.

Billy abaisse son arme et fait signe à Banks de sortir.

– Nos recherches sont terminées. Si vous constatez que des choses ont été abîmées ou brisées, vous pouvez déposer une plainte auprès de l'OMGUS pour obtenir réparation.

Klara ne résiste pas lorsque Taylor lui attache les mains. Mais elle tourne la tête en tous sens avec des yeux implorants quand on l'entraîne vers l'escalier.

– Rike, Hilfe…

Ulrike Seelman reste silencieuse, le regard vide et les mains tremblantes.

Chapitre 22

Rike

Ils ne prennent même pas la peine de refermer la porte et leurs jeeps ne tardent pas à rugir dans la nuit. Leur raffut aura réveillé tout le quartier, Rike en est certaine. Dès que le jour sera levé, on ne parlera plus que de ça. Les voisins voudront savoir ce qui s'est passé dans la maison des femmes. D'abord un meurtre, maintenant une descente…

– Immi, murmure-t-elle, comme si les Américains étaient toujours là. Vite, va fermer la porte.

Immi a le visage couvert de larmes.

– Ils l'ont défoncée.

– Trouvons quelque chose à mettre devant. Margit, viens nous aider.

Cette dernière secoue la tête.

– Je ne peux pas. Je m'occupe de Gisela.

Elle lui frotte le dos, l'œil rivé sur sa barre chocolatée.

– Je crois qu'elle n'a plus faim…

– Oublie cette sucrerie. Il faut sécuriser la porte.

– Ne t'inquiète pas, intervient Tilly en se levant. Je vais m'en occuper.

Il ôte ses chaussures à talons et retrousse les manches de sa robe de chambre.

– Allons-y, Immi. Voyons ce qu'on peut faire.

Rike se retrouve avec deux éclopées. Gisela tremble toujours, mais elle a fini sa barre chocolatée et ses joues reprennent des couleurs. Margit est assise à côté d'elle, droite comme un I. Elle serre les lèvres et elle fixe la porte avec une colère à peine dissimulée.

– Détends-toi, Margit, lui dit Rike en tirant une chaise. Ils sont partis.

– Tu les as laissés l'emmener.

– Quoi ?

– Tu les as laissés emmener Klara.

– Qu'est-ce que tu insinues ?

– Tu aurais dû les en empêcher.

Rike remet la chaise à sa place.

– Je n'aurais rien pu faire.

– Tu parles anglais. Pourquoi tu n'es pas partie avec eux ?

– Qu'est-ce que ça aurait changé ? On aurait été deux enfermées à la caserne.

– Tu aurais pu la faire libérer.

– Comment ?

– Je ne sais pas. Ah, regarde-moi ce bazar.

Elle désigne les couverts étalés sur le sol de la cuisine, le tas d'uniformes et le manteau en vison de Klara, tout froissé dans un coin.

– Tu aurais pu tenter de négocier.

– Pour qui me prends-tu, Clement Attlee ? Autant essayer de négocier avec Staline.

– Tu n'as rien fait pour l'aider, alors...

Margit fronce les sourcils.

– Ce sont *nos* affaires. Ce qu'ils ont fait s'appelle une violation de domicile. Ils ont démoli mon joli foyer. Mes... mes affaires.

Rike regarde les uniformes.

– Pourquoi as-tu conservé ça, au fait ?

– C'est pour mon fils, quand il reviendra. Il aura besoin de vêtements.

– Il ne voudra pas de ceux-là.

– Il faudra le prendre en photo. Il a perdu toutes les siennes quand ils ont pillé notre maison. Günther était toujours si beau en uniforme.

Rike lâche un grognement.

– Tu es malade ? Tu nous as foutues dans de sales draps.

Tilly réapparaît et ramasse les uniformes.

– Je ferais bien de m'occuper de ça aussi. Vous avez des allumettes ?

Margit se dresse devant lui.

– Tu n'as pas intérêt. Ils m'appartiennent. Donne-moi...

– Tais-toi, Margit, réplique-t-il sèchement. Va aider Gisela à se remettre au lit pendant qu'Ulrike et moi nettoyons ce bazar.

Margit le dévisage, bouche bée. Puis elle soupire et aide Gisela à se lever avant de la conduire jusqu'à l'escalier, où elles disparaissent dans la pénombre. Immi les suit, mais elle s'arrête à mi-hauteur et se retourne.

– Il y a quelques jours, tu m'as dit qu'on devait se serrer les coudes, dit-elle doucement.

Rike lève les yeux vers elle.

– De quoi parles-tu ?

– D'abord, on a perdu Vera, et maintenant Klara. Tout s'effondre.

– Et qu'est-ce que j'y peux ?

Immi hausse les épaules et disparaît.

* * *

Pendant un moment, on n'entend que Tilly qui arrache les boutons et les insignes des uniformes nazis. Rike l'observe.

Sa mâchoire est crispée et ses mains habiles. C'est un beau garçon, songe-t-elle, avec des traits fins et une peau nette. Elle n'aurait pas imaginé, de prime abord, qu'il soit si confus dans sa tête.

Ils sont interrompus par un cri venant de l'étage.

– Ma soupière ! Les salauds !

Puis des sanglots leur parviennent, qui ne tardent pas à s'apaiser.

Tilly échange un regard avec Rike et, soudain, cette dernière se met à rire. Elle ne devrait pas ; pauvre Margit… Cette soupière était une authentique porcelaine de Meissen.

Les mains sur la bouche, Tilly glousse, lui aussi. Elles ne peuvent plus s'arrêter de rire. Rike se tient encore le ventre lorsqu'il enfourne les uniformes dans le poêle. Il craque une allumette et la flamme court sous le tissu, mais le feu refuse de prendre. Il attrape donc le magazine posé sur la table. Le *True Detective* de Vera.

– Pas celui-là, le prévient Rike. Je suis en train de le lire.

Elle trouve un exemplaire de *Die Neue Demokratie*, le chiffonne et le tend à Tilly. Le feu prend immédiatement, remplissant la cuisine d'une odeur de laine brûlée. Tilly referme le poêle et s'assoit sur une chaise.

– Les Amis ne nous ont même pas donné la raison de leur venue.

Rike sent son rire s'épuiser au fond de son ventre.

– À cause de Vera et du sergent assassiné, j'imagine.

– Qu'est-ce qui te fait penser ça ?

– Eh bien, Vera laissait entendre qu'elle fournissait des informations aux Amis. Alors si elle était une informatrice et que Margit a toujours des sympathies nazies…

Tilly la dévisage d'un air grave.

– Tu crois que Vera a été tuée parce qu'elle était une traîtresse ?

– Pas une traîtresse. Mais si elle donnait des renseignements concernant des Allemands, ça faisait d'elle une... Je ne sais pas comment on appelle ça.

– Klara dirait une Kapo.

C'est ça, une Kapo. D'après l'Einsatzleiter Geck, qui supervisait le camp de Ravensbrück, il y en avait un dans chaque camp de concentration. Un prisonnier de mèche avec le régime, qui transmettait en secret des informations aux gardiens. Contre de la nourriture et une protection. C'était une façon de miner les prisonniers ; de les rendre suspicieux les uns envers les autres. Mais c'était un rôle dangereux, car si un Kapo était découvert, il était tué par ses codétenus. Étranglé.

Rike change de position sur sa chaise.

– Il faut trouver un moyen de faire sortir Klara.

– Et pourquoi ? Elle est aussi mauvaise que tous les autres.

– De quoi tu parles, Tilly ?

– De l'hypocrisie. Appeler les gens Kapo au prétexte qu'ils collaborent avec l'ennemi alors que les gens passaient leur temps à se dénoncer les uns les autres. Ma mère a dénoncé le boucher du quartier à la Gestapo parce qu'elle pensait qu'il lui vendait de moins beaux morceaux qu'à Frau Heuerkranz, une voisine. Elle leur a raconté qu'il sympathisait avec des partisans.

– Ah bon ?

– Elle a aussi raconté que Frau Heuerkranz était à moitié juive. Ce qui était vrai. Elle cachait sa mère dans son abri de jardin. Tu sais pourquoi ma mère est allée raconter ça ? Parce que Frau Heuerkranz laissait son chien pisser sur nos rosiers, ce qui les empêchait de pousser.

– Tilly, c'est...

– Elle est allée voir directement l'Ortsgruppenleiter de notre secteur et lui a tout raconté. Les Heuerkranz et le boucher ont été emmenés. Alors tu vois...

Il ouvre le poêle pour raviver les flammes.

– Klara n'a pas le droit de juger.

Rike se pétrit les mains. Tilly était trop jeune, il ne peut pas comprendre.

– Ta mère ignorait sûrement ce qui arriverait, dit-elle. Si tu savais que quelqu'un était juif ou un traître à la Nation, si tu avais le moindre doute, c'était la seule chose à faire, à l'époque.

Il se tourne vers elle. C'est peut-être la lueur des flammes qui déforme les ombres sur son visage mais il a soudain l'air différent. Plus vieux. Comme l'adulte qu'il deviendra bientôt.

– C'est faux. Elle était au courant. Mais elle s'en fichait. C'est tout le problème. Tout le monde savait, mais tout le monde s'en fichait.

– Tilly…

– C'est la raison pour laquelle je ne veux pas rentrer chez moi. En fait, non. Ce n'est même pas à cause de ça…

Il passe la main sur sa robe de chambre.

– C'est parce que si je revoyais ma mère, je lui arracherais la langue avant de lui briser les genoux.

Rike ouvre la bouche mais aucun mot n'en sort car… car…

Car Tilly a raison. Ils l'ont tous fait, tout le monde. Quand elle était dans ce champ et que les tirs ont commencé, elle savait très bien que c'était mal. Mais elle est restée là à regarder car c'était rassurant d'appartenir à la *Übermenschen*, à la race des seigneurs.

Tilly soupire.

– Vera est la seule personne que j'ai connue qui ait été prête à se racheter, si c'était encore possible. Elle n'était pas une traîtresse. Elle cherchait à regarder en face ce… ce… crime épouvantable.

Il regarde les uniformes se transformer en cendres.

– Et maintenant…

– Tilly…, dit Rike d'une voix enrouée par l'abus de nicotine. Tu veux une cigarette ?

– Non, je vais me recoucher.

– Okay.

– Tu commences à prendre l'accent américain, lui dit-il avec un petit sourire. *Ooh-kay* et *good night*, *Burr-lean…*

* * *

Une fois seule, Rike s'enfonce dans sa chaise et regarde le feu faiblir. Elle attise les flammes en mélangeant les morceaux de tissu filandreux jusqu'à ce qu'il n'en reste qu'un tas de cendres grises. Puis elle rassemble les boutons et les insignes dans un pot vide et les cache derrière un placard. Elle les jettera demain dans une autre rue.

Elle a envie d'une cigarette mais il n'y en a plus. Son regard se pose sur le manteau à col de vison de Klara, resté en tas par terre. Elle le ramasse et le secoue en espérant entendre un subtil cliquetis. Puis elle fouille les poches avec précaution et y trouve un carton.

Ce n'est pas un paquet de cigarettes. Elle a du mal à en croire ses yeux : elle tient entre les mains une demande de localisation de l'Administration des Nations Unies pour le secours et la reconstruction.

Elle plisse les yeux pour déchiffrer ce qui est écrit et pousse un cri de surprise. La personne recherchée est un certain Ernst Ulrich Mückler. Et la demande a été formulée en septembre 1945.

Pourquoi Klara aurait-elle recherché le mari d'Immi ? *Non, attends…* Immi a emprunté le manteau de Klara pour aller chez Fischer. La carte doit lui appartenir mais… la date ne colle pas.

À moins que si ? Les ombres de la pièce s'enroulent autour d'elle. Immi craint son mari. Alors pourquoi l'aurait-elle fait rechercher par l'UNRRA, s'il l'effrayait tant ? *Et pourquoi nous a-t-elle menti ?*

Elle replace avec colère la carte dans la poche et en fouille une autre, qui contient un paquet à demi-plein de Reemtsma. Elle sort une cigarette avec un sentiment de culpabilité et la coince entre ses lèvres. Puis elle se rassoit à la table de la cuisine et l'allume.

L'exemplaire de *True Detective* est resté sur la table. *L'erreur fatale d'une reine de beauté bafouée.* C'est exactement ce dont elle a besoin. Des histoires au sujet des derniers meurtres d'Al Capone, de vols de bijoux à New York et de suicides d'honneur au Japon.

Lorsqu'elle ouvre le magazine, une brochure de l'OMGUS s'en échappe. *C'est votre faute !* Et elle entend la voix de Vera aussi distinctement que si elle était assise à côté d'elle. *C'est la raison pour laquelle nous sommes toutes là.*

Mais qui reconnaît vraiment sa faute ? Certainement pas ces hommes de *Chez Schuster*. Elle ne peut s'empêcher de songer au Juif avec son costume souillé. Pour certains, c'était un crime et pour d'autre une histoire drôle. Par où commencer pour passer des seconds aux premiers ?

Par toi-même. Par ce qui s'est passé dans le champ.

La lumière de la cuisine vacille. Elle observe les photos en essayant de mesurer ce qu'elle ressent. Les corps entassés dans la fosse commune ne sont que des corps. Elle en a vu des centaines et des centaines. Et les soldats ? Eh bien, ce sont des hommes. Des frères, des fils, des maris… Ennemis pour certains, héros pour d'autres.

Ses yeux se fixent sur un visage et son sang se glace. Un des soldats, le deuxième sur la gauche… *Non. C'est impossible.* Elle ne l'a vu que brièvement et il était maigre et affamé, aussi pâle qu'un fantôme.

Ça pourrait être lui, pourtant. Le soldat sur la photo ressemble tellement à Ernst Mückler. Elle lit la légende : Un *Sonderkommando*[1] nazi. Le pire du pire. Pas étonnant qu'Immi ne veuille pas le voir revenir.

Pourtant… *elle l'a fait*. Elle l'a fait rechercher. Pas plus tard qu'en septembre.

Rike avance jusqu'à la fenêtre et repousse le seul volet intact. Elle allume une autre cigarette de Klara et souffle la fumée à travers la vitre brisée. Il fait toujours nuit, dehors, mais l'odeur des poêles à charbon et à fuel indique que la ville se réveille. Mückler, Fischer et un *Sonderkommando* SS. *Qu'est-ce que Vera savait d'autre ?*

La lumière vacille de nouveau. Elle se retourne et aperçoit un éclair orange au moment où l'ampoule rend l'âme en grésillant. Une étincelle jaillit de la lampe et s'éteint avant d'atteindre la table. La dernière chose qu'elle distingue est la couverture du magazine et la femme qui hurle en silence.

1. *Sonderkommando* peut désigner, d'une part, les unités de prisonniers, souvent juifs, forcés de travailler dans les centres de mise à mort nazis. Et d'autre part, les commandos SS impliqués dans le processus de destruction, notamment l'Aktion 1005, visant à effacer les traces des crimes nazis. Ce sont de ces derniers dont il est question dans le roman.

Vera

Caserne Roosevelt, 7 Augustaplatz,
zone d'occupation américaine de Berlin.

J'étais lâche à cette époque, et je le suis toujours, bien que les experts cités dans *Le Monde* et le *New York Times* appellent ça autrement.

Instinct de conservation. Instinct de survie. Adaptation.

Je suis sûre qu'on en apprendra davantage à ce sujet dans la prochaine décennie. Ils diront que personne ne pouvait s'exprimer parce que les nazis pendaient les traîtres sur la place publique pour que tout le monde les voie, et qu'on préférait garder ses distances et se contenter de survivre.

C'est un mensonge. Je suis une lâche, comme tous les autres.

Le sergent LaBranch me demande quel avenir j'envisage. Et si je me sens coupable.

– Coupable ?

Coupable est un mot trop faible. Je me suis sentie coupable de coucher avec Herr Breckenberg, le manager des Blue Casket, afin qu'il m'engage comme chanteuse à la place de Merle Petersen, qui avait une plus jolie voix mais un nom moins connu. Je me suis sentie coupable quand j'ai donné un faux âge au Bureau des passeports, afin de paraître deux ans de moins que mes quarante ans.

Mais… tout ça ? Ce n'est pas de la culpabilité que je ressens, mais de l'horreur. Une pure et simple horreur. Ce sentiment ne m'a jamais quittée depuis que les portes du fourgon se sont refermées sur Rolli, car je savais, *je savais* que j'étais responsable. Que je n'avais rien fait pour empêcher ça. Que c'était le rôle de ma vie, et il n'y a pas de petits rôles…

La dactylo tape les mots qui figureront sur mon certificat Persil.

> **Drucksache/décision officielle : Comité de dénazification de Berlin, zone 4**
> **Vera Marie Klug**
> **Ce document certifie que la susmentionnée Frau a été déclarée *Suiviste* (catégorie IV) conformément à la directive 1076 de l'armée américaine, §§2,6, 1945**

– C'est tout ce que je peux faire pour vous, madame, dit le sergent LaBranch. Vous avez côtoyé des gens très haut placés au sein du régime. Mais à votre place, je ne m'inquiéterais pas trop. C'est un bon statut. Vous pouvez travailler n'importe où et si vous n'êtes pas satisfaite, vous pouvez toujours faire appel.

Il m'adresse un sourire sincère.

– Vous étiez pas si mauvaise, en fin de compte.

* * *

Croyez-le ou pas, mais l'allée derrière *Chez Charlie* n'est pas le pire vestiaire que j'ai connu au cours de ma carrière.

Il y fait sombre et froid, mais au moins c'est isolé ; aucun barman, aucun soi-disant admirateur n'y vient vous déranger, une fleur à la main, en espérant se rincer l'œil.

Le seul problème est le manque de lumière, mais après vingt années dans le métier, je serais capable de me maquiller sans rien y voir. À travers la porte de derrière, je peux entendre la musique s'arrêter et pendant quelques secondes, le rut-tut-tut du générateur devient le seul bruit audible. Je pose une main sur la poignée et inspire un grand coup. Le faisceau d'un projecteur jaillit sous la porte et j'entre en scène, presque comme par magie pour le public encore à moitié aveuglé par la lumière soudaine.

Je salue longuement, souriante, et tout le monde doit croire que je me délecte de l'admiration qu'on me porte. C'est loin d'être le cas.

Le sergent Coston n'est pas là. *Hundskerl.* Il vient presque tous les soirs pour m'écouter chanter en buvant tranquillement sa bière, sa cigarette allant et venant d'un coin à l'autre de sa bouche. La première fois qu'il s'est adressé à moi, il savait qui j'étais. Il m'a fait une belle offre, et jusqu'à présent je lui ai toujours fourni des noms et des indices, rémunérée à coups de tickets de rationnement et d'engagements dans les bars qui me permettent de faire tourner la maison.

Je dois lui parler de Fischer. Si je joue les bonnes cartes, il me sera redevable et c'est toujours bon d'avoir une faveur à rappeler.

Deux visages familiers me tirent de mes ruminations : Rike et Immi, installées à une table du fond. Je leur adresse mon plus beau sourire, car je ne veux pas qu'elles s'inquiètent – pas ce soir, le dernier de cette année maudite.

Comme elles me rendent mon sourire, la musique commence et je me mets à chanter une vieille chanson. Je connais mon public. Les hommes aiment les choses interdites, et bien qu'aucune de mes chansons ne soit liée aux nazis ou à leur propagande, elles ont été écrites à une époque où les lignes étaient floues, où l'amour était politique et où la politique contrôlait tout, même notre musique.

Le destin a sifflé la fin de la partie.

Il est sans doute trop tôt pour parler à Coston, de toute façon. Je n'ai pas grand-chose contre Fischer. Presque rien. Seulement ma propre culpabilité, ma complicité dans ce qui est arrivé. Si je pouvais lui parler une fois encore, pourtant, reprendre notre histoire une dernière fois…

Jupp signale qu'il est presque minuit. Cette année ne se terminera jamais assez tôt. Je jette un œil à Rike et Immi et leur adresse un grand sourire. Je continue à chanter et une petite bulle d'espoir se forme dans ma poitrine. Je pourrai télégraphier à Fischer dès demain. Après tout, que pourrait-il m'arriver ? J'ai mon certificat Persil, j'ai un foyer et une mission importante à accomplir. Ces femmes y jouent un rôle crucial, et pour elles, je me jetterai dans la gueule du loup.

Chapitre 23

Billy

Magnusson croise les bras.

– Vous êtes sûr que votre arrestation est justifiée, soldat Keely ?

– Elle s'apprêtait à nous attaquer, monsieur.

Billy a mal au cou à force de se tenir droit.

– Nous l'avons remise aux Allemands. Elle est détenue au commissariat central de Berlin. Le Kommissar a demandé si Taylor souhaitait porter plainte pour agression.

Magnusson sourit d'un air suffisant.

– Je suis sûr que Taylor est capable de se défendre face à une femme. Autre chose ?

– Nous avons trouvé des uniformes nazis dans la maison. Plusieurs, de la Wehrmacht et de la SS. L'une des femmes, Margit Barsch, prétend les avoir récupérés pour le retour de son fils. J'ai vérifié son dossier, tous ses fils sont morts.

– Ah...

– Nous avons trouvé des lettres frappées du tampon nazi dans la chambre de Vera Klug. Et ceci, dit-il en déposant le collier sur la table. Le pendentif est gravé au dos :

À ma petite sirène, de la part de votre Fischer.

– C'est le nazi dont vous m'avez parlé ?

– Fräulein Sauebrunn, celle qu'on a arrêtée, prétend que les lettres lui appartiennent. Nous avons établi que son frère était un SS. J'attends des informations supplémentaires.

– Tout ça ne nous avance pas beaucoup.

Billy hoche la tête.

– Vera ne cachait peut-être pas de preuves, mais... les autres, si. Toutes les femmes qu'elle accueillait ont un passé avec le régime. Ulrike Seelman était à Ravensbrück à la fin de la guerre. Quant à Klara Sauebrunn...

Il consulte ses notes.

– Elle appartenait aux *Helferinnenkorps*. Son frère et elle mériteraient une enquête plus approfondie. Mlle von Kadelbu... pardon, Mme Mückler, avait des liens de parenté avec des hauts dignitaires du parti. Et tous les fils de Mme Barsch ont combattu dans la Wehrmacht, comme son mari.

– Laissez la Wehrmacht en dehors de ça, dit Magnusson en plissant les yeux. Où voulez-vous en venir ?

Billy se lèche les lèvres.

– Je suspecte Vera Klug d'avoir joué un double jeu. Elle nous fournissait des informations tout en protégeant des nazis. Elle a conservé des liens avec le régime grâce à l'Oberbefehlsleiter Erich Fischer bien qu'elle ait affirmé désavouer le Parti lors de son entretien. Une sorte d'agent double si vous voulez.

– Un agent double... J'imagine que vous lisez beaucoup de romans de gare, soldat Keely.

– C'est juste une théorie, mon lieutenant.

Magnusson passe sa main sur la surface lisse de son bureau.

– On a reçu le rapport du médecin légiste. Coston s'est tué en tombant. Il s'est brisé la nuque, les hanches et les deux jambes. Nous avons interrogé le barman : il a entendu du bruit, mais il ne sait rien d'utile. Coston a quitté la caserne à 20 heures grâce à son autorisation de sortie et s'est rendu là-bas à bord de sa jeep. Rien n'a été trouvé dans le véhicule qui suggérerait qu'il ait transporté un passager.

– Est-ce que quelqu'un l'a vu dans le bar ?

– Quel bar ?

– *Chez Charlie*. Près du champ de ruines.

– Vous croyez que Coston traînait dans les bars ? Vous perdez la tête, soldat.

Billy sursaute.

– Mon lieutenant, réplique-t-il un peu trop fort. Et si le sergent Coston avait été tué par la personne qui a tué Vera Klug ?

– C'est ce que vous pensez ?

– C'est une possibilité. Supposons que Vera nous fournissait des informations sur des membres du Parti, et que l'un d'entre eux l'ait démasquée et tuée. Cela n'aurait pas été suffisant, les fameuses informations se trouvant encore entre les mains du sergent Coston chargé de les examiner, n'est-ce pas ?

– En effet.

– Cependant, Coston travaillait à la dénazification. S'il avait eu des informations compromettantes sur qui que ce soit, il aurait convoqué cette personne pour un interrogatoire en règle. Il ne l'aurait pas rencontrée dans un bar ou dans un champ de ruines.

– Et s'il n'avait pas eu de preuves ? Seulement... des soupçons ?

– Des soupçons ?

La voix de Magnusson est aussi glissante que de la glace et Billy pourrait bien s'y casser la nuque.

Il déglutit douloureusement.

– C'est facile pour les gens de ne pas être découverts s'ils continuent à se taire.

– Que suggérez-vous ?

– Je voudrais interroger cette autre femme, Ulrike Seelman. Elle a manqué son entretien de dénazification, ce matin.

Magnusson soupire.

– D'accord, vous pouvez convoquer cette dame. L'une d'entre elles finira bien par laisser échapper quelque chose. Les femmes ne savent pas tenir leur langue lorsqu'il s'agit d'amour ou d'argent.

Dehors, Billy allume une cigarette pour fêter l'événement : sa situation s'améliore enfin. C'est du moins ce qu'il se dit alors qu'il se dirige vers le bâtiment de l'administration, priant pour que Mlle Lotterberg soit encore à son bureau.

Elle est bien à son poste, vêtue d'un blazer bleu et les cheveux attachés en chignon. Elle lui adresse aussitôt un sourire inquiet.

– Bil… Monsieur Keely, vous allez bien ?

Il tente de garder un air sévère.

– Êtes-vous bien rentrée après tout ce désordre ?

– Oui, Dieu merci. Votre ami Jameson nous a raccompagnées jusque chez nous.

– Ce n'est pas mon… Nous n'appartenons pas au même bataillon.

Elle fait cliquer son stylo à bille.

– Je m'apprêtais à envoyer quelqu'un vous chercher. Une certaine Fräulein Seelman est là pour vous. Elle attend dans la salle d'interrogatoire numéro 3. Elle semble assez agitée.

Billy la remercie.

– Excellent travail, citoyenne. Merci pour votre coopération.

Elle rit bêtement.

– Avec plaisir, monsieur.

Ses pieds ont à peine touché le sol lorsqu'il ouvre la porte de la salle d'interrogatoire numéro 3, mais la vision d'Ulrike Seelman le fait aussitôt redescendre sur terre. Ses cheveux sont décoiffés sous son béret, ses yeux cernés par la fatigue. Elle a retiré son manteau et il peut voir que son pantalon de travail est attaché à sa taille par une ficelle.

Il s'efforce de sourire.

– Fräulein Seelman. Vous étiez censée venir ce matin, si je ne me trompe.

– Je peux fumer ?

– Bien sûr.

– Vous auriez une cigarette, s'il vous plaît ?

Il soupire et lui tend un paquet de Lucky avant de l'inviter à s'asseoir.

– Est-ce que votre amie enceinte va bien ?

– Aussi bien que puisse aller une femme restée aux mains des Russes, répond-elle. Mais je ne suis pas venue parler de Gisela.

Sa cendre tombe dans le cendrier.

– C'est à propos d'Immi. Fräulein von Kadelburg. Ou Frau Mückler, peu importe le nom qu'elle se donne aujourd'hui.

– Votre amie…

– C'était ce que je pensais. Je vais être brève.

Elle tire à nouveau sur sa cigarette.

– Vous avez entendu parler de son mari et vous savez qu'elle a toujours prétendu qu'elle ne voulait jamais le revoir. Eh bien, j'ai découvert qu'elle avait réclamé à l'UNRRA d'effectuer une recherche à son sujet. Elle essayait de le retrouver depuis le mois de septembre.

– C'est étrange.

– Effectivement. Et il y a aussi ça.

Elle sort la brochure *C'est votre faute* que le Conseil de contrôle allié a distribuée dans les quatre secteurs de Berlin durant l'été. Billy a beau la connaître par cœur, il ne peut décoller ses yeux des chiffres. À Buchenwald, 50 000 personnes ont été brûlées, abattues ou lynchées. À Dachau, les soldats américains ont trouvé cinquante wagons remplis de corps en train de pourrir. À Bergen-Belsen, des salles de torture, des cliniques expérimentales, des crématoriums, des postes de flagellation… 30 000 morts selon les premières estimations. Les noms s'accumulent : Gardelegen, Nordhausen, Ohrdruf, Erla, Mauthausen, Vaihingen… Un Enfer tel qu'aucun être humain n'en a jamais vu. *Et vous avez regardé sans réagir. Pourquoi pas un mot de protestation, pas un cri outragé pour réveiller la conscience de l'Allemagne ?*

Ulrike tape du doigt sur une photo représentant un *Kommando* SS versant de l'essence sur un tas de corps à Stutthof.

– Là, c'est lui.

– Qui ça ?

– Ernst Mückler.

Il se penche en avant. Oui… Ces pommettes, ce menton pointu… Ses yeux ont une expression étrange. La photo est mal imprimée, mais il est clairement en train de sourire. *De sourire à l'objectif.*

Fräulein Seelman a les mains tremblantes.

– Immi savait forcément. Et elle l'a quand même recherché.

– En avez-vous parlé à Frau Mückler ?

Elle secoue la tête.

– Je… Je ne savais pas quoi dire. J'ai trouvé une excuse. J'ai juste… Je ne peux pas m'empêcher de penser que ça a quelque chose à voir avec Vera.

Dans la tête de Billy, les synapses s'allument tels des projecteurs dans la nuit. Une informatrice américaine… Un criminel de guerre nazi… Sa femme, qui cache ses véritables sympathies afin de trouver un abri… Vera Klug pourrait avoir fourni au sergent Coston des informations concernant Ernst Mückler. Le Lézard aurait pu contraindre Frau Klug à dénoncer l'une des femmes qu'elle protégeait. Et quand Mückler l'a découvert…

Il avait un alibi, mais… *sa femme ?*

Ulrike Seelman a terminé sa cigarette qu'elle écrase dans le cendrier jusqu'à ce qu'il n'en reste que des miettes.

– Je ne sais pas quoi faire, reprend-elle. Je n'y comprends rien.

– Que voulez-vous dire ?

– Immi n'a jamais été intéressée par la politique.

– Comme tout le monde, se gausse Billy.

– Elle n'est pas comme les autres. Elles ont été… plus impliquées. Klara, par exemple, appartenait aux SS *Helferinnenkorps*. Et Margit est restée loyale envers la cause. Surtout à cause de son mari, mais… elle doit avoir fait des choses, elle aussi. Elle doit avoir dénoncé et trahi des gens, tout ça.

Billy plisse les yeux. *Dénoncé des gens*. N'est-ce pas précisément ce qu'est en train de faire Fräulein Seelman ?

– On a vérifié l'alibi de Mückler, dit-il. Il n'est pas responsable du meurtre de Vera Klug, quelles que soient ses actions passées.

– Mais les gens ne cessent de se protéger les uns les autres.

Elle secoue la tête avec un air méprisant.

– Vous avez juste besoin qu'un ami se porte garant, puis vous vous portez garant à votre tour. Ces entretiens ne veulent rien dire.

– Fräulein Seelman, pourquoi ne vous êtes vous pas présentée au vôtre, ce matin ?

Le silence qui suit dure un peu trop longtemps.

– Je n'ai pas reçu de convocation, finit-elle par répondre prudemment.

– Si, vous l'avez reçue. Le coursier l'a confirmé. Accepteriez-vous de vous soumettre à cet entretien dès maintenant, puisque vous êtes là ?

Elle blêmit légèrement.

– Je veux d'abord savoir qui a tué Vera. J'essaye de résoudre un crime. Je cherche un mobile. C'est tout. Comme le détective qui a trouvé le meurtrier de la reine de beauté.

Ses gestes sont nerveux.

– Vous m'avez dit que cette discussion resterait confidentielle. Ce n'est pas une sorte… d'interrogatoire ?

Billy réfléchit rapidement et décide de tenter sa chance.

– Saviez-vous que Vera Klug travaillait comme informatrice pour l'OMGUS ?

– Oh…

Manifestement, elle ne le savait pas.

– Ça constitue un mobile suffisant pour quelqu'un qui ne voulait pas être dénoncé. Avez-vous déjà vu Vera discuter avec un sergent américain ? *Chez Charlie* ?

Elle tressaille.

– Nous ne sommes pas censées parler aux Américains.

– Ne me prenez pas pour un idiot. Le sergent Coston a été retrouvé juste à côté. Il aurait pu s'y rendre pour rencontrer une source. Quelqu'un qu'il connaissait ou qui lui avait été signalé par Vera. Peut-être l'une d'entre vous ?

– Mais… Elle ne nous a jamais trahies.

– Ne m'en voulez pas, Fräulein Seelman, mais il est de mon devoir de m'interroger sur les raisons qui vous ont poussée à venir me voir. Un sergent a été assassiné tout près de l'endroit où Vera a été retrouvée morte, par nulle autre que vous. Vous essayez peut-être de détourner l'attention de votre personne.

– Que voulez-vous dire ?

– Que vous étiez peut-être au courant des activités d'informatrice de Vera. Vous vivez dans une petite maison et vous fréquentiez *Chez Charlie*.

– Vous ne pouvez pas… Est-ce que vous me soupçonnez de meurtre ?

Il se penche en avant et sent peser sur lui le poids de la responsabilité liée à sa fonction.

– Je sais déjà que Klara Sauebrunn était engagée dans les SS, dit-il calmement. Nous avons les lettres qu'elle a écrites à son frère. Et je sais où vous vous trouviez à la fin de la guerre. Nous avons des dossiers vous concernant, Fräulein. Nous avons des dossiers sur chacune de vous.

Fräulein Seelman ouvre la bouche, puis la referme et secoue la tête. Ses épaules s'affaissent.

– Puis-je avoir une autre cigarette ?

Billy lui tend son paquet.

– Gardez-le, dit-il. Cadeau du gouvernement militaire américain. Nous vous sommes reconnaissants pour votre collaboration.

Elle le dévisage, puis, lentement, repousse le paquet sur la table, les yeux sombres et les mâchoires serrées.

– En fait, j'ai changé d'avis, dit-elle. Je n'ai pas à vous donner d'explications. Mon seul objectif est de trouver le meurtrier.

– C'est drôle, dit-il en rangeant son paquet dans sa poche, parce que c'est aussi le mien.

Chapitre 24

Rike

La soirée se déroule en silence. Les femmes sont rassemblées autour du poêle. Immi, Gisela, Margit et Rike. Immi reprise des bas et Gisela se lime les ongles. Mais Rike n'arrive pas à se détendre car Margit ne cesse de la fixer avec des yeux accusateurs.

– Une journée entière, marmonne-t-elle. Une journée entière a passé et on n'a toujours pas eu de nouvelles. Juste parce que tu…

Puis on frappe à la porte.

Comme d'habitude, les quatre femmes s'interrogent du regard. Immi est curieuse, Gisela panique et Margit a l'air contrariée. Elle garde les yeux rivés sur la porte barricadée avec la commode.

– Qui ça peut être ?

La réponse ne tarde pas à arriver.

– C'est moi, annonce Klara d'une voix étouffée par les lattes de bois qu'elles ont utilisées pour réparer la porte. Laissez-moi entrer.

Rike court en bas de l'escalier et met un peu de temps à trouver des prises sur la commode à cause de l'obscurité. Elle finit par s'y adosser et pousse le meuble qui bouge lentement en raclant les dalles de marbre.

– J'y suis presque…

Quand le passage est dégagé, elle actionne en vain la poignée, s'essuie les mains sur son manteau, essaye de nouveau, et la porte finit par s'ouvrir en grinçant…

Klara n'est qu'une ombre dans la rue noire. Elle porte un manteau de la Wehrmacht dont les épaules trop larges retombent sur sa fine silhouette et lui donnent une apparence étrangement voûtée. Elle ne porte pas de chapeau et ses cheveux découverts sont trempés de pluie, mais ses yeux brillent d'une lueur particulière.

– Ils t'ont laissée sortir ?

– Apparemment. Tu me laisses entrer ? Je suis affamée.

Rike fait un pas de côté, mais ses jambes refusent d'en faire plus. Klara la bouscule et se précipite dans la cuisine.

Elle est revenue. Rike essaye de jauger ses sentiments. C'est sûrement une bonne chose. Un problème résolu. Elles sont à nouveau réunies.

Au moment où Klara a passé la porte, pourtant, elle a éprouvé une sensation… étrange. Comme si elle avait regardé une mer d'huile et perçu des courants sous-marins violents, ou deviné le bourdonnement d'un avion avant d'entendre clairement son moteur. Un mauvais pressentiment…

Elle replace la commode devant la porte et grimpe les marches de l'escalier. Klara s'est déjà installée à la table de la cuisine et Margit l'assaille de questions qu'elle repousse avec un sourire malicieux.

– Ce qui compte, ce n'est pas ce qu'on dit, mais de connaître les bonnes personnes.

– Ils t'ont interrogée ?

– Pas comme tu l'imagines. Le Kommissar m'a demandé ce qui s'était passé. Et quand je lui ai expliqué, il est sorti un instant et a décidé que je ne serais pas poursuivie.

Rike tire une chaise.

– Le Kommissar Flink ?

– Il m'a même donné un manteau qu'ils avaient en réserve. C'est très gentil de sa part, n'est-ce pas ?

– Mais... et les Américains ?

Klara roule des yeux.

– Qu'est-ce que ça peut me faire ?

– Je leur ai parlé ce matin. J'ai essayé de savoir ce qui t'arrivait. Ils m'ont dit...

– J'aurais dû me douter que tu courrais voir ton petit copain Ami sur-le-champ.

– Ce n'est pas mon petit copain. J'essayais de t'aider.

– Écoute, les Américains ne savent rien de rien. Ils sont trop occupés à intimider les Russes et à accumuler des ampoules électriques.

Mais ils savent ce que nous avons fait. C'est comme un cri dans la tête de Rike. *Ils savent ce que tu as fait. Ils ne t'auraient jamais laissée partir.*

Klara ouvre son manteau et en sort deux boîtes de haricots blancs, une motte de beurre et un demi-paquet de jambon.

– Vous avez dîné ? demande-t-elle.

Margit pose une casserole sur le feu et Immi tranche le jambon. Le grésillement et l'odeur du beurre fondu – une odeur de graisse chaude et délicieuse – mettent de la joie dans la cuisine. Tilly les rejoint, mais son visage n'exprime aucun plaisir lorsqu'il découvre les délices que Klara a rapportés à la maison. Il dévisage Rike qui semble partager ses pensées. *Où a-t-elle trouvé tout ça ?*

Cette dernière l'attire à l'écart.

– C'est incroyable. Ils l'ont laissée sortir. Comme ça.

– Les Amis ?
– Non, les Allemands.
Il ouvre de grands yeux.
– Ça n'a aucun sens.
– Je sais. Ça m'inquiète.
– Ce n'est pas normal. Je te l'avais dit.
Il serre les lèvres en faisant la grimace et elle pose une main sur son bras.
– Dit quoi ?
Il se contente de hausser les épaules et s'assoit pour dîner.
Installée au bout de la table, Klara rayonne. Ses joues rosissent lorsqu'elle entasse des haricots et du jambon dans son assiette avant que les autres n'aient pu se servir. Ce n'est pas grave, bien sûr, elle le mérite bien après ce qu'elle vient de traverser. Et puis… c'est elle qui a trouvé la nourriture.
Mais Vera n'aurait pas apprécié.
Rike se sert une tranche de jambon. Vera, elle, partageait tout équitablement. Parfois, elle rentrait du bar avec des gâteries. Des truffes au chocolat françaises, une miche de pain américain, une boîte de pâté de jambon anglais sans goût mais plein de calories… Et souvent, elle leur donnait sa part. *Vous inquiétez pas, les filles, j'ai déjà mangé. Servez-vous et assurez-vous que Gisela finisse son assiette.*
Ce repas-ci, cependant, lui rappelle le dîner avec Fischer et sa famille. Chacune se contente de manger et profite de ce qui lui a été donné sans poser de question. Elles ont de la nourriture et elles se sentent bien. *Gemütlich.* Tout semble aller pour le mieux.
– Il faut que je vous dise, annonce Klara la bouche pleine, du jambon entre les dents. J'ai retrouvé mon frère. C'est incroyable.
Les yeux de Margit se mettent à briller.
– C'est vrai ? Quelle bonne nouvelle ! C'est merveilleux.

– Un ami commun l'a repéré à Düppel. C'est bizarre... Il était là-bas, mais pour une raison ou une autre, ils ne l'ont pas trouvé quand j'y suis allée. Il arrive demain, il en a l'autorisation officielle.

Rike manque de s'étouffer.

– Mais tu oublies la règle... pas d'homme.

– Eh bien les règles vont devoir changer.

Elle fait un geste de la main.

– Il faut ranger la maison avant l'arrivée d'Ulli. C'est tellement déprimant, ici. On pourrait ouvrir certaines fenêtres pour faire entrer de la lumière.

– Il va faire froid...

– Accrochons des rideaux. Tu en as bien à l'étage, Margit ?

– Oui, bien sûr, répond celle-ci en se pourléchant les lèvres. Rendons cette maison accueillante.

– On pourrait aussi ajouter des affiches, suggère Klara en montrant celles que Vera et Immi ont punaisées au mur. Pas ces images de films insipides. De beaux paysages et des natures mortes. Et... est-ce qu'on a une nappe ?

– Ça ferait de la lessive en plus, intervient Rike.

– Allons, Rike, pourquoi rejettes-tu toujours tout ? N'as-tu donc aucun goût pour les jolies choses ?

– Parce que les choses ne sont pas jolies.

Elle avale ses haricots collants et insipides.

– Je préfère qu'elles soient propres et en ordre.

– Tu veux dire rares et inconfortables ?

– Je préfère un peu d'inconfort et rester sur mes gardes.

À côté d'elle, Tilly remue sur sa chaise. Elle le sent nerveux, inquiet. Elle cherche le regard d'Immi mais celle-ci mange tranquillement, la tête baissée.

Klara s'appuie au dossier de sa chaise.

– Ce n'est pas toi qui prends les décisions ici, tu sais ? lui dit-elle.

– Nous prenons nos décisions ensemble.

– Ça ne va pas durer.

Gisela lève les yeux.

– Qu'est-ce que tu veux dire ?

– Ça ne nous mène nulle part. Rike est toujours en train de traîner dehors, de toute façon. Sans parler de… lui.

Tilly se tourne vers elle.

– *Elle*, se défend-il.

– Pff. Tu ne nous aides même pas. Quelle est ta contribution à cette maison ? Quel est ton rôle ?

Il ne répond pas et Klara en rajoute :

– Vous voyez ? C'est une sangsue. Une aberration. Il s'oppose à l'esprit de la maison. Je ne sais pas à quoi Vera pensait en l'accueillant ici, mais qui peut comprendre une traîtresse ?

Rike sent son estomac se retourner.

– Klara, qu'est-ce qui te prend ?

– J'en ai assez de devoir dire oui et amen à tout, juste parce que Vera a pris une décision.

Ses yeux noirs lancent des éclairs.

– Elle n'est plus là, maintenant, et nous devons avancer. Ça ne se passait pas comme ça, autrefois. Les Allemands ne vivaient pas dans le noir et l'inconfort. Nous méritons mieux que ça.

La race des seigneurs, nés pour commander.

Rike croise les bras et soutient le regard de Klara.

– Alors ? Qu'est-ce que tu proposes ?

– C'est simple. On va s'organiser autrement. Tilly doit partir et Immi doit rejoindre son mari, comme on le lui a dit. Ça fait déjà deux problèmes de réglés. Ensuite, on devra trouver de la nourriture et d'autres choses. Gisela peut se rendre à la Croix-Rouge et pleurer un peu. Quant à Margit… Nous savons toutes qu'il y a toujours une chance pour que

Günther revienne. Tu pourrais remplir un formulaire familial et l'envoyer aux Amis. Peut-être qu'ils t'accorderont de la nourriture supplémentaire. Ce serait possible ?

– Mais…

Margit a l'air soudain fébrile.

– Il n'est pas là. Pas encore.

– Ils ne peuvent pas le savoir. Ils mettront des siècles à vérifier.

Rike a la bouche sèche.

– Günther est mort, Klara.

– Qu'est-ce que tu en sais ? réplique celle-ci avec un petit rire.

– Je sais que ce n'est pas bon pour Margit de continuer à espérer. Elle doit…

Margit bondit hors de sa chaise.

– Tu dis n'importe quoi. Je sais ce que je sais, et tu ne peux rien y changer.

– Exactement, ajoute Klara avec un grand sourire. Pourquoi ne la laisses-tu pas espérer ?

– Parce que c'est un mensonge. Tu la laisses croire à un mensonge juste pour qu'elle se sente mieux. Et ça…

Elle ne termine pas sa phrase. *Un mensonge qui vous fait du bien…*

Des images se forment dans son esprit. La première fois que son père l'a envoyée dans la Ligue des jeunes filles allemandes… Les chants, les fleurs dans ses cheveux tressés… Le feu de camp envoyant des étincelles dans le ciel… Les filles fortes et pures, futures mères de guerriers. Puis le rassemblement de Mannheim, les torches qui vacillent, les nez réguliers, les yeux bleus. *Nous sommes meilleures, plus fortes, plus pures. Nous méritons mieux que la charité, maudit soit le traité de Versailles*. Son père rayonnant à la table de la cuisine. Un brillant avenir pour mes enfants, mes enfants aryens, c'est écrit sur nos certificats d'aryanité, brandissons-les fièrement. Les fenêtres brisées, les mares de sang sur le pavé ; pas du sang allemand, du sang dégénéré. Il était juste aussi rouge qu'un autre, mais elle voulait s'en souvenir comme d'un sang noir et corrompu car… car…

Ça lui faisait du bien.

Quand ses parents ont rejoint le Parti national-socialiste, plus rien n'était la faute de personne. L'alcoolisme de son père, les coups de sa mère, la nourriture infecte, la faillite de l'entreprise de tissu-éponge. Ils ne l'avaient pas perdue à cause des dettes et d'une mauvaise gestion, elle leur avait été prise. Volée par la grande conspiration juive. Les Seelman étaient des victimes. Et maintenant ils se sentaient mieux. Ils se sentaient spéciaux et rien n'était leur faute. Ils obtiendraient leur place au soleil, leur *Croisière au soleil*, parce qu'ils appartenaient à la race supérieure, à la race pure…

Mais c'était un mensonge.

Les larmes lui montent aux yeux. *C'est ce que Vera voulait : que nous regardions nos mensonges en face. Que nous soyons dignes de notre nouvelle vie par nos actes et non par ce que nous sommes. Car nous sommes…*

Coupables.

L'encre baveuse du prospectus, les noms comme les chaînons d'une suite morbide : Bergen-Belsen, Auschwitz, Buchenwald, Ravensbrück, Dachau, Neuengamme, Stutthof, Gardelegen, Nordhausen, Cracovie-Plaszów, Flossenbürg, Ohrdruf, Erla, Mauthausen, Vaihingen, Oranienbourg-Sachsenhausen, Vaivara, Bois-le-Duc… Les crimes les plus atroces. Des crimes contre l'humanité elle-même.

– Rike… Rike, ça va ?

Immi lui secoue les épaules.

– Tu devrais t'allonger. Tu es toute pâle.

Et maintenant, qu'est-ce qui reste ? Cinq femmes abandonnées. Klara, avec ses yeux triomphants ; Gisela, trop fatiguée pour réfléchir ; Margit, les lèvres scellées comme l'entrée d'une crypte ; et Immi, aussi inquiète que d'habitude, mais inquiète de quoi ? Elles ne comprennent pas à quel point on leur a menti, ni à quel point elles continuent de se mentir à elles-mêmes.

Seul Tilly en a l'intuition. Tilly, le plus jeune, Tilly avec ses boucles d'oreilles brillantes. *Tilly sait.*

Elle s'éclaircit la gorge pour détacher la sauce gluante qui colle à sa langue. La sauce brune qui lui bouche ses artères…

– Je ferais mieux d'aller me coucher, murmure-t-elle. Je suis fatiguée.

Chapitre 25

Rike

Elle est tirée d'un profond sommeil par un cri qui lui glace le sang. Elle compte jusqu'à dix. Elle a été réveillée si souvent par les hurlements des sirènes ou ceux des femmes qu'on emmenait dans les fourgons russes. Par les cris désespérés des enfants abandonnés dans le feu, ou ceux des blessés en train de mourir sous les ruines.

Elle entend des voix en bas. Plusieurs voix. *Des voix d'hommes.*

Elle serre les poings et écoute. Elle peut entendre celle d'Immi, maintenant, et son intonation l'inquiète. On dirait qu'elle pleure. Puis une voix masculine autoritaire, ni anglaise ni américaine. Celle d'un Allemand…

Elle repousse ses couvertures et enfile deux couches de sous-vêtements et une paire de chaussettes en laine. Elle songe à mettre son pantalon de travail mais les Allemands n'apprécieraient pas car il est américain et ne convient pas à…

Qu'ils aillent se faire foutre.

Elle enfile son jean et retrousse le bas. Puis elle met un gilet par-dessus son chemisier, laissant le bouton du haut ouvert afin que le col forme un v. Elle coiffe ses cheveux sur le côté et les laisse flotter sur son oreille droite. Un peu de rouge à lèvres, son béret bleu, une tape sur chacune de ses joues afin de leur redonner de la couleur… Elle n'a pas de miroir, mais ça la réconforte de penser qu'elle ressemblera plus à une de ces femmes des magazines qu'à celle d'une affiche de propagande.

Elle s'arrête sur le palier pour écouter Klara en train de parler. Celle-ci semble confuse, mais elle est joyeuse.

– C'est un miracle, dit-elle. Qui aurait pu deviner…

– Je ne savais pas, dit ensuite Immi d'une voix faible et tremblante. J'imagine que ça fait de nous des…

Klara éclate de rire.

– Des belles-sœurs. Nous sommes de la même famille. C'est fou, hein ?

Rike se précipite dans les escaliers et la vision qui s'offre à elle dans la cuisine la cloue sur place. Klara, dans son plus beau manteau, se tient près du poêle, tenant le bras du… mari d'Immi. *Herr Ernst Mückler*.

Ce dernier sourit avec un air hésitant, jetant autour de lui des coups d'œil curieux. Lorsqu'il aperçoit Rike, ses traits se durcissent.

– Oh, il y en a une autre. Nom de Dieu, combien de poules vivent donc dans ce poulailler ?

– Voici Ulrike, précise Klara avec un geste désinvolte. Rike, je te présente mon frère.

Rike avance de deux pas dans la pièce.

– Mais comment…

– Je jure que je ne savais pas, se défend Immi d'une voix peu assurée.

– Je n'ai pas eu l'occasion de la présenter à ma famille, explique Herr Mückler avec un grand sourire. C'était la guerre. On n'avait pas de temps à perdre.

Klara lui jette un regard en coin.

– Tu n'as jamais parlé d'elle dans tes lettres.

– Il était trop tard pour ça. La poste ne fonctionnait plus.

– On s'écrivait sans arrêt, dit Klara. On avait des rations de timbres fournies par la SS. On avait tellement de choses à se dire.

– On se vantait, plutôt, dit Ernst Mückler. Les rivalités entre frère et sœur.

Rike tire une chaise pour s'appuyer dessus.

– Tu nous avais dit que ton frère s'appelait Ulli, Klara.

Herr Mückler sourit.

– Ernst Ulrich Mückler, précise-t-il. En souvenir de mon grand-père.

Ulrich. Ulli. *Bien sûr…*

– Mais, Klara, ton nom de famille est…

– Sauebrunn. Ulli et moi n'avons pas le même père.

– Et tu n'as jamais trouvé étrange que le mari d'Immi et ton frère portent le même prénom ? demande Rike.

– Je n'en savais rien, puisqu'elle n'a jamais prononcé son prénom devant moi. Et quand bien même, Ernst est un prénom tellement commun, comment aurais-je pu deviner qu'il s'agissait de la même personne ?

– Nous sommes demi-frère et sœur, coupe Herr Mückler, visiblement agacé par la question. Le père de Klara est mort pendant la guerre. La Grande Guerre. Je suis né du second mariage de notre mère. Mais nous avons été élevés comme une vraie famille.

Klara lui serre le bras.

– Tu ne peux pas savoir combien je suis heureuse. J'ai mis tellement de temps à te retrouver.

La demande de recherche de l'UNRRA… Rike pose les deux mains sur le dossier de sa chaise car la pièce commence à tourner. Elle était dans le manteau de Klara parce qu'elle… appartenait à Klara.

– Et donc me voilà, dit Ernst Mückler en lui arrachant sa chaise pour s'asseoir dessus. Un foyer, une sœur et une épouse. J'ai de la chance. Il y a à manger ?

– Bien sûr.

Klara court jusqu'au placard et en sort les biscuits au petit-lait de Gisela.

– Je vais te préparer du café.

– Ne te donne pas ce mal. Immi, occupe-t'en.

– Mais, je…

– J'ai dit *occupe-t'en*. Et entretiens-moi ce feu, on se les gèle, ici.

Rike secoue la tête.

– On doit cuire du pain, aujourd'hui. Il faut économiser le charbon.

– Alors prépare le pain tout de suite. Rien ne t'en empêche.

– Il est trop tôt pour lancer le poêle. On doit attendre que la pâte soit levée.

Il plisse les yeux.

– Et combien de temps ça prendra ?

– Au moins deux heures.

– C'est trop long. Bouge-toi, Immi.

– Faire du pain prend du temps, rappelle Rike. On ne peut pas gaspiller le charbon.

Il sourit.

– Ce n'est pas du gaspillage, Fräulein. Ça me réchauffera les pieds.

Klara dévisage Rike.

– Mon frère a passé tout l'hiver dans un camp. Nous n'allons pas lui refuser pas un peu de chaleur. Ce n'est pas toi qui décides, souviens-toi.

Non. Ce sont *eux* qui décident désormais. Ensemble.

Elle s'efforce de garder son calme. Soit vous êtes *avec*, soit vous être *contre* eux. Et si vous êtes contre, vous finissez dans un fourgon.

Elle se mord les lèvres. Comment faisaient ceux qui résistaient ? Les gens comme Magda Bemmel. Comment se rebelle-t-on contre le pouvoir ?

Ernst Mückler ne paraît pas particulièrement puissant dans son pantalon déchiré et ses chaussettes tachées et puantes. Mais c'est un homme, alors il considère qu'il détient l'autorité. Margit, Immi et Klara sourient et courent chercher du charbon pour alimenter le feu. Seule sa satisfaction compte désormais. Et personne ne lui demande pourquoi sa photo figure sur la brochure au sujet de… Il y a un mot nouveau pour ça. *L'Holocauste*.

– Je dois aller me préparer, murmure Rike. Je suis de service, aujourd'hui.

– Pas avant cet après-midi, dit joyeusement Klara. Pour le moment, attrape donc le balai. Nous avons de la visite, demain.

Immi lève les yeux sous sa frange.

– Qui ça ?

– Je te l'ai dit. Un ami à nous.

– L'Oberbefehlsleiter, précise Mückler en sortant les pieds de sous sa chaise. Immi, nettoie donc mes bottes, sois gentille.

Margit rayonne.

– Et je pourrais mettre une nappe. Tu veux que je te coiffe, Gisela ?

Cette dernière secoue la tête.

– Je crois que je vais aller me recoucher, dit-elle en se tenant le dos. Je me sens bizarre, aujourd'hui.

* * *

Immi ouvre la porte d'entrée, les bottes dans une main et un chiffon dans l'autre. Elle s'assoit sur le perron et commence à frotter. Rike la rejoint, s'installe à côté d'elle et fouille en vain ses poches à la recherche d'une cigarette.

– Tu as des clopes ? demande-t-elle.

– Je… je ne devrais pas fumer. Il ne va pas aimer ça.

– Ce n’est pas ton maître. Tu fais ce qui te plaît.

Immi passe délicatement son chiffon sur la tige d’une des bottes qui sentent le vieux fromage et la crasse.

– Crois-moi, c’est mieux pour tout le monde si je fais ce qu’il me dit.

Rike se penche plus près de son amie.

– Ernst ne t’a jamais dit qu’il avait une sœur ?

– Bien sûr que si. Mais il n’a pas prononcé son nom. Et sa famille… Eh bien, il se trouve que…

– Que quoi ?

– Il pensait que j’avais plus d’argent. Il croyait que ma mère nous aiderait. Quand il a découvert que mon père n’était pas aussi riche qu’il le croyait…

– Il s’est mis en colère ?

– Il a dit que j’étais une honte pour le nom des Mückler. Que mes parents étaient des dégénérés, des parasites qui mettaient le pays à sec. Il ne m’a jamais présenté à sa famille. Et ensuite… eh bien, il est parti.

– Je vois.

Le ciel est sombre, comme si la nuit devait ne jamais finir. Rike se couvre le visage de ses mains tout en réfléchissant désespérément à une solution. Mais tout est flou dans son esprit. Elle n’est pas comme Vera, qui trouvait toujours le bon argument et pouvait convaincre même les plus têtus. Vera aurait défendu son territoire. Elle aurait débarrassé ce monde de tous ces Ernst Mückler si sûrs de leur bon droit.

Ses lèvres ont un goût cuivré et elle réalise qu’elle les a mordues jusqu’au sang. Il est juste impossible de résoudre tous les problèmes.

– Je vais voir comment va Tilly, dit-elle.

* * *

Rike trouve Tilly assis en tailleur sur son lit en train de lire *Les Buddenbrook* avec un air anxieux.

– Cet homme est toujours là ?

– Oui. Je ne suis pas sûre qu'il reparte. Klara veut qu'il reste.

– Il n'a pas le droit.

– C'est elle qu'elles écoutent, maintenant, dit-elle en s'asseyant sur le lit. Et je crains que ce Ernst Mückler ne t'accepte pas.

– Je sais. Je partirai ce soir.

– Mais où vas-tu aller ? Tu n'es qu'un…

Un enfant. Comme tous ces gamins des gangs qui vivent dans les ruines. Des gamins plus jeunes que lui qui mendient, volent et survivent… parfois en se prostituant, comme on le raconte en des termes salaces dans *National Geographic* et *Time Magazine*.

Rike ne peut pas le laisser courir à sa perte.

– J'ai une amie, dit-elle lentement. Magda Bemmel, la contremaîtresse de mon chantier de déblaiement. Elle pourrait t'héberger.

– Tu crois ? demande-t-il en relevant la tête.

– Oui. Elle t'accepterait… comme tu es.

Il lui adresse un sourire incertain.

– J'ai presque terminé ton livre, au fait.

– Tu l'as aimé ?

– Pourquoi Hitler l'a-t-il fait interdire ?

Rike caresse l'ouvrage.

– Je ne sais pas. Peut-être à cause du sous-titre : *Le déclin d'une famille*.

Il étudie l'image de couverture imprimée sur fond vert sombre : une rangée de maisons étroites le long d'une allée pavée.

– Ce qui est drôle, dit-il lentement, c'est qu'ils ne réalisent pas ce qui leur arrive. Même à la toute fin, quand tout est perdu et qu'ils ont sombré dans la pauvreté, ils continuent de penser qu'ils sont mieux que les autres.

Rike sent sa gorge se serrer. C'est ce qu'elle a toujours trouvé fascinant dans ce livre. Le fait que la décadence – l'inévitable déclin de la famille Buddenbrook – soit présente dès le départ. Et que les personnages, aussi vaillants soient-ils, n'y peuvent rien changer. Ils sont aveugles jusqu'à la folie, persuadés d'être immunisés contre la défaite.

– Tu peux le garder, lui dit-elle.

– Le livre ?

– Oui.

– Mais… et si tu n'en trouvais pas d'autre exemplaire ? Il n'est plus imprimé.

– Ne t'en fais pas, je pourrais toujours le relire en anglais. Je suis désolée si…

– Si quoi ?

– Si je ne t'ai pas toujours bien compris. Je crois que je ne te comprends toujours pas bien.

Tilly incline la tête.

– Ne t'en fais pas. Je comprendrai tout seul.

– Pourquoi fais-tu ça ? Les robes et tout le reste, à quoi ça rime ?

– Je l'ai toujours voulu. Mais je n'ai jamais pu. Mes parents m'auraient tué. Staffelmann Schnitz a failli le faire.

– Staffelmann Schnitz ?

– Dans la milice… Lors du dernier grand rassemblement.

– Tu as été mobilisé ?

– Ouais. J'avais treize ans. Juste assez âgé pour défendre Berlin. Schnitz était le chef de notre bataillon. On était stationnés dans cette ferme, à l'est, en attendant les Russes. Il y avait une robe de mariage dans un placard et je l'ai mise. J'ai prétendu que c'était pour rire et les gars ont trouvé ça hilarant. Sauf Hansi. C'était le plus jeune, à peine douze ans, mais aussi le plus fanatique. Selon lui, j'étais un affront à la virilité allemande. Et il m'a dénoncé.

– Qu'est-ce qui s'est passé ?

– Staffelmann Schnitz m'a frappé avec la crosse de son revolver. Il m'a brisé trois doigts. Hansi a trouvé ça très drôle.

– Je suis désolée…

Tilly hausse les épaules.

– Dommage pour Hansi. Je n'ai pas bien visé quand Staffelmann Schnitz m'a ordonné de lui tirer dessus.

– Quoi ?

– Les chars de l'Armée rouge entraient dans Vogelsdorf, explique Tilly les yeux dans le vague. Schnitz nous a ordonné de foncer sur eux et de mourir en héros. *Courez, les gars. Sacrifiez-vous pour votre Führer.* Et Hansi s'est mis à pleurer. *Non, non, non. Pitié ! Je veux retourner chez ma mère !*

Il émet un son qui ressemble presque à un ricanement.

– Il refusait d'obéir à un ordre. Staffelmann Schnitz l'a obligé à s'agenouiller dans la poussière et m'a ordonné de le tuer.

– Tilly…

Elle n'a pas envie d'entendre la suite. Elle ne veut pas…

– J'ai raté sa tête et touché son épaule. Staffelmann Schnitz a dû l'achever avec ses deux dernières balles.

– Tilly, tais-toi.

– La cervelle de Hansi s'est répandue sur mes chaussures. Mais il a continué à frétiller pendant un moment, comme s'il riait encore…

Soudain, des voix leur parviennent. Ernst Mückler est en train de crier. Rike n'arrive pas à comprendre ce qu'il raconte mais ses cris sont suivis par un claquement et par des sanglots de femme.

Rike inspire un grand coup.

– Prends tes affaires et va dans ma chambre, Tilly. Maintenant. Et ne fais pas un bruit. Je parlerai à Magda Bemmel aussi vite que possible.

Tilly ferme son livre, saisit la robe de chambre de Vera et ses chaussures et jette le tout sur son épaule.

– Ne t'approche pas d'eux, chuchote-t-il en passant devant elle. Klara et cet homme… ils sont dangereux. Ils pourraient te faire du mal, à toi aussi.

Rike tente un sourire.

– Ça va aller, assure-t-elle. Tout va bien se passer.

Ce n'est que quand Tilly a descendu la moitié des escaliers que ses paroles atteignent son cerveau. *Te faire du mal, à toi aussi ?*

À qui ont-ils déjà fait du mal ?

Chapitre 26

Billy

Le Kommissar a les moustaches qui frémissent.

– Nous faisons tout notre possible. La mort de M. Coston est notre priorité.

Billy manque s'étouffer. Pour une priorité, la police allemande n'a pas grand-chose à montrer.

– Vous avez dû faire du porte-à-porte depuis le temps. Personne n'a vu ou entendu quelque chose ?

Flink lève la main.

– C'est arrivé au milieu de la nuit. Et de toute façon, pas grand monde ne vit aux alentours de ce champ de ruines. Ceux à qui nous avons parlé n'ont remarqué qu'il se passait quelque chose qu'à cause du raffut des sirènes et des jeeps.

– Le sergent Coston est tombé dans une cave. Il n'a pas pu arriver là tout seul. Il y a forcément eu un affrontement. Comment expliquez-vous que personne n'ait rien vu ?

– Il y a des bagarres sans arrêt. Entre soldats, entre citoyens. Les Russes…

– Coston a dû marcher jusqu'à cette cave. Un champ de ruines est un endroit étrange pour se promener en pleine nuit, vous ne trouvez pas ?

Le Kommissar hausse les épaules.

– Que voulez-vous que je vous dise ?

Billy pince l'arête de son nez et soupire. C'est peine perdue. Il n'obtiendra pas plus d'informations, la vérité a été enfouie dans ce trou avec le sergent Coston.

– Bien. Je dois parler à cette femme. Fräulein Sauebrunn.

Le Kommissar Flink le dévisage.

– Eh bien… Elle n'est plus là. Elle a été relâchée.

– Relâchée ?

– Nous avons reçu des ordres. On nous a demandé de la laisser partir. Comme elle n'a rien fait de mal, nous n'avions aucune raison de la retenir.

– Rien fait de mal ? Elle a agressé un membre de l'armée américaine…

La sueur commence à perler sur les tempes du Kommissar.

– Je sais. Mais le Conseil de contrôle allié a envoyé une lettre, et… nous n'avons rien pu faire.

– Le Conseil ne gère pas ce secteur.

Flinck hausse à nouveau les épaules.

– Il représente les forces d'occupation et leurs intérêts.

– Quel intérêt les Français ou les Russes auraient-ils à relâcher Klara Sauebrunn ?

– Je l'ignore, répond le Kommissar Flink en jetant un œil impuissant à la pendule accrochée au mur. Mais c'était un courrier officiel. Il était tamponné.

– Puis-je le voir ?

– Heu… Je crois que je l'ai jeté. On a suffisamment de paperasse comme ça. De toute façon… la lettre disait qu'il y avait un problème avec nos prises de décision. Je suis sûr que ce sont les Français. Ils pensent que les Allemands abusent de leurs pouvoirs. Vous savez ce qu'ils sont en train de faire en Sarre ? C'est une véritable annexion…

– Ce n'est pas mon problème, rétorque Billy, glacial. Et soyez rassuré, je n'ai pas songé un instant que vous abusiez de votre pouvoir.

* * *

Tandis qu'il retourne à la caserne, une légère brise repousse les nuages et le ciel s'éclaircit soudain. Billy, qui n'a pas vu le soleil depuis des lustres, arrête sa jeep sur le bord de la route et s'enfonce dans son siège. Aussitôt, plusieurs gamins sortent des ruines en courant et le saluent avec de grands sourires. *Bonjour monsieur. Haben sie gum ? Bitte, bitte, s'il vous plaît.*

Il tend un paquet de chewing-gums au plus grand puis il desserre son écharpe et ferme les yeux, laissant le soleil lui réchauffer le visage. C'est drôle… Avec les rires des enfants, la lumière vive et le vent qui siffle entre les bâtiments en ruine, il pourrait presque se croire au bord de la mer, ou en train de pique-niquer à la montagne un jour de printemps.

Pourtant, il ne peut s'empêcher de cogiter. *Une lettre du Conseil de contrôle allié.* Quel intérêt ce fichu Conseil a-t-il à interférer avec une décision des Américains ? Pourquoi seraient-ils au courant de l'arrestation d'une Allemande lambda qui avait sorti les griffes face à un soldat américain ? Ça n'a a priori aucun sens, mais il sent au plus profond de lui que ce n'est pas un hasard. Il en revient à nouveau à Vera Klug, la seule personne à être liée à toutes les autres. Vera, la star de cinéma. La sirène de la propagande. L'agent double. La triste cheftaine d'un poulailler rempli de sympathisantes nazies.

Il redémarre la jeep. Il est sans doute temps qu'il reprenne toute cette histoire par le début. Par le film qui a tout déclenché.

* * *

Le sourire rêveur de Vera Klug s'efface pour laisser place à une croix gammée et à cette écriture runique que les nazis aimaient tant. *Soutenu et approuvé par la Commission du Cinéma du Reich. Ce film est jugé racialement pur et familial.*

Billy sourit en repensant à M. Martinek dans son costume de marin, à l'arrière-plan, au moment où l'héroïne, abandonnée par son déserteur d'amoureux, se met à chanter une chanson d'amour triste sous le ciel nocturne des Caraïbes. Le troisième lieutenant Jensen, les yeux écarquillés et le menton tremblant, semble fasciné par sa voix ; c'est en tout cas ce que le spectateur est censé croire. Mais Billy a lu autre chose dans son regard : une terreur à glacer le sang et à peine voilée.

Il s'éclaircit la gorge.

– Je viens de perdre deux heures de ma vie.

– C'était atroce, dit Lotti Lotterberg en ricanant. Vraiment atroce.

– Il y avait quelques belles images quand même. Les Allemands ont retenu une ou deux choses d'Hollywood.

Elle se tourne vers lui.

– Je ne parlais pas de ça. C'est le message qui est atroce.

– Quel message ?

– Celui véhiculé par le film.

– C'est de la propagande. C'est normal que le type parte à la guerre à la fin.

– Je pensais aux femmes. À cette idée qu'elles doivent soutenir leur mari et rester à la maison. Rester en Allemagne.

Billy se sent soudain hésitant. Et ce n'est pas seulement parce qu'il est seul dans une pièce sombre avec Lotti – ce qui lui a d'ailleurs valu un sourire appuyé du soldat qui leur a apporté le projecteur. Il a laissé la lampe de bureau allumée et la porte entrouverte.

– C'est ça, la vraie propagande, continue Lotti. Cette idée qu'à la fin, la femme allemande n'a de valeur que si elle appartient à un homme. Qu'une femme doit toujours… comment dire ? Ériger des barrières autour d'elle. Limiter ses aspirations, mettre ses rêves de côté, se sacrifier pour l'avenir du pays.

Il réfléchit à une réponse. Le personnage de Vera Klug semble pourtant plutôt heureux, à la fin, lorsqu'elle descend de son train dans une prairie de montagne, et que son soldat de mari lui met une fleur dans les cheveux.

– C'est bien qu'elle se soit mariée, dit-il sans grande conviction.

Lotti a un petit sourire.

– Je suis sûre qu'ils ont eu beaucoup d'enfants.

– Quoi qu'il en soit, ce navet ne nous a rien appris de neuf.

– Vous n'avez pas fait attention aux crédits au début du film ? Il était annoncé comme producteur *et* consultant casting.

– Qui ça ?

– Erich Fischer.

– Nous savions déjà qu'il était impliqué dans cette production.

– Consultant casting… C'est donc lui le responsable de l'embauche du Juif auquel vous avez parlé au camp de détention.

– Il ne savait pas qu'il était juif…

Lotti le regarde avec sévérité.

– Peu importe. Vous ne comprenez pas. Fischer a beau avoir été un faisan doré…

– Un quoi ?

– Un des plus hauts gradés nazis. Ce que je veux dire, c'est que si cette affaire était sortie au grand jour… Elle aurait fait scandale. Il aurait perdu son travail, peut-être même sa vie. Ça a dû fournir à Vera un sacré ascendant sur lui.

– D'après M. Martinek, c'est elle qui l'a appelé pour le rôle. Ils étaient donc tous deux responsables.

– Ça ne marchait pas comme ça, à l'époque. Si vous saviez quelque chose au sujet de quelqu'un, vous aviez intérêt à être le premier à parler. Les gens caftaient sans arrêt. C'était une question de survie.

Elle fixe le sol.

– Imaginez que Vera ait voulu utiliser Martinek comme un moyen de pression sur Fischer et qu'en fin de compte elle n'ait rien pu dire. Parce que M. Martinek aurait de toute façon fini par être envoyé dans… vous savez…

Elle n'a pas besoin de terminer sa phrase. Billy sait. Il a vu et il ne pourra jamais oublier.

– La question reste entière, dit-il d'une voix sourde. Pourquoi quelqu'un aurait-il voulu la tuer ? D'après l'histoire de M. Martinek, elle a utilisé le film pour le cacher, au moins temporairement. Ça aurait dû jouer en sa faveur, aujourd'hui.

– Tout le monde ne voit pas les choses comme vous, réplique Lotti. Il reste suffisamment de nazis convaincus qui auraient pu vouloir la punir. Si l'un d'entre eux a découvert ce qu'elle avait fait, ou qu'elle transmettait des informations aux Américains…

– Ça nous ramène une fois de plus à Fischer…, constate Billy en soupirant. Il avait un mobile pour la tuer.

– Mais Fischer a reconnu les faits.

Il la dévisage gravement.

– De quoi parlez-vous ?

– J'ai vérifié le dossier de son entretien, avoue-t-elle en rougissant un peu. Je sais que je n'en avais pas l'autorisation, mais je n'avais rien à faire hier après-midi. Il a parlé de tout. De sa collaboration avec Goebbels. De son travail au ministère de la Propagande du Reich pour la sélection d'acteurs aryens dévoués au régime. Mais rien de tout ça ne constitue un crime de guerre.

Elle hausse les épaules.

– Il n'a tué personne.

– Il a envoyé Martinek dans un camp. Et qui sait combien d'autres.

Lotti secoue la tête.

– Les ordres ne venaient pas de lui. Il ne s'est jamais sali les mains. Le Comité de dénazification a jugé qu'on pourrait tirer profit de ses talents et de son expérience pour contribuer à l'effort de rééducation des Allemands. C'est pour ça qu'il travaille désormais au Conseil de contrôle allié.

Il lève les mains, puis les baisse.

– Où se trouve le dossier de Fischer, Fräulein Lotterberg ?

– Je l'ai remis à sa place. Je ne voulais pas que…

– Allez me le chercher. Je dois parler à Magnusson.

Il ne peut retenir un sourire.

– Je crois que c'est le moment… d'aller à la pêche.

* * *

À son grand désespoir, les rouages de la bureaucratie sont entravés par des bâtons de la taille de troncs de séquoia. Magnusson est à une réunion de planning concernant la directive n° 24, qui stipule le retrait de toute fonction officielle des individus qui, comme elle le précise, étaient « plus que de simples membres du parti nazi ». Le sergent de l'accueil décourage Billy de revenir avant le lendemain, même en cas d'urgence.

Billy rejoint sa chambre en marmonnant dans sa barbe. Il se laisse tomber sur son lit et songe à son entraînement, aux deux semaines qu'il a passé au camp de Mannheim, le dos douloureux à force de rester assis toute la journée à une table d'école récupérée dans un lycée. *Le fait est*, avait dit l'officier instructeur, *qu'une bonne bureaucratie évite que les horreurs échappent aux radars*.

Mais l'Allemagne prouve le contraire tous les jours. Les nazis ont créé plus de bureaucratie que tous les autres pays réunis. Ils ont imprimé leurs listes, les horaires de trains et les convocations pour les pelotons d'exécution en bonne et due forme et en deux exemplaires. Rien n'échappait à leurs radars et ils en étaient fiers.

Il baisse la tête. C'est sans espoir. Il s'est enlisé. Collé comme un escargot sur une glace.

Soudain, la porte s'ouvre et Perry fait irruption dans la pièce en secouant une lettre au-dessus de sa tête.

– Un courrier pour toi, Tâcheron. De ta S.E.U.

– De ma quoi ?

– Ta Seule Et Unique, mec. Ta dulcinée.

Billy bondit hors de son lit.

– Donne-la-moi.

– Sois gentil, mon p'tit Billy.

– Passe-la-moi. C'est ma lettre.

– Combien de cigarettes elle vaut, selon toi ?

Billy évalue son adversaire tel un soldat, cherchant ses faiblesses. Perry porte ses chaussures à lacets, la gauche à peine serrée pour ne pas avoir mal aux doigts de pied. *Grosse erreur*. Billy s'approche de lui en souriant.

– Et combien de doigts de pied, à ton avis ?

Il pose son talon sur la chaussure de Perry, assez fort pour faire craquer le cuir. Ce dernier recule en hurlant et lâche la lettre.

– Aïe ! Espèce de salaud !

Billy sourit en songeant à Asthma et à ses sifflements.

– Demande à ta mère un câlin. Dès qu'elle en aura fini avec moi.

Il ramasse la lettre et remonte sur son lit, le cœur battant. Il reconnaît les b et ses d bien ronds de Betty dans l'adresse. Il laisse courir son doigt sur le timbre à 5 cents à l'effigie de Roosevelt, puis soupèse le papier. Ce n'est pas une lettre bien épaisse. Pas de photo, manifestement.

Il ouvre soigneusement l'enveloppe avec son petit doigt et en sort la feuille qu'il déplie en s'appuyant sur son oreiller.

Cher William,

William ? Elle l'a toujours appelé Billy.

Je t'écris le cœur lourd, mais les choses sont ainsi et je te dois la vérité. Pour la faire courte, je me suis fiancée à…

Les mots dansent sous ses yeux.

… Chuck Wallace.

L'air semble soudain aspiré hors de la pièce. Chuck Wallace a deux ans de plus qu'eux. Il s'est engagé en 1942 et a passé son brevet de pilote, puis il a abattu des tas de nazis au-dessus de la Manche, plus qu'on ne pourrait en compter.

Nous sommes allés à plusieurs fêtes ensemble et lors du réveillon du Nouvel An, il m'a demandé…

Mais son chef d'escadre *avait* compté, lui, et Chuck avait été décoré lors d'une cérémonie dans la rue principale ornée de banderoles pour l'occasion.

… de l'épouser.

Il ne lit pas la suite. Il pose sa tête sur son oreiller et replie soigneusement la feuille, coin après coin, jusqu'à ce qu'elle soit minuscule et assez pointue pour lui transpercer le cœur.

Chapitre 27

Rike

L'Oberbefehlsleiter Fischer s'enfonce dans son fauteuil roussi et regarde autour de lui avec un air satisfait.

– Je dois dire que je suis impressionné par vos efforts, mesdames. Les femmes sont capables du meilleur lorsqu'elles y mettent du cœur.

Il a sans doute raison. Rike laisse son regard errer à travers la cuisine sur les napperons fraîchement lavés, le portrait d'une bergère accroché au mur et les pampilles de la nappe. Il y a des tasses à café et un beurrier ; un torchon brodé d'une croix gammée accroché à la poignée du poêle. Il y a même une chope de bière, sur le rebord de fenêtre, portant l'inscription *Souvenirs de Mittenwald.*

Elle frissonne discrètement. Elle n'est pas prête pour la compagnie des hommes, surtout ceux qui ont la chemise ouverte et vous parlent comme si vous étiez une chienne mal élevée. Au moins, Ernst Mückler s'est rasé et Immi lui a coupé les cheveux. Il a obtenu encore d'autres choses d'elle. Rike l'a entendu à travers le mur, la nuit dernière. Il râlait fort, comme s'il voulait que tout le monde sache qu'il y avait un homme dans la maison. Immi, elle, n'a pas fait le moindre bruit.

Elle serre les poings. Quoi qu'il en soit, les râles de Mückler ont couvert les craquements de l'escalier quand, tôt ce matin, elle a accompagné Tilly jusqu'au pont du marché de Werder où Magda Bemmel l'attendait dans son gros duffle-coat bleu, le visage solennel et déterminé, comme si elle avait fait ça toute sa vie.

Fischer se sert une généreuse tasse de café – de vrai café fraîchement moulu.

– Bien joué, mesdames, dit-il encore.

C'est bien, mon chien.

– On peut accomplir tant de choses avec les bonnes personnes aux bons endroits, ajoute-t-il.

Les bonnes personnes aux bons endroits. Rike a la bouche trop sèche pour déglutir. Il parle d'eux. *De nous.* Des nazis. De la sauce brune qui colle à chaque vestige de cette nation vaincue.

Fischer pose une main sur le bras d'Immi.

– Je suis rassuré de constater que certaines femmes ont encore toute leur tête. Je ne supporte pas toutes ces sottises que les Amis impriment dans les magazines féminins. Cette musique qu'ils font entendre aux jeunes. Leur… attitude.

Il soupire.

– Vous qui êtes chargées de déblayer les ruines, par exemple. Vous étiez censées faire pénitence pour les crimes de l'Allemagne. Vous pouvez en penser ce que vous voulez, mais au moins vous contribuiez honnêtement à la reconstruction de notre mère patrie. Mais que s'est-il passé ensuite ? Les Américains ont décidé de vous payer.

Rike serre les poings.

C'est grâce à cela que nous pouvons acheter du pain et des pommes de terre. Comment croyez-vous que nous mangeons ?

– Et maintenant, les femmes se promènent dans des vêtements américains, les cheveux au vent et des lunettes de soleil sur le nez. Je ne compte plus celles qui abandonnent leur mari pour aller batifoler avec l'ennemi. Les femmes laissent tomber leur famille pour chercher du travail chez l'occupant. Et elles en trouvent, alors que leurs époux restent sans emploi. C'est une honte. Ce sera notre perte.

– Je suis d'accord, intervient Ernst Mückler. La place d'une femme est à la maison.

– Regardez ce qui est arrivé à Vera. Je lui avais dit qu'elle finirait par s'attirer des ennuis avec cette maison pour bonnes femmes.

Rike se redresse soudain.

– Vous aviez dit ne pas lui avoir parlé depuis deux ans.

– Pas tout à fait, j'ai dit que je ne l'avais pas *vue* depuis deux ans.

Fischer sourit avec bienveillance.

– Vous n'allez pas y croire. Elle m'a invité à la rejoindre *Chez Charlie*, un soir, pour parler. Ce bar miteux, plein d'Amis et de Tommies. Autant me jeter dans la gueule du loup. Je n'y suis pas allé, évidemment. Trude ne l'aurait pas toléré, de toute manière.

Rike enfonce ses ongles dans ses cuisses.

– De quoi Vera voulait-elle vous parler ?

– Du passé, j'imagine. Elle cherchait des informations à mon sujet, des détails qu'elle pourrait utiliser pour nourrir les Amis. Vera n'était pas vraiment discrète au sujet de ses activités.

– C'était une Kapo, purement et simplement, dit Klara. Une délatrice.

– C'était une pauvre chose égarée, continue Fischer. Et maintenant qu'elle nous a quittés, c'est mon devoir de veiller sur vous. Sur vous toutes.

Rike a l'impression que sa tête va exploser. *Alors trouvez-nous de la nourriture. Trouvez-nous une porte d'entrée solide.*

Et fichez le camp de notre cuisine. Vous faites peur à Gisela. Vous me faites peur.

– Immi, vous devez accueillir votre mari chez vous. Je vous demande à toutes de le laisser rester. Il faut toujours un homme dans une maison. C'est dans l'ordre des choses. Klara m'a dit que vous vous êtes beaucoup chamaillées depuis la mort de Vera. Si un mari et une femme sont réunis, ça n'arrivera plus.

Margit jette à Klara un regard hésitant.

– J'imagine que ce serait bien d'avoir un soldat de moins à la rue.

Rike retient son souffle. *Une fosse pleine de cadavres, et il souriait devant l'objectif...*

– Je me suis rendue *Chez Schuster*, dit-elle, j'y ai rencontré quelques-uns de vos compagnons d'armes.

L'Oberbefehlsleiter Fischer lâche un petit rire.

– Ce n'est pas vraiment le moment de parler de ça.

– Vous étiez l'un d'entre eux, un SS.

Il s'enfonce dans son fauteuil.

– Eh bien, il n'y avait plus beaucoup d'argent pour faire des films, et je n'allais pas rester assis à regarder le monde brûler. J'ai été décoré de la Croix de Fer, vous savez ? J'ai fait la Grande Guerre. Alors quand Goebbels s'est mis à rechercher des leaders pour le Volkssturm[1], j'ai proposé mes services.

Le Volkssturm... Rike se masse les tempes. Le dernier monstre de Berlin. Goebbels et ses sbires ont recruté des vieux, des infirmes et des gamins. Comme Tilly. Des garçons avec des bouilles d'enfants, leur casquette leur descendait

1. Milice populaire créée en 1944 et chargée d'épauler la Wehrmacht dans la défense du territoire du Reich. Ses membres étaient recrutés parmi ceux qui avaient été jugés inaptes au service, notamment les personnes âgées et les enfants.

sur les oreilles. Des vieillards qui clopinaient dans les rues avec des manteaux mal assortis et des fusils sans munitions. Et Fischer au milieu de tout ça ? Rike réprime un éclat de rire. *Vous étiez probablement impatient de quitter Berlin avant l'arrivée des Russes.*

Fischer sourit et expire bruyamment.

– On m'a confié la charge d'un *Kommando*. Et c'est là que j'ai rencontré Mückler. Ernst et moi-même sommes frères d'armes. Nous ferions tout pour la cause.

– *Heil* Hitler, s'exclame Margit.

* * *

Klara n'attend même pas que la voiture de Fischer ait disparu.

– J'ai réfléchi à notre situation, dit-elle. Je pense qu'il est préférable que je récupère la chambre de Vera. Rike, tu t'installeras avec Gisela. Ernst et Immi ont besoin de deux chambres.

Rike fronce les sourcils.

– Gisela aura besoin d'espace pour le bébé.

Tu n'as qu'à t'installer avec Margit, alors. Et qui est d'accord pour que je récupère la chambre de Vera ? On pourra se départir ses affaires, s'en débarrasser, vendre ce dont nous n'avons pas besoin.

Margit lève la main, le bout de la langue coincé entre les lèvres, en rougissant légèrement à l'évocation des *affaires* de Vera. Immi fixe la table comme si elle essayait de mémoriser les nœuds du bois, puis lève la main à son tour.

– Tu vois, ajoute Klara avec un grand sourire, je suis démocrate.

Rike est paralysée. Elle doit faire quelque chose. *Ce n'est pas juste*. Klara et Fischer sont en train de vendre Immi comme du bétail. Ils laissent un criminel de guerre s'installer chez elles, avec ses pieds puants et ses paroles bourrues qui vont bientôt se transformer en cris.

Nous devons veiller les unes sur les autres.

– Immi, dit-elle en s'efforçant de garder son calme. On devrait d'abord parler un peu.

– Je n'ai pas le temps, répond celle-ci d'une voix morne. Je dois ranger notre chambre. Margit, as-tu une aiguille à tricoter ?

– Pourquoi as-tu besoin d'une aiguille ?

– Pour retirer la saleté qui s'est glissée entre les lames du parquet.

– Immi, c'est de la folie, s'exclame Rike.

– Il a dit que…

– Immi est une épouse, maintenant, tranche Klara. Tu ne comprends donc pas ?

– Non, répond Rike d'une voix stridente. Immi déteste ton frère. Il nous a menacées, tu te souviens ? Vera a dû le chasser.

– Je ne peux pas m'en souvenir car je n'étais pas là.

– Je suis sérieuse, Klara. Ernst n'a pas sa place dans cette maison. Personne ne veut de lui.

– Très bien, organisons un autre vote alors, je commence à avoir le coup de main.

Son sourire ressemble à celui d'un alligator.

– Qui veut que mon frère s'installe chez nous ?

Margit et elle lèvent la main ; Immi ne tarde pas à les imiter, les épaules tremblantes.

Rike ne peut le supporter. Elle bondit de sa chaise et attrape le bras de Klara.

– Arrête, je sais ce que tu es en train de faire. Immi…

Klara la repousse.

– Tu laisserais cette pauvre femme seule ?

– Ton frère est un monstre.

Klara ouvre la bouche, mais aucun son n'en sort. À moins que Rike ne puisse plus entendre, car d'autres voix hurlent dans sa tête : celles de Vera, Magda Bemmel et l'Einsatzleiter Geck, toutes mélangées en une cacophonie assourdissante. *Un monstre…*

Un gémissement sourd leur parvient de l'étage. Immi se raidit sur sa chaise et pose une main sur sa bouche.

– Qu'est-ce que c'était ?

– Gisela doit faire un cauchemar, éructe Klara en ricanant. Elle doit rêver de monstres. De vrais monstres. Les Russes. Les envahisseurs. Les…

– T'a-t-il déjà raconté ce qu'il avait fait, Klara ? lui demande Rike. Est-ce que ton frère t'a parlé de la guerre ?

– Bien sûr. Je sais qu'il a tué des gens. Il défendait notre pays.

– Il était dans les SS. C'est un meurtrier qui a massacré des innocents.

Immi la dévisage, blanche comme un linge.

– Rike… qu'as-tu découvert ? Qu'a fait Ernst ?

– Ton mari appartenait à un *Sonderkommando* SS. J'ai vu sa photo sur une brochure. Il y a eu un massacre près de Stutthof. Plus de trois cents personnes ont été tuées. Des enfants, aussi, et il…

Souriait.

– C'était monstrueux.

– Mons-tru-eux, répète Klara en détachant chaque syllabe. Tu parles comme une Américaine. Tu dis ça parce que nous avons perdu. Les Alliés ont tué deux cent mille personnes au Japon en appuyant sur un bouton. Ils ont anéanti Hambourg, Dresde et Berlin. Ils nous ont violées, alors que quelques années plus tôt, ils nous félicitaient d'avoir réglé le problème juif. Personne ne l'aurait traité de monstre, à cette époque.

Rike sent les larmes couler sur ses joues.

– Mais ce n'était pas juste. Je ne sais pas comment l'expliquer. Je ne peux…

– Je ne sais pas… je ne peux pas…, se moque Klara. Tu n'es pas un ange toi non plus.

Rike a du mal à respirer.

– Je n'ai tué personne, dit-elle d'une voix atone.

– Tu étais à Ravensbrück, tu as supervisé l'évacuation. Et nous savons toutes comment ça s'est terminé. Oh, ne me regarde pas comme ça, Fräulein Ulrike Seelman. Tu crois être la seule à avoir lu les registres ? Fischer sait une ou deux choses à ton sujet et serait trop heureux de les partager avec tes amis américains.

– Klara…

Sa voix se brise. *Elle sait. Des amis au bon endroit. Mein Gott, qu'est-ce que ça signifie ?*

Klara soupire.

– Je pose à nouveau la question : qui est pour que mon frère emménage avec nous ?

Elle lève la main et Margit l'imite avec un petit gloussement. Puis elles regardent Immi et attendent son avis.

Il se passe alors une chose surprenante. Immi, le regard soudain clair et brillant, pose les deux mains sur ses genoux.

– Je vote contre, dit-elle. Je désire qu'il s'en aille.

Après une seconde de silence, Klara s'exclame :

– Comment oses-tu ?

– Nous sommes en démocratie, réplique Immi. Je suis autorisée à exprimer mon point de vue sans subir de pression.

– Tu… tu n'as jamais fait un choix de ta vie. Tu as toujours compté sur les autres pour prendre soin de toi.

– Il faut bien commencer un jour. Deux contre deux. Égalité. Qu'est-ce qu'on fait ?

Les yeux de Klara lancent des flammes.

– Très bien. Il reste une personne à interroger. Allons-y.
– Arrête, dit Rike. Gisela se repose.
Mais Klara est déjà dans l'escalier.

Elles se précipitent derrière elle, juste à temps pour la voir frapper à la porte de Gisela.
– Hé, réveille-toi.
Un gémissement primitif et animal leur répond et Rike ne peut retenir un frisson.
– Vous croyez qu'elle va bien ? murmure-t-elle. On devrait sans doute…
– Gisela, ouvre cette porte tout de suite. On doit te parler.
Un sanglot leur parvient.
– Non. Partez.
Cette voix… Rike a le ventre noué. Elle écarte Klara et tourne la poignée de la porte.
– Gisela, nous allons entrer.
Elle pousse sur la porte de toutes ses forces, mais celle-ci refuse de s'ouvrir.
Immi la rejoint, les traits déterminés.
– Allons-y, défonçons cette porte. Un, deux, trois…
Elles se jettent ensemble contre le bois. La serrure résiste mais les gonds, affaiblis par les vibrations des bombes, rendent l'âme. La porte se détache de son cadre et tombe tout entière à l'intérieur de la pièce.
Immi pousse un cri et Margit se lamente :
– *Oh, meine Güte.*
Il y a une flaque près du lit. De l'eau et une substance gluante veinée de rouge. Gisela est à quatre pattes au milieu de la pièce, les bas au niveau des genoux. Il y a du sang plein sa chemise de nuit et son front ruisselle de sueur.
Rike se précipite vers elle.

– Gisela… Vite, elle… Elle…

C'est alors que Gisela se cambre et se remet à geindre. Elle respire à toute allure et les larmes ruissellent sur ses joues.

– Oooh… Il arrive.

Vera

Je déteste la lumière du jour, mais j'adore la nuit. Même les nuits froides de Berlin, quand le vent siffle à travers les ruines et que les ombres se déplacent derrière les fenêtres assombries. La nuit, seules les choses importantes sont visibles, et c'est parfait pour une femme de mon âge. Un projecteur, une bougie bien placée… l'obscurité cache tellement plus qu'elle ne révèle.

La lumière du jour, quoique grise et glauque, est sans pitié. Alors que j'arrive dans Hermannstrasse, je ne suis que trop consciente de ce que les habitants voient derrière leurs rideaux sales. Une femme entre deux âges, qui utilise *Frau* pour éviter d'avoir à fournir plus d'explications. Une *Lebedame*, une cocotte, abandonnée quand les autres ont trouvé un mari. Une vieille fille trop bien habillée pour la neige et la boue qui recouvrent les rues.

Je serais restée chez moi toute la journée si ce Mückler ne s'était pas pointé. Brûler la maison ? Je ne peux pas le laisser faire, je dois veiller sur ces femmes. C'est pour ça que je suis sortie. Pour accomplir ma destinée : c'est le destin d'une sirène de noyer les hommes qu'elle aime, ou a prétendu aimer, dans les profondeurs de l'océan.

Heureusement, je ne suis pas obligée de marcher. Fischer a envoyé sa Horch et, tandis que je me glisse sur le siège en cuir, je me demande comment il a pu s'offrir cette voiture et son chauffeur, un grand type à l'air sombre et menaçant qui ne prononce pas le moindre mot.

Sous Hitler, les faisans dorés ont mis de côté assez d'argent pour toute une vie. On parle de bijoux, d'or, de peintures et d'œuvres d'art, volés aux Hollandais et aux Français puis enterrés dans les landes autour de Berlin ou cachés sous des caisses de champignons dans les caves.

La Horch glisse sur les nids-de-poule des rues défoncées, suivant les vestiges des rails de tramway autour de la Potsdamer Platz. Le chauffeur tourne à gauche et s'arrête dans une ruelle adjacente.

Je ne m'attendais pas à être conduite chez Fischer. Trop risqué. Un hôtel aurait été plus agréable, cependant, ou au moins un bar lounge avec des fauteuils en velours et du vrai champagne.

Au milieu des ruines, une enseigne brisée au-dessus de la porte indique *Chez Schuster*. J'entre et il me faut un peu de temps pour m'habituer à l'obscurité. L'endroit n'est guère accueillant avec son mobilier bancal, son sol crasseux et son atmosphère menaçante. Je sais quel genre d'hommes vient boire ici. Des hommes qui détestent la lumière du jour tout autant que moi, quoique pour d'autres raisons.

Le barman plisse les yeux.

– Frau Klug ?

– C'est moi.

– On vous attend au fond.

Fischer est seul, attablé dans un recoin sombre. Alors que je me dirige vers lui, je perçois son impatience et son désir à sa façon de se cambrer. Bientôt, il va se mettre à suer et l'odeur de son corps se mêlera à celle de mon parfum…

Il me tend les bras.

– Vera ! Je suis si soulagé que tu t'en sois sortie.

Je le laisse me baiser la main.

– J'imagine que l'hôtel Adlon était hors de question ?

Il glousse.

– Allez, allez. On est mieux ici. C'est un endroit discret, nous sommes entre amis.

Il fait signe au barman.

– Une bière pour moi et une vodka pour madame.

Tandis que nous attendons nos verres, il joue avec les articulations de mes doigts.

– Oh, Vera. Ma petite ondine. Est-ce que tu vas bien ?

– Aussi bien que possible, réponds-je avec un demi-sourire. Mais ça a été très difficile.

Il secoue la tête.

– Un vrai cauchemar. C'est une honte… Les temps sont durs.

Ma vodka arrive et je retire ma main. Il descend sa bière avidement et sa moustache se couvre de mousse. Puis il penche la tête.

– Dis-moi, ma chère… J'imagine que tu n'es pas venue vers moi sans raison. Je dois avouer que je suis… intrigué.

– C'est au sujet de Roland Martinek.

– Qui ?

– Herr Martinek. Il jouait dans *Une croisière au soleil.*

– Ça ne me dit rien…

J'avale une gorgée de vodka et laisse la chaleur de l'alcool russe réchauffer mon ventre.

– Le troisième lieutenant Jensen. Le Juif qui a été arrêté pendant la première.

– Ah oui, bien sûr. Tu m'as mis dans un sacré pétrin, mon cœur. J'ai eu du mal à arrondir les angles avec le régime.

– Je veux savoir ce qui lui est arrivé.

– Comment veux-tu que je sache ? Ils étaient des millions.

– C'est toi qui as organisé son arrestation.

– Je n'étais au courant de rien.

Je me penche en arrière et allume une cigarette.

– Ne me prends pas pour une idiote, Erich. Quelqu'un a fait venir ce fourgon.

– Tu ne peux rien prouver.

– Tu sais très que ce n'est pas nécessaire.

– Je ne sais pas à quoi tu joues, mais…

– Un homme est venu chez moi, aujourd'hui… Il nous a menacées, les filles et moi. Je veux qu'il soit arrêté.

– Les filles ?

– Celles que je protège. J'ai besoin que cet homme nous foute la paix, et pour de bon.

Il sourit sournoisement.

– Je ne peux pas t'aider. De nos jours, un homme doit être prudent.

– Nous avons toujours été prudentes.

– Allons, ma petite ondine, répond-il d'un air triste, ne le prends pas personnellement.

À cet instant, je sais pertinemment ce que je suis. Ce que j'ai toujours été : un jouet. Un simple jouet, trop lâche pour faire ce qui est juste. Je plante mes yeux dans les siens et referme mes lèvres sur ma cigarette. Puis je lui souffle la fumée au visage.

– Alors j'ai besoin d'autre chose. Des informations. Pour que les Amis emmènent cet homme loin de nous.

– Échanger des secrets avec l'ennemi… Tu es vraiment une dure à cuire.

– Il s'appelle Ernst Mückler. J'ai besoin que tu t'en occupes.

Il inspire profondément. Je déteste ce que je m'apprête à faire. Je pensais en avoir fini avec tout ça. Mais j'ai besoin d'un tuyau pour Coston, d'une information intéressante. Sinon, tout cela n'aura servi à rien.

Fischer se redresse sur sa chaise, surpris.

– Je connais cet homme. Nous avons en commun un certain… passé.

– Oh ?

– Je ne peux rien dire à son sujet.

– Je pourrais deviner ?

Il me regarde avec méfiance.

– Vera, stop. Ça pourrait être dangereux.

– Plus dangereux que de rencontrer son ancien amant dans un bar nazi ? Je sors mon collier que je fais glisser sur la table. Voilà quelque chose que tu ne voudrais pas voir porté à la vue de tous. Surtout pas de ta chère épouse.

Il se dérobe, ce qui me fait rire.

Je me penche au-dessus de la table et pose ma main sur la sienne.

– Dis-m'en plus Erich. Et donne-moi des preuves si tu en as. Il y aurait quelque chose pour toi en échange, Erich.

Ça ne le laisse pas indifférent. Il me regarde comme si j'étais un chiot abandonné et ses yeux me déshabillent.

– Ma petite sirène, murmure-t-il. Tu reviendrais vers moi ?

Ma dernière gorgée de vodka atterrit dans mon estomac vide avec un *splash*.

– Je ne t'ai jamais oublié, Erich. Jamais.

– Ma petite ondine…

Je lui souris timidement et retire ma main de la sienne.

– Retrouve-moi *Chez Charlie* dans deux jours. Je dois chanter pour les soldats.

– C'est un bar américain. Je ne pourrai pas entrer.

– Je serai dans l'allée juste derrière. C'est là que je me change. Il y fait sombre et personne n'y vient jamais.

Son petit sourire satisfait est presque comique tant il est puéril.

– Bien, mon ondine. Je vais voir ce que je peux faire.

Chapitre 28

Rike

Rike est incapable de bouger. Elle observe Margit passer son bras dans le dos de Gisela et la rassurer avec sang-froid.

– Respire lentement. Un, deux, trois.

Gisela se cambre en râlant.

– Encore. Un, deux, trois. Quelqu'un a une montre ?

– Moi, répond Immi. Il est presque 19 heures.

– On se fiche de l'heure, espère d'idiote. Gisela, à la prochaine contraction, préviens-nous et on comptera les minutes.

Gisela serre les dents.

– Maintenant.

Elles se figent toutes alors qu'elle souffle, souffle et se relâche un peu avant de se cambrer à nouveau.

– Aaaah…

– À peine deux minutes, note Immi.

– On y est presque, alors. Où est passée Klara ?

– Elle fait bouillir de l'eau, répond Rike.

Personne ne sait très bien pourquoi, mais tout le monde a pensé que ce serait bien d'avoir de l'eau chaude sous la main. Klara s'est portée volontaire et elle est assise près du poêle alors que les autres sont toutes restées là-haut, retenant des haut-le-cœur.

Margit sourit avec douceur.

– Quand j'ai donné naissance à Günther j'ai demandé aux sages-femmes d'aller chercher mon mari pour que je puisse lui tordre le cou.

Si c'était censé faire rire Gisela, c'est un échec. Ses yeux sont remplis de larmes. Elle halète en serrant les dents.

– Je les hais. Je hais les Russes.

Elles en ont le souffle coupé. Gisela n'en a jamais parlé. Jamais.

– J'espère que le bâtard qui m'a fait ça est mort, continue-t-elle. Qu'il est mort de… oh, et puis merde, je sais pas.

– De la lèpre ? tente Immi.

– La lèpre ne tue pas, rappelle Rike.

– De la tuberculose, alors.

– Trop gentil. En plus, tu dois aller en station thermale.

– Ils ont ça en Russie ? demande Margit.

– Bien sûr. Odessa, Karlsbad…

– Ces bâtards de l'Armée rouge ne pourraient pas se l'offrir, dit Gisela. Je les déteste… Je les hais…

– Ça va aller, la rassure Margit. Tu vas oublier. On oublie la douleur, on ne garde que les bons souvenirs. Fais-moi confiance, quand je pense à mes trois fils, je ne pense jamais à la souffrance qu'ils m'ont fait endurer.

Elle se frotte les yeux.

– On travaille tellement dur pour eux. Tellement dur. Et puis un jour, comme ça, ils sont partis.

Rike se mord les lèvres. *Partis ?* C'est presque comme si…

Gisela se remet à grogner :

– J'espère qu'il a été dévoré par… des loups.

– Des loups ?

– Oui. Dévoré vivant après avoir été poursuivi dans la forêt pendant des heures.

Margit sourit.

– Bonne idée. Et avant ça, il aurait été poignardé à l'estomac avec un couteau rouillé. Une petite blessure qui se serait infectée pendant des semaines.

Immi tressaille.

– Vous êtes horribles.

– C'est tout l'intérêt, dit Rike en rafraîchissant la serviette. Gisela, tu ne veux pas t'allonger ?

– J'espère que ce salopard souffre, sanglote-t-elle. Qu'ils souffrent tous. Je les déteste. Je les déteste tellement. Donne-moi ta main.

– Quoi ?

– Ta main, Rike. Maintenant.

Cette dernière pose la serviette et tend la main à Gisela qui la lui serre entre ses doigts moites. Gisela se redresse avec l'aide de Margit et appuie un pied contre la hanche de Rike. Elle serre si fort sa main que celle-ci lâche un cri de douleur. Mais son cri est à peine audible, couvert par celui de Gisela, qui hurle telle une louve dans une nuit d'hiver.

Margit remue les bras.

– Immi, regarde.

– Où ça ?

– Entre… ses jambes. Regarde si son col se dilate.

– Quoi ?

– Allez, princesse. Dis-moi s'il est suffisamment dilaté.

Immi jette un œil aux cuisses écartées de Gisela et détourne aussitôt le regard.

– C'est… dégoûtant.

Gisela écarte les genoux.

– Tu nous emmerdes. Regarde à nouveau, ou je t'arrache les cheveux.

Immi enlève lentement les mains de ses yeux. Son visage ressemble à un dessin, mais pas de ceux qu'on imprimerait sur une carte de Noël. Elle fixe l'entrejambe de Gisela avec des yeux ronds.

– Il y a quelque chose, chuchote-t-elle. Des poils. D'autres poils, je veux dire. Des cheveux…

Elle devient blême s'écroule sur le sol.

– Oh, *Scheisse*, dit Rike en essayant en vain d'arracher sa main à celle de Gisela.

Celle-ci a curieusement acquis la force de dix chevaux. Elle se remet à haleter tandis que Margit compte, puis à hurler. Elle pousse et il y a tellement de sang que, pendant une seconde, Rike a l'horrible impression de se trouver dans une cave et que des mains puissantes, violentes, l'empêchent de remonter à la surface…

– Riiike !!!

Avec un instinct animal, Rike se penche en avant et attrape ce qui est apparu entre les jambes écartées : une touffe de cheveux, une petite tête ronde avec des yeux et un petit nez couvert d'une matière rouge visqueuse…

– Pousse, Gisela ! s'exclame Margit. Maintenant.

Et alors… Et alors…

… elle glisse dehors. Ses bras, ses jambes, son ventre et ses pieds minuscules. Elle glisse dans la vie et Rike la rattrape malgré le sang et le mucus gluant – la rattrape et la prend contre elle.

– C'est une fille, Gisela. Une fille ! Une des nôtres !

Gisela se laisse retomber contre Margit et, pendant un instant, ses yeux restent perdus dans le vague. Puis elle se reprend et Rike dépose le bébé sur sa poitrine. Margit nettoie l'enfant tandis que la jeune mère contemple sa fille, pleine de stupeur et d'effroi, comme les saints des peintures anciennes qui regardent la Vierge Marie apparaître au milieu de nuages dorés.

Margit retire un de ses lacets et le noue autour du cordon ombilical de l'enfant, qu'elle coupe avec des ciseaux de broderie. Elle essuie le sang sur les jambes de Gisela et sur le sol où elle étale un drap propre. Rike se contente de regarder. Ça lui fait bizarre de voir Margit si… compétente. On dirait qu'elle a passé sa vie à mettre des bébés au monde.

Ce qui, sans vouloir être méchante, est probablement proche de la vérité.

– C'est terminé ? demande Immi, toujours étendue par terre.

– Tu nous as bien aidées, lui répond Rike en détournant son regard du nouveau-né. Où est passée Klara avec son eau ?

Plus tard, elle se demandera souvent si Klara écoutait à la porte. Parce qu'elle apparaît aussitôt, une casserole d'eau chaude à la main.

– Oh, dit-elle, j'arrive trop tard ?

Trop tard…

– C'est une fille, lui annonce Rike en saisissant le récipient.

– Est-ce qu'elle a l'air russe ?

Même Margit la regarde d'un mauvais œil.

– Elle vient à peine de naître.

– J'ai besoin de voir.

Klara se penche au-dessus de Gisela et écarte sa couverture d'un geste brusque pour observer l'enfant.

– Son visage est tout fripé.

– Elle m'a l'air en pleine forme, dit Rike en s'approchant.

– Est-ce qu'elle a crié ? J'ai besoin de l'entendre crier.

– Elle a un peu gémi, mais maintenant ça va.

– Ça ne suffit pas.

Klara attrape le nouveau-né dont la petite tête part en arrière. Il écarte les bras, inspire et se met à crier en agitant les poings, le visage tout rouge.

– Rends-la-lui, s'exclame Rike. Elle a besoin d'être avec sa mère.

Klara plisse les yeux.

– Elle a du coffre, en tout cas. Il faudra la surveiller.

– La surveiller ?

– Pour voir si elle a des défauts.

Elle observe Gisela comme si elle inspectait une pièce de viande dans la vitrine d'un boucher.

– On ne sait pas qui est le père. Il était peut-être dégénéré ou mal formé. Ou même juif.

– Juif ?

– Ils sont nombreux en Russie. Si cet enfant possède du sang impur, on devra s'en débarrasser.

Rike sent quelque chose exploser en elle. Quelque chose de sombre, chaud et fulgurant.

– S'en débarrasser ?

Elle s'approche si près de Klara qu'elle peut sentir son haleine.

– Tu as perdu la tête ?

– Ulli ne tolérera pas un bâtard de Juif sous son toit.

– Rends tout de suite cet enfant à Gisela, avant que je t'arrache la gorge.

Klara éclate de rire.

– D'accord…

Elle rend le bébé à sa mère.

– Faites comme vous voulez. Tant que vous le pouvez.

Gisela récupère sa fille, se mord les lèvres et scrute le minuscule visage fripé à la recherche d'un signe, d'une souillure, d'une altération. D'une imperfection qui viendrait gâcher une création aussi parfaite.

Rike se rapproche encore de Klara au point de pouvoir discerner chaque pore de sa peau, chaque poil au-dessus de sa lèvre supérieure.

– Sors d'ici, murmure-t-elle. Va-t'en ou…

Un gémissement attire son attention. Le bébé, de retour sur la poitrine de Gisela, a commencé à gigoter.

– Elle est affamée, confirme Gisela en dénudant sa poitrine.

Un lait jaunâtre perle à son téton. L'enfant, comme par magie, trouve son sein et se met à téter.

Rike soupire de soulagement. Gisela sourit tendrement, maintenant ; elle caresse les cheveux de son enfant, ses petites joues gonflées, les minuscules plis de son épaule. Et pendant une seconde, la colère de Rike est balayée par le désir de veiller sur elles.

Elle comprend, soudain, ce que voulait Vera. Elle voulait qu'elles soient en sécurité, mais pas seulement physiquement, claquemurées derrière une porte verrouillée. Elle voulait qu'elles se sentent chez elles dans un endroit où elles pourraient s'épanouir, apprendre et… changer.

Mais en sont-elles capables ? La voix dans sa tête ressemble à celle de Vera. *C'est toujours en toi, et ça le restera peut-être toujours*. Certains péchés se trouvent dans votre sang, ce sang que vous croyiez le plus pur, le plus *aryen*, alors que c'était *vous* les dégénérées, la difformité, la souillure de l'humanité. Vous craigniez les loups, mais vous étiez vous-mêmes devenus des prédatrices. Vous ne pouvez pas effacer ça. Vous ne pouvez pas vous contenter de dire que la guerre est terminée, que vous avez changé et que vous êtes désolées, tellement désolées. *Car l'êtes-vous vraiment ?*

Rike regarde le bébé en pleurant. *Oui. Je suis vraiment désolée. J'effacerais tout si je le pouvais.*

Immi s'approche d'elle.

– Rike, tu pleures…

– C'est juste… Vera me manque.

– Oh, tu commences à me saouler avec ta Vera, se moque Klara. Elle est morte. Il est temps d'aller de l'avant.

Gisela berce le bébé dans ses bras.

– Vera… C'est un joli prénom. Je vais l'appeler comme ça.

Klara grimace avec dégoût.

– Tu es folle.

Une larme coule sur la joue de Gisela.

– Sans son aide, je n'y serais pas arrivée. Quand elle m'a trouvée dans le Prinzenpark, j'étais sur le point de… Je venais d'acheter un cachet.

– Un cachet ? répète Immi en pâlissant.

– Du cyanure. C'est comme ça que Martha Goebbels s'est donné la mort. La Croix-Rouge m'avait fourni un test de grossesse et il était positif. Je suis allée sur le marché noir pour trouver une… solution.

Un souvenir affleure à la mémoire de Rike. Un des derniers discours d'Hitler, projeté depuis l'arrière d'un camion sur Alexanderplatz. Les hurlements stridents du Führer. Ensuite, une rangée de garçons des Jeunesses hitlériennes brandissant des paniers remplis de petits tubes de verre avec des bouchons de caoutchouc. *Femmes d'Allemagne, ne laissez pas les Ivans vous déshonorer.*

– J'ai échangé un carnet de tickets de rationnement entier contre un seul cachet, explique calmement Gisela. Vera m'a aperçue par hasard. Elle m'a suivie et lorsque je me suis installée sur un banc, elle s'est assise à côté de moi. Elle n'a pas prononcé un mot mais je n'ai pas pu. Pas avec quelqu'un qui m'observait. Nous sommes restées assises comme ça pendant un moment. Jusqu'à ce que je lui raconte. La cave. Les Russes qui vous tiraient par les cheveux et vous jetaient au sol. Le sang. Quand une des femmes a frappé un homme entre les jambes, ils lui ont cloué les seins à une table et l'ont violée jusqu'à ce qu'elle meure.

Le bébé grogne.

– Vera m'a dit que c'était une trop belle journée pour mourir. Le soleil brillait, vous voyez, et elle venait de dénicher un pot de confiture. Elle m'a invitée à venir avec elle. Elle m'a dit qu'elle me préparerait des tartines et que si je voulais me donner la mort, je n'aurais qu'à le faire le lendemain. Je l'ai accompagnée et j'ai caché mon cachet sous mon oreiller. Mais le lendemain, je n'ai rien fait. Ni le jour suivant. Et maintenant...

Elle essuie les larmes sur ses joues.

– Je ne pense pas que j'en sois encore capable.

Klara traverse la pièce jusqu'au lit de Gisela. Elle fouille sous l'oreiller et en tire une petite fiole de verre qui brille dans la pénombre de la chambre. Elle la brandit, le visage déformé par la méchanceté.

– Voilà le genre de personne que Vera était. Une Kapo, une putain et un démon.

Rike secoue la tête.

– Je ne comprends pas pourquoi tu la détestes autant.

– Parce qu'elle a trahi mon frère. Elle est allée voir les Amis et leur a raconté tout ce qu'elle savait sur lui. Pourquoi croyez-vous qu'il ait été arrêté ?

– Quoi ?

– Vous avez entendu ce qu'a dit Fischer. Nous pensions toutes que c'était notre amie, mais c'était une ordure. Qui laisserait une femme enceinte se donner la mort ?

– Mais... elle ne savait pas pour ton frère...

Klara brandit le cachet.

– Je vais garder ça. Réfléchis bien, Gisela. Un enfant ne peut pas porter le nom d'une traîtresse à la Nation.

Chapitre 29

Billy

Billy fixe le dossier posé sur son bureau. Il s'agit de l'entretien de dénazification d'un dénommé Manfred Spatz. Il y en a des monceaux tout autour de lui. Des tas et des tas de vies et de crimes, de larmes silencieuses épongées par des rames de papier.

Il soupire et tourne la première page. *Membre du parti nazi : oui. Sous-catégorie : Union des travailleurs du rail. Corps d'armée : Wehrmacht, groupe d'armée Sud. États de service…*

Il est censé valider la décision de l'enquêteur, mais il en est incapable. À quelle catégorie Manfred Spatz appartient-il ? À celle des *Suivistes*, évidemment. Billy se remémore les paroles de Coston. Certains suivaient parce qu'ils n'avaient pas le choix ; certains ne voyaient pas le mal avant qu'il ne soit trop tard quand d'autres l'assumaient dès le départ. Mais n'êtes-vous pas tout aussi coupable si vous avez suivi de votre plein gré ?

Le bureau est bruyant. On entend les pages tourner et le grattement des stylos sur le papier de mauvaise qualité. De temps en temps, un coup de tampon sur une feuille. Billy consulte sa montre ; il est là depuis deux heures et n'a pas bouclé le moindre dossier.

Un toussotement attire son attention.

– Hum… Billy ?

Il tend le cou pour voir au-dessus de sa pile de documents.

– Fräulein Lotterb… Lotti.

Elle sourit nerveusement.

– Puis-je vous parler un instant ?

Il se lève et cherche une chaise, en vain. Il finit par lui proposer la sienne mais elle secoue la tête.

– Je n'en ai pas pour longtemps. J'ai trouvé votre dossier.

Elle marche jusqu'à lui, le bout de la langue coincé entre les lèvres, et lui tend une chemise : l'entretien de dénazification de l'Oberbefehlsleiter Erich Fischer.

Billy parcourt rapidement la première page et son sang se met aussitôt à bouillir. Fischer y admet tout : sa participation à la machine de propagande, sa contribution à la production et à la distribution de films, ses rapports étroits avec Joseph Goebbels. Il le regrette évidemment, et fournit plusieurs témoignages écrits. Des gens haut placés qui attestent de son caractère irréprochable, de sa bonne éducation et de sa carrière exemplaire ; mais aussi de son dévouement à l'art, à l'histoire et au succès de la nation. Il a d'abord été classé catégorie II, *Charges importantes*, ce qui aurait dû lui interdire l'accès aux postes de l'administration. Mais compte tenu de son absence de dossier militaire et de ses apparents remords – et, bien sûr, le grave manque de travailleurs instruits et bilingues encore capables de travailler en Allemagne –, il a été reclassifié en catégorie III, *Charges mineures*.

Billy soupire.

– Il n'y a rien de nouveau.

– Si, répond Lotti en tapotant sur le papier. Je l'ai surligné pour vous, juste là.

Billy plisse les yeux. C'est ici, au milieu de ces lignes en pointillé. Quelques mots et une date qui ne signifient rien à ses yeux. *Relevé de ses fonctions officielles le 10 octobre 1944.*

– C'est louche, murmure Lotti. J'ai appelé Uta, une amie qui travaille au service des Archives de la Wehrmacht. Elle a parcouru les noms pour moi. Plus de cent mille hommes ont été enrôlés, mais – et je m'en doutais – Fischer n'apparaît pas parmi les fantassins. J'avais raison.

Il penche la tête.

– À quel propos ?

– Le Volkssturm.

Elle jette un œil autour d'elle, comme si elle craignait que quelqu'un soit choqué par le dégoût de sa voix.

– La grande mobilisation de Berlin organisée par Goebbels à l'automne 1944. Tous les hommes qui restaient devaient s'engager. Les vieux, les enfants, les invalides... Même ceux de la haute, les hommes influents de l'administration civile nazie. Le mouvement n'a pas été très populaire parmi les faisans dorés, vous imaginez. Vous les auriez entendus à la radio... *Nous vaincrons ou nous mourrons à Berlin.* Et le lendemain, vous appreniez que les Hauptdienstleiter-trucmuche ou machin étaient partis pour Brunswick dans un train privé, suivis par les Bereichsleiter-truc et bidule...

Billy incline la tête.

– Fischer aurait donc été mobilisé ?

– Oui, mais pas comme les autres. Il s'est probablement trouvé un poste d'officier tranquille à la campagne.

Il consulte de nouveau le dossier.

– Il est pourtant spécifié que son nom n'apparaît nulle part dans les dossiers de la Wehrmacht.

Les yeux de Lotti s'assombrissent.

– Parce qu'il n'appartenait pas à la Wehrmacht. Les gens influents, comme Fischer, avaient le choix. Ils avaient besoin d'être considérés comme braves et glorieux, sans avoir à affronter l'ennemi, surtout les Russes et les Américains. Alors ils se trouvaient une place plus sûre.

– Comme quoi ?

La voix de Lotti n'est plus qu'un souffle.

– Il a sans doute rejoint la SS. Pour diriger un *Sonderkommando.*

Billy la dévisage.

– Oh…

Il n'a entendu que des rumeurs au sujet des *Sonderkommando*. Ceux-ci rassemblaient les tarés, les fanatiques. Les gens qui aimaient vraiment tuer. Ils avaient été envoyés dans les camps au mois d'avril et mai, juste avant la fin de la guerre. Leur mission était d'effacer toute trace des atrocités qui y avaient été commises, ce qui signifiait éliminer des centaines de milliers de Juifs. Ils les emmenaient dans la forêt et les abattaient. Ceux qui n'étaient plus capables de marcher étaient descendus ou pendus sur place. Ensuite, on enterrait les corps dans des fosses communes. *Des tas, des piles, des monceaux…*

Billy s'éclaircit la gorge.

– Vous avez des preuves ?

Elle secoue la tête.

– Les SS ont brûlé tous leurs fichiers à l'approche des Russes. Mais… eh bien, le grand rassemblement pour le Volkssturm a eu lieu le 18 octobre, une semaine après que Fischer a quitté son poste au ministère de la Propagande. Quelques semaines plus tard, il a été arrêté à l'est de Dantzig, où se trouvait le camp de Stutthof. Son dossier stipule qu'il s'est rendu en échange d'une amnistie pour les hommes qui se trouvaient sous son commandement. Son commandement ! répète-t-elle. C'est étrange pour un producteur de cinéma à la retraite, vous ne trouvez pas ?

Elle a raison. C'est écrit noir sur blanc.

Et personne ne lui a posé la moindre question là-dessus. Parce que les entretiens ne durent qu'une heure et qu'il y a tant de détails à noter. Parce que certains enquêteurs sont trop blasés pour se poser des questions, ou simplement trop fatigués. Par ailleurs, Fischer s'est montré coopératif et contrit. Toute cette histoire rappelle à Billy ce maudit Chuck Wallace. Chuck, qui prenait toujours les choses trop à cœur – les blagues, les bagarres, les coups. Et parfois il allait trop loin et blessait quelqu'un. Mais dans le bureau du principal, alors que tous les autres se dérobaient, Chuck disait la vérité. Il souriait et reconnaissait ses torts. *Désolé, monsieur, je regrette.*

Mais maintenant, ils savent. Et ils peuvent tenir un registre. Cette pensée est comme un rayon de soleil dans l'esprit de Billy. Le travail qu'il effectue avec Lotti pourrait faire la différence. Quand ils en auront fini, le monde saura pour toujours ce qui a été fait et par qui.

La jeune femme partage manifestement son avis.

– Si on arrivait à découvrir qui opérait dans le *Kommando* de Fischer, on pourrait retrouver les dossiers et recouper les différents éléments. Il y a forcément des traces quelque part. On n'a plus qu'à se replonger dans les archives.

Il se tourne vers elle et lui demande sans réfléchir :

– Vous voulez sortir dîner, ce soir ? En tête à tête ?

Elle le dévisage, bouche bée, puis son visage se ferme.

– Je ne suis pas libre, répond-elle sur un ton égal. Ma tante a besoin de moi à la maison. Je ne suis jamais libre le soir.

– Vous l'étiez pour aller danser, pourtant.

Elle se balance d'un pied sur l'autre.

– C'était différent. C'était une sortie entre amis.

Billy sent de la sueur couler sur son front.

– Mais nous *sommes* amis, dit-il maladroitement. Et ce n'est qu'un rendez-vous.

Elle fait la moue.

– Que signifie un *rendez-vous*, exactement ?

– Eh bien, tout ce que… Oh, laissez tomber.

– C'est ce que vous désirez ?

– Vous avez refusé.

Elle le dévisage.

– J'aurais difficilement pu accepter, si ? Je ne suis pas… une de ces filles.

– Quelles filles ?

– Vous ne voyez donc rien, Billy ? Tous les soirs, l'un d'entre vous m'invite à sortir. Et toute la journée j'ai droit à des *ma belle* ou à des *ma chérie*. Des soldats passent me voir avec des demandes bidon et me réclament des dossiers inexistants. Et ensuite, quand je refuse de me pencher pour fouiller dans les tiroirs du bas, ils se mettent en colère. Ils me traitent de coincée, de frigide, de pisse-froid.

Elle lâche un petit grognement.

– Je travaille ici. J'ai une mission à effectuer. C'est juste un job de secrétaire mais… c'est mon job.

– Écoutez, je suis capable d'accepter un refus.

Il a du mal, en réalité. Que Chuck Wallace, Breedan et tous ces coureurs de jupons soient maudits.

– Bon, reprend Lotti, je vais demander à ma tante. Je vais réfléchir et peut-être que dans quelques jours…

– Ne vous embêtez pas, réplique-t-il en lui tendant ses dossiers. Tenez. Faites-m'en une copie et mettez-les de côté pour un complément d'enquête.

– Billy, je ne voulais pas…

– Laissez tomber, je vous dis. Contentez-vous de faire votre travail.

Il attrape la retranscription de l'entretien de Manfred Spatz, tamponne un gros IV sur la première feuille et referme la chemise. Lorsqu'il relève les yeux, Lotti Lotterberg s'éloigne sans se retourner, la tête bien droite.

* * *

L'après-midi traîne comme des pneus usés. La monotonie du travail empêche Billy de broyer du noir, mais il est à peine capable de réfléchir. Fischer l'obsède sans qu'il sache par où continuer ses investigations. Ils auront besoin de preuves, c'est le mot magique. Le problème, comme Fräulein Lotterberg l'a très justement fait remarquer, c'est que les nazis étaient aussi bons pour détruire leurs fichiers que pour les créer.

Si seulement il pouvait parler à quelqu'un de Betty et de Lotti. Mais… *à qui ?* Breedan, Perry et Watkins se moqueraient de lui. *Notre Tâcheron, célibataire dans cette ville pleine de femmes disponibles et fans d'uniformes… Et il n'arrive même pas à obtenir un rendez-vous.*

Quand la sonnerie annonce la fin du service, il attrape son manteau et sa casquette et se dépêche de sortir pour fumer une cigarette dans la cour. La nuit ne va plus tarder à tomber et la brise est fraîche. De fines volutes de fumée sortent des cheminées et, à l'ouest, la lumière orangée du soleil filtre à travers les nuages, teintant les briques rouges de la caserne et faisant scintiller l'aigle prussien au-dessus du portail. Cette vision est étrangement belle. Ou elle pourrait l'être, si les clochers calcinés de l'église Paulus ne gâchaient pas la scène.

Jameson Banks lui fait signe depuis la palissade de ségrégation.

– Eh, Keely.

Il se tient à son endroit habituel, à l'abri du hangar de stockage.

Billy se glisse derrière une jeep.

– Tu dois cesser de te planquer là.

– Ouais, tu as raison. La prochaine fois que je voudrai te parler, je n'aurai qu'à passer de votre côté et frapper à la porte. Oh, attends, est-ce qu'il n'y a pas un petit quelque chose…

– D'accord, d'accord. Qu'est-ce qui t'amène ?

– Je voudrais savoir ce qui est arrivé au sergent Coston. On ne s'est pas reparlé depuis l'autre nuit.

– En quoi ça te concerne ?

Banks se touche le bout du nez.

– L'information, mon ami. Le nerf de la guerre. Viens boire un verre avec moi, ce soir, pas loin d'ici. *Chez Charlie*, tu connais ?

Billy blêmit.

– C'est près de l'endroit où…

– Ouais. On s'y retrouve à 21 heures, d'accord ?

Banks s'éloigne en levant les mains pour former deux V de *victoire*. Deux V pour une *double victoire*. Une ici, en Allemagne, et l'autre aux États-Unis.

Billy inspire profondément en regardant le ciel qui s'assombrit. Il s'imagine partager la même caserne que les Noirs, manger à la même table, obtenir la même solde. *Combattre dans la même guerre…*

Il remonte son col pour se protéger du vent. S'il parlait de Banks à Betty, si elle apprenait qu'il a bu un verre avec un Noir et s'est assis à la même table que lui, que penserait-elle ? *C'était la guerre, chérie. C'était différent. Ça n'arrivera plus.*

Cette idée le rend nostalgique, pourtant. Il aimerait écouter de nouveau de la musique comme ce soir-là, au Triangle, et danser avec Lotti. Cette dernière ne se souciait guère de boire un verre avec un Noir ; elle trouvait ça normal. Elle se sentirait à l'aise avec n'importe qui et s'amuserait en toute compagnie. Lotti ne se plaindrait pas des mauvais films ou des sodas bon marché, de la fréquence de ses lettres ou même d'une bague de fiançailles achetée au marché noir. Elle serait juste… heureuse. Avec lui.

Son cœur se met à battre violemment, comme il n'a jamais battu pour Betty. C'est étrange, un peu inquiétant et… plutôt agréable.

Il jette sa cigarette par terre et s'éloigne. Cette foutue brise pourrait lui faire monter les larmes aux yeux.

Chapitre 30

Billy

Jameson Banks est assis sur un tabouret de bar installé contre l'un des trois murs de *Chez Charlie*. Billy regarde autour de lui et se détend un peu. La plupart des clients sont des officiers anglais ou américains. Ce n'est pas le genre d'endroit où des couples s'embrassent dans les recoins et où des Allemandes vous font des avances. Banks est le seul Noir.

– C'est sympa, non ? dit-il en guise de salut. Ils accueillent des chanteuses allemandes, de temps en temps.

– J'ignorais que tu étais amateur de musique folklorique.

– Oh, ce n'est pas ça. Avant la guerre, les Allemands avaient de bons musiciens de jazz. Malheureusement, la plupart ont quitté le pays. Ou ils sont morts.

Il avale une gorgée de bière.

– C'est bizarre, tu ne trouves pas ? Il paraît que même certains nazis adoraient le jazz. Ce qui ne les a pas empêché de l'interdire.

– Une règle pour les dictateurs fous, une autre pour ceux qui les suivent.

– Ouais, dit Banks en commandant deux autres bières au barman. Je me demande à quoi ressemblera ce pays dans cinq ou dix ans.

– Il pourrait ne plus exister si les Français et les Russes arrivent à leurs fins.

– Les Français n'auront pas le choix. Les Anglais ont assez de colonies comme ça et les Américains pensent qu'une Allemagne prospère et démocratique représente un meilleur atout économique qu'un pays du tiers-monde où les gens crèvent de faim pendant l'hiver.

Il parcourt la salle du regard.

– Regarde, on arrive à peine à faire tourner les choses.

Billy hoche la tête.

– Comment ça se passe à la logistique ?

– C'est de la folie. On a reçu une cargaison d'un excellent chocolat blanc. Des caisses et des caisses. Mais pas de céréales ou de farine en vue. Dans deux semaines, les *Fritz* vont devoir moudre leurs meubles pour faire leur pain.

– Donnez-leur du chocolat, alors.

Banks éclate de rire.

– Si tu le dis. Au fait, tu as eu des nouvelles de tes femmes récemment ?

– Mes femmes ?

– Ce poulailler sur Hermannstrasse. La femme enceinte. Elle va bien ?

– Je n'en sais rien.

Banks fait claquer ses lèvres.

– Elle avait l'air sur le point d'accoucher. Je vais récupérer du chocolat pour elle. On ne pourra pas dire que l'armée américaine manque de manières.

– Pourquoi ? demande Billy en croisant les bras. Pourquoi tu apporterais du chocolat à des Allemandes ?

– Elle va bientôt être mère. Et on l'a terrifiée. C'est ce qu'ils nous répètent tous les jours, non ? Montrez-leur le chemin et tout ça. Faites d'eux des partenaires, pas des ennemis.

– Mais ils *sont* nos ennemis. Pense à ce que ces gens ont fait à… à leurs propres congénères.

Banks hausse les épaules.

– Bien sûr. Et mon copain Lyndon a gelé à mort dans son lit parce que de bons patriotes blancs n'ont pas voulu lui donner de couverture supplémentaire ou du fuel pour le poêle.

Il incline la tête.

– À la maison, je ne pourrais pas m'asseoir comme ça. Je serais arrêté. Battu. Voire pire. Ces choses que les gens font subir à leurs congénères…

Billy se racle la gorge.

– Tu ne peux pas comparer la ségrégation à… ce qu'il s'est passé ici.

– Je ne compare pas. Je dis juste que rien ne me surprend. Enfin, presque rien. Tu sais ce que Gabi m'a dit l'autre jour ? Si les Allemandes sortent avec des Noirs, c'est parce que les Américains les traitent également comme des merdes. Je partage ce sentiment, même si c'est plus compliqué que ça.

Il sourit.

– Au fait, comment va ta copine ?

Billy serre sa bouteille.

– Elle m'a largué, répond-il platement. Les femmes, hein…

– La blonde ? Mince, je croyais qu'elle t'aimait bien.

– Non, pas elle. Ma fiancée, dans le Kentucky. Elle a rencontré quelqu'un d'autre.

Banks ne se moque pas de lui, il le dévisage sincèrement.

– Ça craint, mec. Écoute, si elle a changé aussi facilement d'avis, c'est qu'elle n'en valait pas la peine.

Billy a la gorge sèche.

– Peut-être… Ils ne comprennent pas ce qu'on vit, à la maison. Ils pensent que c'est marrant et glorieux, qu'on déconne autour d'une table avec les copains, qu'on pince les joues des gosses qu'on a libérés. Ils ignorent la… la souffrance.

Banks trinque avec lui et soupire.

– Après la gloire viennent les corvées. Et donc, cette blonde ?

– Je l'ai invitée à dîner, aujourd'hui. Elle m'a répondu qu'elle n'avait pas le temps. J'ai cru que ça voulait dire non, mais je crois que ça voulait dire oui et maintenant elle me fait la gueule.

Banks sourit.

– Un malentendu culturel, dit-il avec sagesse. Gabi et moi, on en a eu quelques-uns. Les femmes allemandes ne sont pas douées pour les ambiguïtés romantiques.

– Je pense qu'elles ne sont pas romantiques du tout, point final.

– Tu exagères. Elles sont plutôt mignonnes dans leur genre. Une fois qu'on s'est habitué à leur accent.

Banks termine sa bière.

– Mais assez parlé de tout ça. Qu'as-tu trouvé à propos de Coston ?

– Deux ou trois choses. J'ai appris que Vera Klug l'informait de ses liens avec d'anciens nazis. Elle lui a promis des preuves pour coincer des hauts gradés qu'on n'avait pas réussi à mettre au pied du mur.

– Les faisans dorés.

Billy est surpris que Banks connaisse cette expression allemande. C'est sans doute Gabi qui la lui a apprise.

– Je me demande juste… Tu sais, ces femmes, dans la maison ? Elles ont toutes un passé nazi, même si certaines ont été plus actives que les autres. Vera devait le savoir, mais elle ne les a jamais dénoncées.

– Et alors ?

– Erich Fischer a ruiné sa carrière. Il l'a empêchée de jouer dans d'autres films. Je me demande si elle ne l'a pas dénoncé pour se venger. Elle avait peut-être une règle pour ses ennemis et une autre pour ses amis.

– C'est possible. Et cette descente d'ailleurs, ça a donné quelque chose ?

– Pas vraiment. Une des femmes, celle qu'on a arrêtée, a un frère qui était dans les SS. Nous enquêtons là-dessus.

Banks ne semble pas l'écouter. Il a les yeux fixés sur le barman. L'homme a l'air épuisé et des yeux méfiants.

– Je me demande, lâche-t-il, si quelqu'un a déjà interrogé ce gars-là.

Avant que Billy ne puisse répondre, il descend de son tabouret. Il commande une nouvelle tournée de bières d'une voix joviale et obtient un sourire fugace en retour. Puis il fait signe à Billy et le tape vivement sur l'épaule.

– C'est un Allemand, dit-il en plaisantant. Tu vois cette paille qui pousse sur sa tête ?

– Arrête ça, s'écrie Billy. Je ne suis pas…

– On parlait justement de cette chanteuse allemande qui est passée ici il y a une semaine. C'est triste…

Le barman leur jette un coup d'œil méfiant.

– Puisse-t-elle reposer en paix.

– Au fait, vous ne l'avez jamais vue parler à un sergent de l'armée américaine ?

Billy le tire par le coude.

– Qu'est-ce que tu fabriques, Bon Dieu ?

– Parce que vous savez, enchaîne Banks, ce sergent qui a été retrouvé mort dans les ruines, à côté d'ici, nous pensons qu'elle lui fournissait des informations. Vous le connaissiez ? Il venait souvent ?

Le barman baisse les yeux.

– J'ai dit à la police tout ce que je savais.

– Et vous croyez qu'ils vont résoudre l'affaire ?

– Et vous ?

– On fait de notre mieux, répond Banks en se penchant en avant. Écoutez, mon vieux, tout ce que nous voulons savoir, c'est si ce type était ici. Le sergent Alfred Coston. Et si vous avez déjà vu Vera Klug parler à un sergent américain.

– Bien sûr que non. Nous respectons les lois antifraternisation.

– Évidemment, mais entre vous et moi…

Le barman essuie son comptoir à l'aide d'un chiffon grisâtre.

– Il s'agirait plutôt de savoir qui je n'ai pas vu, dit-il.

Billy inspire un grand coup ; il voudrait parler mais n'y arrive pas. Quelque chose dans l'attitude de Banks, l'aisance avec laquelle il boit, l'en empêche.

– Vera a dit qu'elle attendait quelqu'un le soir où elle a été tuée, continue le barman. Je devais la prévenir si on la demandait pendant son tour de chant. Elle scrutait la salle sans arrêt. Elle semblait… nerveuse. Mais personne n'est venu.

– Est-ce qu'elle regardait quelqu'un en particulier ?

Le barman hausse les épaules.

– Ses amies étaient installées à une table, là-bas. C'était peut-être elles. Je n'ai pas vraiment fait attention. Oh, regardez…

À nouveau, un bref sourire.

– Il y en a une qui arrive, justement.

Billy tourne la tête et reconnaît Ulrike Seelman, vêtue d'un pantalon de travail trop grand pour elle et d'un béret bleu. Une femme d'un certain âge l'accompagne, mal fagotée dans son manteau. Elles s'assoient à une table, Ulrike commence à parler à toute vitesse en allemand. L'autre femme l'écoute attentivement et tente de la calmer.

Billy se plante devant leur table. Ulrike Seelman se relève si brutalement que sa chaise tombe en arrière.

– Herr Keely…, dit-elle avec des yeux fiévreux. Vous devez faire quelque chose. Je vous en prie. Nous avons besoin d'aide.

– Calmez-vous, répond-il en tirant deux sièges. Je suis le soldat Keely, de l'armée américaine, 2e bataillon, 6e régiment d'infanterie, précise-t-il à l'attention de l'autre femme.

Cette dernière lui sourit, hésitante.

– C'est formidable, dit-elle avec difficulté. Je m'appelle Magda Bemmel.

Il leur présente Jameson Banks, puis se tourne vers Fräulein Seelman.

– Vous avez l'air contrariée. Que se passe-t-il ?

– C'est Klara. Elle a dit des choses qui n'avaient aucun sens. Juste après la naissance de Vera. Je ne les laisserai pas, elle et son monstre de frère, détruire tout ce que Vera essayait de construire.

– Attendez, calmez-vous. Que voulez-vous dire par *après la naissance de Vera* ?

Elle se calme un peu.

– Le bébé de Gisela. Il est né il y a quelques heures.

Banks sourit chaleureusement.

– Félicitations. Vous voulez boire un verre pour fêter ça ?

Fräulein Seelman secoue la tête.

– Le mari d'Immi s'est installé à la maison. Nous avons découvert qu'il est aussi le frère de Klara. L'Oberbefehlsleiter Fischer est venu chez nous. Il a décidé que Mückler vivrait sous notre toit sans nous demander notre avis. Et ensuite, Klara a dit quelque chose que je ne peux m'ôter de la tête.

Billy lui fait un geste apaisant.

– Fischer était chez vous ?

– Ils se connaissent. Lui et Mückler appartenaient au même *Kommando*. Un…

– Un *Sonderkommando*, complète froidement Keely.

Elle le dévisage.

– Vous êtes au courant ?

– Nous savons tout, Fräulein Seelman. Et il est clair que Fischer en a fait plus qu'il ne veut bien le dire.

Elle pâlit un peu et sort une feuille de papier plié d'une de ses poches.

– Vous vous souvenez de ça ? *C'est votre faute*. Ça a été envoyé dans tous les foyers allemands. Il y a une photo de Mückler. Regardez.

Elle lui indique l'image sur laquelle un *Sonderkommando* SS enterre les corps de Juifs près de Stutthof. L'un des hommes sourit à l'objectif.

– La reproduction n'est pas très bonne, précise-t-elle, mais si on pouvait retrouver l'original on…

Billy la fait taire d'une main.

– C'est Stutthof. Fischer a été arrêté tout près.

– Et voilà.

Il plonge son regard dans le sien et y lit une détermination sans faille. Il se demande si elle sait ce qu'elle fait, si elle est pleinement consciente des conséquences.

– M. Mückler est marié à votre amie, dit-il. Cette information que vous m'avez fournie pourrait conduire à son arrestation et lui valoir la pendaison. En êtes-vous consciente ?

– Je sais de quoi ça a l'air. Mais il est dangereux. Je vous en prie.

Magda Bemmel se penche en avant. C'est à peine si Billy a remarqué sa présence mais l'intensité de sa voix l'oblige à écouter.

– Une femme vous réclame de l'aide, alors aidez-la. Ne la jugez pas.

– Je veux juste que vous soyez consciente des conséquences.

– Ce n'est pas tout, reprend Ulrike Seelman. Quand Klara a appris qu'on allait nommer le bébé Vera, elle était furieuse. Elle a dit que Vera était une traîtresse et un serpent parce qu'elle coopérait avec les Américains. Et ensuite…

Elle pousse un soupir.

– Elle a dit que Vera avait trahi son frère. Qu'elle avait transmis à l'OMGUS des informations qui avaient conduit à son arrestation.

– Et ?

– C'est impossible car Vera ignorait tout du passé de Mückler. Elle ne l'a vu qu'une fois, lorsqu'il est passé chez nous pour parler à Immi. Si elle a cherché à le faire arrêter, ce n'était pas à cause de ce qu'il avait fait pendant la guerre, mais parce qu'il avait menacé de mettre le feu à notre maison.

Billy n'est pas sûr de comprendre.

– Et alors ? Qu'y a-t-il de si troublant ?

– Vera a aidé Klara. Elle nous a toutes aidées. Mais depuis qu'elle est morte, Klara semble la détester, explique Ulrike mal à l'aise. Je ne peux m'empêcher de penser qu'elle a quelque chose à voir avec…

Avec le meurtre de Vera ?

– Oui.

– Mais ça signifierait…

Il se tourne vers Banks.

– Qu'elle serait aussi impliquée dans la mort du sergent Coston. Ce qui est peu probable, n'est-ce pas ?

Ulrike hausse les épaules de façon désespérée.

– Je ne sais pas.

Billy avale une gorgée de bière.

– On va se renseigner, dit-il. Faites-moi confiance.

– Mückler est dangereux mais sa sœur… Vous ignorez de quoi elle est capable.

– J'ignore ce dont vous êtes toutes capables. Vous n'avez toujours pas répondu à notre relance pour votre entretien de dénazification.

Elle blêmit.

– Ce n'était pas officiel, alors…

– Fräulein Seelman, intervient Jameson Banks en se penchant au-dessus de la table, nous savons où vous étiez à la toute fin de la guerre. Vos renseignements pourraient nous aider à arrêter les responsables.

Elle dévisage Billy et il peut lire une question dans ses yeux – une question dont il connaît la réponse. *Et si je suis responsable, moi aussi ? Qu'arrivera-t-il ?*

– C'est vrai, intervient à son tour Bemmel. Cette jeune femme a mal agi. Mais elle vous parlera. Elle est prête. Vous allez l'aider et Ulrike vous racontera.

Ulrike Seelman cligne plusieurs fois des yeux en fixant Frau Bemmel, puis baisse la tête.

– D'accord, dit-elle faiblement. Je… je vais parler. Mais seulement quand Ernst Mückler aura été arrêté.

Billy hoche la tête et se lève.

– L'OMGUS vous recontactera.

Chapitre 31

Rike

Banks fait promettre à Rike de transmettre ses félicitations à Gisela et au bébé. *Le Bébé*. Sa simple présence a rempli sa vie d'une urgence qu'elle ne peut expliquer. Le monde est devenu plus net, plus tranchant, et elle a l'impression qu'elle pourrait bien se couper sur ses bords.

Les soldats quittent le bar. Magda Bemmel se frotte le menton. Si elle avait apporté sa gourde, c'est le moment qu'elle choisirait pour lui offrir une tasse de café. Rike s'attend presque à la voir sortir la bouteille argentée avec son bouchon usé, mais Magda se contente de froncer les sourcils.

– Vous êtes sûre que vous serez en sécurité, ce soir ?

– Je pense que oui. Quelle heure est-il ?

La grosse Bemmel consulte sa montre.

– Vingt-trois heures trente.

– Mückler dormira. J'espère vraiment qu'il dormira.

Dans l'intérêt d'Immi.

Magda hoche la tête.

– Klara a vraiment traité Vera de Kapo ?

– Oui. Ça m'a fait réfléchir. Les Kapos étaient étranglés par les autres prisonniers.

– Ou pendus par les gardiens quand leur temps était venu. J'ai entendu dire qu'il existait une cour d'exécution spécialement pour eux, dans les camps, afin que personne ne puisse voir.

Rike resserre son manteau autour de ses épaules. *Pas de témoin*. Une ruelle sombre et humide. *Un mal nécessaire*. Les paroles de Vera représentaient un danger et on les lui a fait ravaler jusqu'à ce qu'elle en meure.

Elle voudrait poser une question, mais elle ne sait pas comment la formuler. Alors elle parle à voix basse, si basse que la grosse Bemmel n'entendra sûrement rien à cause du vacarme du gramophone.

– Comment avez-vous fait ?

Magda Bemmel se penche pourtant en avant.

– Fait quoi, ma chère ?

– Entrer dans la résistance. Pourquoi avez-vous fait ce choix ?

– Et vous, pourquoi avez-vous décidé de suivre le mouvement ?

Rike se frotte les yeux, elle est épuisée.

– J'ai fait comme tout le monde.

– Même quand ça a mal tourné ?

– Ils ont dit que ce qui ne nous tuait pas nous rendait plus forts.

– Je ne parle pas de la guerre. Avant ça. La persécution des Juifs, la destruction. L'extermination.

Rike regarde ses doigts.

– Selon eux, c'était le prix à payer pour… pour que l'Allemagne retrouve sa grandeur. Et j'y ai cru.

Magda Bemmel tire sur son châle.

– J'y ai cru aussi, pendant un temps. Même si je n'aimais pas les nazis. Tous ces défilés, ces hurlements. Ces minables qui se prenaient pour des cadeaux du ciel. Puis il y a eu les pogroms, la destruction. Comme vous, j'ai pensé qu'il ne s'agissait que de temps difficiles, de quelques morts. On était en pleine récession, c'était la crise. Les gens avaient peur et les gens qui ont peur se mettent vite en colère.

– Et ensuite ?

– Ensuite, ils ont commencé à déporter les gens. Les Juifs, bien sûr. Mais aussi ceux qui critiquaient le régime. Les artistes et les intellectuels. Les opposants. Et j'ai su que je ne voulais pas vivre dans un monde sans débat ni art. Je ne voulais pas vivre sous une croix dont les pointes étaient si acérées qu'elles pouvaient tuer tous ceux qui n'avaient pas leur place. Alors j'ai commencé à écrire des articles que j'ai envoyés aux journaux et un jour, quand le Gauleiter a organisé un défilé dans le parc de la ville, je lui ai jeté une salade.

– Une salade ?

– J'étais sur le marché, et j'ai attrapé la première chose que j'ai eue sous les yeux, dit-elle en souriant. J'ai été condamnée à soixante jours de travaux forcés dans une usine de pneus. À ma libération, une amie d'Amsterdam m'a conseillé de partir, car je n'étais plus en sécurité en Allemagne. Elle avait raison. Alors mon mari et moi sommes partis nous cacher en Hollande. Nous avons imprimé des tracts et aidé ceux qui voulaient fuir à trouver un passage.

– J'ignorais que vous étiez mariée.

Magda se frotte le bras.

– Je suis veuve, maintenant. Comme beaucoup d'autres.

Elles restent un moment silencieuses et écoutent Doris Day chanter de sa voix enfantine. *Long as there's a spring, of birds to sing, I'll go on loving you…*

Rike chuchote, la gorge sèche.

– Mais… Où allons-nous, maintenant ?

Magda Bemmel sourit.

– À la maison. Pour s'assurer que les choses progressent. Pour construire un avenir. Il n'y a pas d'alternative.

Elle resserre son châle autour de ses épaules.

– On se voit demain, Seelman. On a besoin de vous. Saint-Michel ne se déblaiera pas toute seule.

Rike sourit.

– Prenez soin de Tilly. Il… elle est… importante.

– Bien sûr qu'elle l'est. Bonne nuit.

* * *

Elle craignait que la porte ne soit entravée mais ce n'est pas le cas. La maison, cependant, demeure sombre et silencieuse. Elle s'assoit dans la cuisine et allume une cigarette, vague substitut à la lumière et à la compagnie. C'est drôle à quel point fumer est devenu pour elle un passe-temps solitaire. Elle se sent vraiment seule, désormais. Sans amitié, sans loyauté.

La loyauté. Vera détestait ce concept autant que celui de *confort*. Il fut un temps où l'on plaçait la loyauté – la loyauté la plus totale – au-dessus de tout. Elle comprend maintenant, plus que d'autres sans doute, que celle-ci rend aveugle. Qu'elle vous empêche de réfléchir et peut vous pousser à aligner des gens comme Magda Bemmel devant un mur pour les tuer.

Est-ce qu'elle l'aurait fait ? *Oui*. Si la loyauté envers le régime et ses compatriotes allemands le lui avait demandé… Personne n'est plus déloyal qu'un traître.

Kapo. Vermine. Si tout se passe comme prévu, Ernst Mückler sera arrêté et jugé, et il devra répondre de ses crimes loin d'Hermannstrasse et du bébé Vera. Et elle, Ulrike Seelman, aura dénoncé un mari et un frère, quelqu'un de cher à deux de ses plus proches amies.

Elle écrase sa cigarette, grimpe l'escalier à tâtons et s'arrête devant la porte. Immi et Ernst sont là, et elle ne supporte pas l'idée de les savoir ensemble, ni celle de passer une nouvelle nuit sous le même toit que cet homme. Elle avance sur la pointe des pieds jusqu'à la chambre de Gisela et entre.

Cette dernière est toujours étendue par terre, recroquevillée sur son matelas, son bébé enveloppé bien chaudement sous plusieurs couches de langes. Sur le lit, une forme massive trahit la présence de Margit qui ronfle doucement sur son oreiller. La flamme d'une bougie placée à bonne distance du bébé vacille quand Rike referme la porte.

Elle s'approche et sort la brochure de sa poche. *Réfléchissons avec logique*. Klara savait ce que son frère faisait pendant la guerre. Elle appartenait aux *Helferinnenkorps* et lui à un *Sonderkommando. On s'écrivait souvent. On avait tellement de choses à se raconter*.

Son estomac gargouille. Ils devaient passer leur temps à se vanter de leurs exploits, comme le font les frères et sœurs. De quoi d'autre avaient-ils pu parler ? De l'Oberbefehlsleiter Fischer sans doute. *Une croisière au soleil* avait été un succès. Klara connaissait donc son nom, et devait savoir qu'il avait croisé la route de Vera. Et quand elle avait appris que celle-ci transmettait des informations aux Américains, et qu'Ernst avait été arrêté, alors elle avait pensé que…

Vera ne savait rien au sujet d'Ernst.

Mais Klara l'ignorait.

L'horreur se répand dans sa poitrine.

La bête dans l'allée. La silhouette menaçante. Les yeux morts qui l'avaient pourtant… *reconnue*. C'est ce qu'elle avait vu juste avant de tomber. Klara l'avait reconnue. Klara savait depuis le début.

Elle s'appuie au mur et la brochure devient floue. Que disait Tilly au sujet des *Buddenbrook* ? La vérité est là, mais ils ne la voient pas car ils se croient plus forts, plus intelligents. Immunisés contre la chute.

Elle ne voulait pas voir. Elle ne *pouvait* pas voir. Pas avant qu'il ne soit trop tard.

Le bébé gémit et elle se retourne. Gisela, à moitié réveillée, sort son sein et le présente à sa fille. Elle ne semble pas étonnée par la présence de Rike.

– Ah, tu es rentrée…

Rike s'allonge à côté d'elle sur le sol dur. Elle doit savoir, elle doit être sûre.

– Tu te souviens de la nuit où Vera est morte ?

– Oui, répond Gisela en bâillant. Je n'ai pas arrêté de penser à notre altercation, à ce qu'elle avait voulu dire en affirmant que nous devions accepter qui nous étions. Je n'étais pas certaine de pouvoir jamais… accepter ce qui s'était passé.

– Cette nuit-là… est-ce que Klara dormait ?

Gisela prend la petite tête de Vera dans sa main.

– Klara ? Non, elle est sortie. Comme vous toutes.

– Mais Klara n'est pas restée *Chez Charlie*. Elle est rentrée à la maison.

– Si c'est le cas, elle est ressortie plus tard. J'ai pensé qu'elle avait changé d'avis.

– Tu es sûre que c'était Klara et non Margit ?

– J'ai entendu des talons dans les escaliers, Margit n'en porte jamais.

Rike s'approche tout près d'elle et murmure au-dessus de la tête du bébé :

– Gisela… Je pense que c'est Klara qui a tué Vera. Je pense qu'elle croyait que Vera avait dénoncé son frère pour ses crimes de guerre.

– Mais Vera n'avait pas la moindre idée de qui était Ernst Mückler.

– Klara a dû supposer… Elle n'était pas présente lorsqu'il est venu à la maison. Tout ce qu'elle savait, c'était que Vera avait contacté Fischer afin de faire arrêter quelqu'un. Elle s'est rendue au camp pour y trouver son frère, et peut-être qu'ils lui ont dit quelque chose. Dans tous les cas, son frère a été arrêté juste après. Elle a dû craindre que… d'autres informations circulent.

– Au sujet de son propre passé ?

– Oui.

Rike caresse doucement le crâne de Vera, à l'endroit fragile où pulse mystérieusement la vie.

– Je sais ce qu'on ressent. J'ai échoué à Ravensbrück. J'aurais pu empêcher le pire mais je n'ai rien fait. Et j'ai essayé d'oublier. Si quelqu'un allait tout raconter aux Amis…

Gisela la dévisage.

– Tu serais incapable de faire face.

– Oui.

Rike sent des larmes brûlantes rouler sur ses joues.

– Je n'ai pas peur d'être punie. Ils punissent rarement les gens. Mais je suis terrifiée à l'idée que quelqu'un le découvre car… Qu'est-ce que ça dit de moi ? De ce que je suis ?

Elle sanglote et ses larmes sont comme des lames sur sa peau. Gisela lui passe une main sur l'épaule, puis dans les cheveux, et Rike se laisse réconforter. Réconforter par la plus faible d'entre elles, celle qui a été violée. Par la Gisela fragile et suicidaire qui a besoin d'aide plus que toute autre, qui n'a plus rien à donner. Celle-ci est devenue mère, cependant, et comme toutes les mères, elle sait apaiser les larmes.

Après un long moment, Rike se frotte les yeux.

– Je vais me rendre à mon entretien de dénazification.

Le son de sa propre voix, si enfantine, lui donne envie de rire.

– Je ne sais pas si ça m'aidera, mais… je ne peux plus me taire. J'ai besoin de savoir à quel point j'ai été mauvaise. C'est ce que Vera voulait.

– Oui, répond Gisela. Parfois, j'ai besoin de savoir, moi aussi.

– Toi ?

Rike plisse les yeux dans la pénombre.

– Nous avons toutes commis des actes dont nous ne sommes pas fières.

– Qu'as-tu fait ?

– J'ai menacé une famille avec une arme.

– Quoi ?

– J'ai fui Seelow pour tenter de rejoindre Berlin, loin de l'Armée rouge. Une longue marche qui a duré plusieurs jours. Les prés étaient encore couverts de neige. Rien à manger, rien à boire. Et les filles qui n'avaient rien… eh bien, elles allaient mendier dans les fermes. Les fermiers demandaient toujours quelque chose en échange. Du travail aux champs, si vous aviez de la chance. Ou une heure dans la grange.

– Oh.

– Je refusais de m'y résoudre. Un jour, j'ai trouvé un pistolet sur un corps dans un fossé. La chambre avait explosé, mais je l'ai tout de même récupéré. Et le lendemain, j'ai croisé cette famille sur la route, avec un cheval, une charrette et un vélo. Ils venaient de Küstrin et transportaient de jolis tissus colorés et de bonne qualité. Alors j'ai brandi mon pistolet et je leur ai ordonné de me donner leur vélo et leurs tissus. *Tout de suite*. Et ils ont obéi.

Elle embrasse la tête du bébé.

– J'ai troqué le tissu contre de la nourriture et j'ai pédalé jusqu'à Berlin sans avoir à entrer dans les granges avec les fermiers.

Elle renifle.

– La vie nous joue parfois des tours.

Rike observe la petite Vera, enroulée dans ses langes, rayonnante de chaleur et d'une odeur de lait.

– Gisela, murmure-t-elle, je peux te poser une question ?
– Oui.
– Est-ce que tu aimes ton bébé ?
Son amie sourit dans la faible lumière.
– Je ne la déteste pas, et c'est déjà beaucoup.

Chapitre 32

Billy

Cette nuit, Billy n'arrive pas à dormir. Son esprit dérive sur la brochure que Fräulein Seelman lui a montrée. Il serait ironique qu'un criminel de guerre se cache sur une photo vue par des millions de personnes. Mais si Ulrike a raison…

Le problème, c'est que le Lézard est mort et il n'a aucune idée de ce qu'il doit faire. Il ne réussira jamais à réunir suffisamment de preuves pour découvrir ce qui s'est réellement passé. Si seulement il avait le culot de Jameson Banks. Son assurance. Au milieu de la nuit, il se demande ce que ce dernier est en train de faire, de l'autre côté de la palissade. S'il se les gèle toujours autant.

Ce n'est pas son problème. Les Noirs restent de leur côté et lui du sien, c'est comme ça. Ça a toujours été comme ça. *Mais cette palissade…*

Il appuie ses deux mains sur ses tempes. *Buchenwald.* Ses palissades, ses barbelés et derrière, une horreur si abominable qu'elle restera gravée dans l'histoire de l'humanité pour l'éternité. Tous ces actes ont été tolérés, commis par des personnes qui se pensaient du bon côté. Les gens bien comme lui qui ne s'abaisseraient jamais aussi bas, à enfermer un être humain derrière une barrière, à le traiter différemment, à l'assujettir et à lui refuser de la nourriture, de la chaleur, de la joie, au nom de…

Il faut parfois bafouer les règles, Keely.

Le sang afflue à son cerveau. Le Lézard et ses dossiers. Il ne peut pas attendre davantage. Pas même jusqu'à demain. Les services de rapatriement de l'UNRRA battent leur plein. Les camps de personnes déplacées se remplissent et se vident comme le lit d'une rivière. Qui sait où sera Ernst Mückler dans une semaine ? Combien encore de criminels passeront à travers les mailles du filet pour aller se planquer dans un coin perdu du pays, bien au chaud avec leurs amis et leur famille, pour réapparaître dans quelques années sous une nouvelle identité…

Sa décision est prise. Une minute plus tard, son lit est vide.

* * *

Par une nuit brumeuse comme celle-ci, il n'a aucun mal à sortir de la caserne. Une rapide signature, une vague excuse pour être en retard à une patrouille de routine et le voilà dans les rues de Berlin.

Berlin… Capitale de la Prusse et lieu de naissance de la République de Weimar. Centre du IIIe Reich devenu champ de ruines morcelé en parcelles stratégiques tel un vulgaire gâteau d'anniversaire.

Son cœur bat au rythme de ses pas étouffés. L'atmosphère est calme, quoique l'humidité de l'air soit oppressante. Et il fait froid. Billy a entendu dire que cet hiver, déjà surnommé l'Hiver de la Faim, était la punition divine réservée aux Allemands. Mais ça ne peut être le cas, car ce sont les moins coupables, les enfants, les vieux et les réfugiés, qui souffrent le plus.

Lorsqu'il atteint enfin la maison de Lotti Lotterberg, il a les doigts de pied transis. La porte d'entrée, lourde et ancienne, est équipée d'un heurtoir en métal. La serrure a été maintenue en place par des clous de ferronnier.

Il frappe deux fois et attend, puis frappe de nouveau. Au bout d'un moment, il entend des pas et une voix de femme inquiète.

– *Wer ist da ?*

Il s'écarte pour éviter un éventuel coup de feu. On ne sait jamais : il reste de nombreuses armes en ville, et beaucoup de partisans terrifiés.

– William Keely, lance-t-il. Armée américaine. Je dois parler à Fräulein Lotterberg. C'est urgent.

– *Einen moment.*

Des bruits de pas à nouveau, un bref silence, puis la porte s'entrouvre, retenue par une chaîne. Il avance un peu et croise le regard de Lotti. Elle semble fatiguée et furieuse.

– Lotti, chuchote-t-il, il faut que vous m'aidiez à ouvrir le bureau du sergent Coston.

Elle plisse les yeux.

– Il est 3 heures du matin.

– C'est le meilleur moment pour fouiner.

– Ce n'est pas illégal ?

– Si, mais...

Il tripote sa manche.

– Je dois absolument voir ses dossiers. Il est mort parce qu'il avait découvert quelque chose, j'en suis persuadé. Ulrike Seelman m'a confié des informations. Nous pourrions arrêter deux criminels de guerre. Et l'un d'entre eux pourrait bien être le meurtrier de Coston et de Vera Klug. On n'a pas de temps à perdre, Ernst Mückler pourrait nous filer entre les doigts.

Elle le dévisage.

– Mückler ? Je croyais que notre homme était Fischer.

– Ils le sont tous les deux. Vous venez ?

– Je pourrais perdre mon travail, Billy.

Elle l'a appelé Billy et il sourit dans la nuit.

– Ne vous inquiétez pas de ça, dit-il.

– Si on nous surprend, je pourrais être arrêtée.

– Pas si vous agissez sous les ordres de l'armée américaine.

Cinq minutes plus tard, ils marchent en direction du Bureau de la dénazification. Une fois sur place, Lotti Lotterberg ouvre une porte latérale et attrape une lampe torche sur une étagère. À la réception, il l'éclaire pendant qu'elle fouille la boîte à clés en marmonnant entre ses dents.

– Je l'ai. Allons-y.

Il l'entraîne jusqu'au bureau de Coston, à l'étage ; il y pénètre en premier afin que Lotti ne se sente pas trop coupable. Sans surprise, rien n'a été touché. Le cendrier du Lézard déborde et la bouteille de Cointreau est posée au petit bonheur sur une pile de dossiers à côté de deux verres. *Deux verres ?*

Il en saisit un et remarque du rouge à lèvres sur le bord.

Fräulein Lotterberg ouvre un tiroir et commence à fouiller. Il l'imite, passe en revue les feuilles éparpillées et les chemises cartonnées cornées et tachées de café dont les inscriptions sont à moitié effacées.

Son cœur accélère. Et si le dossier qu'il cherchait n'était pas ici ? Si Coston avait caché ailleurs ses informations les plus sensibles ? Si…

– J'ai trouvé quelque chose, annonce Lotti en brandissant un classeur marqué *complément d'enquête requise*.

Elle en extrait la première page.

– C'est une déposition de Vera Klug. Et celle-là… attendez, c'est bizarre.

– Quoi ? demande Billy en se précipitant à côté d'elle. Qu'est-ce que c'est ?

– Une autre déposition, de Klara Sauebrunn.

Il inspire un grand coup. La chatte a sorti les griffes. En cellule un jour, et libérée le lendemain par ce fichu Conseil de contrôle allié. Une seconde elle est là, l'autre elle a disparu.

Un souvenir lui revient. Une minuscule salle d'interrogatoire de Düppel. Mückler avec son air renfrogné. *En attendant le retour de leur hiérarchie*. Billy avait cru qu'il s'agissait de l'administration américaine, mais s'il avait fait référence au Conseil de contrôle allié ?

Puis un autre souvenir remonte à sa mémoire. Le Kommissar Flink avec sa moustache frémissante, se tortillant sur son siège en évoquant l'arrestation et la libération de Mückler. *Le Conseil de contrôle allié a appelé...*

– Fräulein Sauebrunn a fait une déposition contre Vera Klug, explique Lotti. C'est écrit là. Qu'est-ce que ça veut dire ?

Billy lui prend la feuille des mains et lit à haute voix :

– Ça dit que Frau Klug a trahi des Juifs sur le tournage du film, qu'elle est responsable de l'internement de certains acteurs à Saschsenhausen/Theresienstadt, et qu'elle accueille chez elle des criminels de guerre, comme Ulrike Seelman...

Il marque une pause.

– C'est une accusation sérieuse.

– L'OMGUS n'était pas au courant ?

– Vera Klug n'a rien dit lors de son interrogatoire de dénazification.

Il lit la suite.

– Klara Sauebrunn l'incrimine sérieusement.

– Est-ce qu'elle évoque Mückler ?

– Bien sûr que non. C'est son frère.

– Oh…

– Et vous savez ce qui est étrange ?

Il regarde la date, puis les deux verres posés sur le bureau.

– C'est que sa déposition a été faite après la mort de Vera.

Lotti fronce le nez.

– Elle essayait de détourner les soupçons de son frère.

– Mais d'après Ulrike Seelman, Vera Klug ignorait leur lien de parenté. Elle n'avait jamais rencontré Ernst Mückler avant qu'il ne se présente à leur porte.

Ce que Billy ressent à ce moment-là est difficile à décrire. Il se sent comme ceux qui, dans une église, se voient soudain révéler une vérité profonde par des cieux lumineux.

– Elle se forgeait un alibi, dit-il d'une voix enrouée. Klara Sauebrunn essayait d'entraîner tout le monde sur une fausse piste.

– Même Coston ?

Il hoche la tête.

– Vous avez vu les dossiers. Que savons-nous d'elle à part ça ?

– Elle appartenait aux SS *Helferinnenkorps*. Son entretien de dénazification n'a pas encore eu lieu. L'OMGUS ne considère pas ses membres comme une priorité, car les brigades féminines n'ont jamais été engagées dans les combats. En tout cas, c'est l'histoire officielle.

Lotti se lèche les lèvres.

– Les SS, hein ? Je me demande si son frère et elle… Vous avez la déposition de Vera ?

– Oui, répond-elle en lui tendant les feuilles. Qu'est-ce que ça dit ?

Il lit en diagonale et le papier tremble entre ses mains. Il ne parvient pas à comprendre. Tout lui paraît clair, pourtant, mais c'est trop. Il pointe du doigt un paragraphe en grommelant :

– Fischer.

Lotti saisit le document et lit à son tour en remuant les lèvres.

– Elle accuse Fischer d'utiliser sa position pour favoriser des amis. Elle affirme qu'elle possède des lettres, et un médaillon...

– Des lettres ?

– Elle dit que si Coston procède à l'arrestation de Mückler, elle fournira des lettres prouvant l'engagement de Fischer dans une unité SS. Et que celles-ci suffiraient à l'incriminer.

– Les lettres que nous avons trouvées dans sa chambre. Elles appartenaient à Klara.

– Alors le tour est joué. Il y a une note sur l'entretien. *Rendez-vous avec VG/EF Chez Charlie, le 4 janvier.* Le jour où Vera est morte.

– Coston se trouvait donc bien dans ce bar cette nuit-là. Pourtant d'après le barman, Vera était inquiète car elle attendait quelqu'un qui n'est pas venu.

– Peut-être que Coston a changé d'avis ?

– Il aurait laissé passer sa chance de récolter des preuves au sujet d'un criminel nazi ?

– Peut-être savait-il à quel point c'était dangereux. Erich Fischer est un homme important, après tout. Il doit encore entretenir des relations...

– Fischer ?

– Ce sont ses initiales. EF. Erich Fischer.

Le Lézard. Toujours caché derrière une pile de dossiers et n'élevant jamais la voix, fumant cigarette sur cigarette un verre de Cointreau à la main. Billy le méprisait parfois. Tourner des pages et recouper des informations, lire des dizaines de rapports n'était pas ce qu'il attendait d'un vrai soldat. Mais Coston était au courant pour Fischer, le criminel, longtemps avant tout le monde.

Et puis il a été tué.

– Je me demande, dit-il avec un air grave, si Coston a fini par rencontrer Fischer.

Lotti jette un regard à la porte, comme si quelqu'un pouvait les entendre.

– Que voulez-vous dire ?

– Imaginons que Coston se soit rendu *Chez Charlie*, cette nuit-là, et que Fischer ne s'y soit pas montré… Qu'après la mort de Vera, il ait pris d'autres dispositions pour le coincer… Et que ça lui ait coûté la vie…

– Mais sans Vera, comment le sergent Coston aurait pu atteindre quelqu'un comme Erich Fischer ? Il aurait difficilement pu se rendre au Conseil de contrôle allié pour réclamer un rendez-vous.

Elle fronce les sourcils.

– Il y a autre chose, ici. Un mot de Vera. Elle demande que l'autrice des lettres soit épargnée. Et que… Oh… Je crois que je comprends.

Billy sent ses muscles se raidir sous l'effet de l'adrénaline.

– Klara Sauebrunn.

– Vera essayait de protéger son amie, explique Lotti en reposant la feuille de papier. Je me demande comment elle a découvert l'existence de ces lettres. Peut-être que Klara les lui a montrées ? Ou que… si Fräulein Sauebrunn recherchait son frère, elle a dû parler à beaucoup de monde.

Il y a comme un déclic dans le cerveau de Billy.

– En particulier à un officier.

Lotti pâlit.

– Vous croyez que…

– Oui. Si Klara savait que Vera était toujours en contact avec Fischer, elle a pu lui demander de se renseigner auprès de lui au sujet de son frère. Et Vera aurait découvert que Mückler était un criminel de guerre.

– Mais ensuite, quand son frère a été arrêté, Klara a dû penser…

Ils se regardent un instant. Les yeux de Lotti sont clairs et déterminés, Billy n'y perçoit pas le moindre doute.

– Elle a tué Vera, chuchote-t-elle. Puis, elle a essayé de manipuler Coston. Elle devait savoir qu'il suivrait la piste des accusations de Vera. Alors elle lui a fourni des informations encore plus importantes.

– Et sans doute un poisson plus important à attraper. Si elle était au courant que Fischer était dans le collimateur de Coston, elle a pu essayer de le faire tomber. Ces lettres… c'est à cause d'elles que Klara était si furieuse quand on a fouillé la maison. Elle avait peur.

– Elle travaille dans la même unité de déblaiement que les autres femmes ?

– Oui. Je pourrai essayer de savoir où demain matin.

Il sourit. Il a très envie de l'embrasser, mais il se souvient de ses paroles sur tous ces soldats qui lui font des avances. Et ils sont en mission, ce n'est pas le moment. Alors il se contente d'un petit salut.

– Fräulein Lotterberg, vous êtes officiellement bien plus qu'une jolie poupée.

Il fait trop sombre pour qu'il en soit certain, mais il jurerait qu'elle rougit jusqu'à la racine des cheveux.

Vera

Chez Charlie, 9 Kronenstrasse,
zone d'occupation américaine de Berlin.

Il n'est pas venu.

Le froid se glisse sous mon étole. Le froid de son absence. Le froid des promesses trahies, de l'argent et des diamants qui m'étranglent. Je place une main sur ma poitrine, juste sur le cœur, *son cœur froid, si froid*. J'ai mis ce collier parce que je voulais que Fischer se sente en sécurité. Mais il y a sans doute une autre raison, plus compliquée. Nous sommes attachés l'un à l'autre et j'espérais que ce pendentif, aujourd'hui, serait la preuve que je l'avais piégé et confronté à ses propres péchés.

Peut-être après mon second tour de chant… J'enlève mon étole de fourrure et entre sur la scène improvisée. Je reprends d'anciennes chansons et d'autres, plus récentes. En allemand et en anglais, mais les mots *amour* et *promesse* ne m'ont jamais paru aussi étrangers que dans ma propre langue.

Coston est assis au bar. Il boit une bière américaine à la bouteille. J'étais inquiète qu'il n'ait pas mon message. La communication avec l'OMGUS n'est pas toujours facile, surtout lorsqu'on travaille sous couverture. Mon statut de collaboratrice ne me permet pas d'appeler ou d'écrire pour obtenir un rendez-vous avec un sergent.

J'essaye d'attirer son attention, mais il discute avec un officier anglais à la moustache grisonnante et je dois rester discrète. Ce n'est qu'après la troisième chanson qu'il daigne me regarder en fronçant les sourcils.

Je termine mon set et sors dans l'allée, une lampe de poche à la main.

Il apparaît cinq minutes plus tard. J'éteins aussitôt ma torche et me glisse le long du mur. C'est ainsi que nous parlons : lui dans la rue, la tête haute, comme n'importe quel Américain sorti prendre l'air en fumant, et moi tapie dans l'ombre contre la pierre froide d'un monde en ruine.

– Je ne sais pas ce qui s'est passé, je murmure. Il n'est pas venu.

– J'ai surveillé la porte pendant deux heures, répond-il en contenant difficilement sa colère. Ce n'est pas suffisant, Frau Klug.

– Je ne comprends pas. Il a promis qu'il viendrait.

– Nous avons besoin de sa confession. Je ne peux pas arrêter un homme à cause d'une simple rumeur.

– Vous avez des entrepôts pleins de dossiers.

Il ricane.

– Et par où voulez-vous que je commence à chercher ? Non, Frau Klug, vous devez remplir votre part du marché. J'en ai déjà beaucoup fait pour vous. Ernst Mückler est en garde à vue. Ça n'a pas été simple. J'ai dû tirer pas mal de ficelles.

– Il est là où il doit être. Vous devez seulement veiller à ce qu'il y reste.

Il ricane à nouveau.

– Nous ne pouvons pas faire ce que nous voulons quand cela nous chante.

– Si, vous pouvez. Vous êtes l'armée américaine.

À ma grande surprise, ça le fait rire.

– Très bien. C'en est assez, Frau Klug. J'y vais, on pourrait nous repérer. Je reviendrai dans une semaine.

* * *

Après le set suivant, qui se déroule dans la confusion, je bois beaucoup.

Je suis rarement saoule car dans mon métier, mieux vaut garder l'esprit clair. Ce soir, pourtant, je ne peux m'empêcher de boire. Autour de moi, la vie se réveille en dépit du froid glacial qui envahit la ville. J'ai vu Immi embrasser un jeune homme, tout à l'heure. Même Ulrike a baissé la garde, et s'est autorisée à danser le fox-trot avec un officier anglais.

Je devrais sans doute attendre leur retour. Je demande à Jupp une nouvelle vodka et il m'en sert un minuscule verre.

– Je vais bientôt fermer, se justifie-t-il. Comment vas-tu rentrer ?

– Dans ma Mercedes…

– Tu veux que je te raccompagne ?

– Non, j'attends mes amies.

– Tu vas attraper la mort.

– On finit tous par l'attraper. À la tienne.

Il met dehors les derniers clients et tire les rideaux. Puis il attrape une caisse de bouteilles vides et la traîne jusqu'à la porte.

– J'en ai pour une minute.

Maintenant que les lumières sont éteintes et que la musique s'est tue, le froid est sans pitié. Mon étole. *J'ai besoin de mon étole.*

Ce n'est qu'en refermant la porte derrière moi que je réalise que j'ai oublié la lampe de poche. Tant pis, je connais cet endroit par cœur. Je me faufile le long du mur d'un pas mal assuré et tends la main dans la pénombre. D'un instant à l'autre, je vais sentir le doux tissu…

– Vera ? C'est moi, Klara.

Klara ? Je la pensais partie il y a des heures… Mais j'ai l'esprit confus à cause de la vodka.

– Comment va… ton frère ?

– Il n'était pas là-bas.

Elle s'approche un peu plus.

– Oh, Vera, je n'arrivais pas à dormir. Est-ce que je peux te poser une question ?

– Bien sûr, ma chérie.

– C'est au sujet d'Ulli. On s'écrivait pendant la guerre. Il était dans une unité commandée par l'Oberbefehlsleiter Erich Fischer. Tu le connais, n'est-ce pas ? Depuis le film…

Je dois me retenir au mur pour ne pas trébucher.

– E… Erich ?

Elle hésite.

– Alors tu le connais, hein ? Je me disais que vous aviez dû travailler ensemble.

Oh, Klara, nous avons fait beaucoup de choses ensemble, mais on ne peut pas vraiment appeler ça du travail.

– Oui, réponds-je prudemment. Il était l'un des producteurs de *Une croisière au soleil.*

– Je sais qu'il est toujours à Berlin. Tu pourrais lui demander s'il peut aider mon frère ? Il a été arrêté, c'est pour ça qu'il ne se trouvait pas au centre, mais ils refusent de me dire pourquoi.

Il fait trop noir pour que je puisse voir son visage, mais il me semble que ses yeux brillent. *Est-ce qu'elle pleure ?*

– Bien sûr, ma chérie, dis-je en m'appuyant au mur. Comment s'appelle ton frère ?

– Je ferais mieux de ne pas…

Elle me tend une enveloppe.

– J'ai écrit une lettre à Fischer. Si tu pouvais la lui remettre, ou, au moins, me dire comment la lui faire parvenir…

C'est alors que ça me saute aux yeux. Je la tiens, *ma preuve*. Klara me l'apporte en main propre.

Je saisis l'enveloppe et la presse contre mon cœur.

– Tu nous sauves, Klara.

– Quoi ?

– Dis-moi une chose… Sois honnête. Qu'a fait ton frère pendant la guerre ?

– Il était… au début, il était dans la Wehrmacht, mais ensuite il s'est porté volontaire pour être réassigné.

– Laisse-moi deviner ? La SS ?

Ses épaules se raidissent.

– Oui.

– Comment a-t-il rencontré Fischer ? Qu'est-ce qu'il t'a dit ? Je vais t'aider, Klara, mais tu dois me dire la vérité.

– C'était une mission secrète. Il n'aurait pas dû m'en parler mais… il aimait trop se vanter auprès de sa grande sœur. C'était un *Sonderkommando*. Ils ont été envoyés à Stutthof pour faire le… ménage.

Faire le ménage. Même les plus convaincus trouvent le terme embarrassant. Naturellement, ils ne voulaient pas que ça se voie. Mais le monde entier a vu. Même moi. J'ai regardé les photos de la brochure. Ces atrocités commises par des hommes comme Fischer.

Il est intelligent. Je pensais avoir compris combien il était dangereux mais il s'avère que je n'y comprenais rien du tout.

Je serre la lettre contre ma poitrine.

– On va l'avoir, Klara. Tu ne te rends pas compte. On va l'avoir. Et ensuite, nous n'aurons plus à nous inquiéter de rien ni de personne. Nous aurons fait amende honorable et…

– Mon frère ? demande-t-elle d'une voix tremblante. Tu crois que Fischer le retrouvera ?

– Non, non. Nous allons livrer Fischer à l'OMGUS.

Je frissonne de la tête aux pieds, et pas seulement à cause du froid.

– Et après, il sera livré à la justice. Si elle existe encore.

– Mais de quoi tu parles, Vera ?

– Les Amis recherchent des gens comme lui. Des leaders. Des faisans dorés. Ils savent qu'ils ne peuvent pas arrêter tous les nazis, alors ils se focalisent sur le haut du panier. Je ne devrais pas te dire ça mais…

L'alcool a envahi mes veines.

– Mais j'ai un contact à l'OMGUS. Il va régler le problème pour nous. Mais tu sais comment c'est. Tout a un prix.

– Tu ne peux pas être sérieuse, Vera ?

– Cet homme, le sergent Coston…

Oups, je n'aurais pas dû prononcer son nom.

– Il peut tirer des ficelles. Si on l'aide à coincer un criminel de guerre comme Fischer, il est sûr d'obtenir une promotion. Et on aura des alliés du bon côté. Enfin. Des meilleures rations, la sécurité au sein de notre maison.

Les yeux de Klara lancent des flammes dans la nuit.

– Et mon frère ?

– Ne t'inquiète pas. Je suis certaine qu'il n'était pas si mauvais.

J'essaye de ne pas songer à la brochure.

– Il pourrait faire un peu de prison, mais c'est tout. Pense à ce que ça signifierait pour nous toutes.

– Je sais ce que ça signifiera, réplique-t-elle en avançant vers moi. Ils vont accuser Ulli de crimes de guerre.

– Ce n'est pas le cas.

– Non. Mon frère n'est pas un criminel. Ce n'était pas un crime, à cette époque. C'était une… nécessité.

Je la dévisage, mais j'ai du mal à y voir clair à cause de l'alcool. *Une nécessité*. Elle n'a donc rien appris en vivant à la maison ?

– Ma chérie, dis-je d'une voix sourde, je sais qu'il est difficile de reconnaître ses fautes. J'ai du mal, moi aussi. Mais je sais une ou deux choses au sujet des péchés. Les cacher ne fait que les empirer.

Klara ricane.

– Les péchés ? C'est un péché de trahir ses amis. Ou de salir sa mère patrie.

– La mère patrie n'existe plus. Tu n'as donc pas compris ?

– Oh si, j'ai compris des choses…

Les yeux de Klara ne brillent plus.

– … mais il reste des traîtres partout.

– Tu parles de moi ?

– Si Fischer tombe, mon frère tombera avec.

– J'essaye seulement de réparer…

– La ferme, espèce de Kapo.

– Calme-toi, Klara.

– Si tu fais ça, mon frère sera pendu.

Je frémis. Je me sens soudain vulnérable dans cette allée trop sombre.

– Est-ce que c'était… à ce point ?

– Il a fait son devoir, siffle-t-elle. Comme nous tous. Nous n'avions pas le choix, même si c'était désagréable. Il n'a été lâche comme tous ces pleurnichards qui sont restés planqués chez eux. Il est sorti, lui et il s'est dévoué à son pays.

– Il a commis des crimes de guerre.

– Je ne te laisserai pas le trahir, Vera.

– Ce n'est pas une trahison, je lance d'une voix mal assurée. C'est la seule chose à faire. Pour nous sauver, Klara. Pour sauver notre maison.

– Avec le sang d'un homme ?

– Les Amis ne s'intéressent pas aux simples soldats. Ils veulent les responsables. Des gens importants.

Son visage est devenu sombre comme de l'ardoise.

– Comme toi.

Moi ? Non, elle se trompe. Je n'ai jamais eu un statut suffisant pour avoir un impact. Je ne prenais pas de décisions. Je n'étais qu'un joli visage. Une diva. Admirée par des millions de gens. Et, *mein Gott*, que leur ai-je montré ?

– C'était juste un film. Je n'ai rien fait. J'étais actrice.

Mais Klara n'écoute plus.

– Tu es une balance et une traîtresse. Tu trahirais tes meilleurs amis.

Rolli. La première. La douce musique de violons qui se répand dans les rues. Les gens qui rient, *sa* main lourde posée sur mon épaule tandis que le fourgon s'éloigne. Et je l'ai laissé faire. Je ne l'ai pas repoussé. Le pêcheur avait ferré sa sirène corps et âme.

– Je ne suis pas une traîtresse, me défends-je. Juste une lâche.

– Tu es une Kapo. Tu fournis des informations à l'ennemi.

Klara se dresse devant moi tel un fantôme.

– Et tu sais comment finissent les Kapos ?

Elle fait glisser ses doigts sur ma gorge, sur la chaîne délicate de mon pendentif.

– Klara…, je murmure d'une voix brisée et terrifiée. Je fais ce qui est juste.

Elle hoche la tête.

– Moi aussi. Pour le Reich.

Ses mains se referment sur mon cou avec une force incroyable et, tel un maelström, elle m'entraîne avec elle dans la pénombre entre deux falaises escarpées.

Chapitre 33

Rike

Encore une nuit sans sommeil, un réveil dans le froid et la perspective d'une journée à crever de faim. Le givre qui forme une croûte sur les carreaux brisés. Un pantalon de travail trop large suspendu à ses hanches. Trois paires de chaussettes. Les cheveux ternes, les lèvres bleu gris, la peau sale. Ainsi va la vie ces temps-ci, et Rike s'en contente, car au moins elle est vivante, même si parfois elle en doute.

Elle passe voir Gisela et son bébé pendant qu'Ernst Mückler prend son petit déjeuner dans la cuisine, servi par Immi et Klara. Avant qu'elles partent toutes travailler, il leur demande de s'aligner contre le mur et les jauge d'un œil approbateur.

– Femmes allemandes, l'avenir de notre race repose sur vos épaules.

Puis il plisse les yeux.

– Enlève ce béret, Rike. Tu n'es pas une de ces putes françaises.

Elle obéit et bientôt, dehors, le vent lui glace les oreilles, alors elle enroule son écharpe autour de sa tête comme une vieille. Quand elles atteignent Saint-Michel, la pluie tombe à verse. Magda Bemmel porte deux pardessus. Pas de travail en hauteur aujourd'hui, à cause des bourrasques. Elle répartit les femmes entre le tri et le nettoyage des briques.

Rike s'assoit à côté de Klara avec une boule au ventre. Elle ramasse une brique avec précaution et en détache le ciment jusqu'à ce que sa surface soit bien brillante.

– Quel temps pourri, lâche Klara. Ce sont des esclavagistes. On ne devrait pas travailler dans ces conditions.

Rike fait claquer sa brique sur la table.

– Tu as oublié que nous devions assurer l'avenir de notre race ?

– Ce ne devrait pas être à nous de faire ça, répond Klara en baissant à peine la voix. Nous sommes trop évoluées.

– Tu devrais en parler à Immi. Elle partage ton opinion.

Klara baisse son marteau.

– Ce n'est pas une opinion, c'est un fait. Mais tu ne l'as jamais compris, hein ? ajoute-t-elle en ricanant. Tu ferais n'importe quoi pour satisfaire les occupants, tu n'es qu'une pute pour Américains.

– Je préfère être une pute pour Américains qu'une meurtrière.

C'est sorti tout seul et sa brique semble s'effriter sous les yeux de Rike. Elle l'a dit et elle ne peut pas revenir en arrière.

Klara se crispe, puis se détend.

– C'était la guerre. Au moins je combattais l'ennemi, je n'abattais pas des vermines dans un camp crasseux.

– Quel ennemi ?

– Ceux qui arrivaient de l'Est. Les pillards et les voleurs.

– Les réfugiés ? Ces Polonais affamés qui avaient tout perdu ?

– Ils pillaient nos ressources, Rike. Il ne restait rien pour nos gamins sur le front.

– Des gamins, en effet. Comme Tilly. Des gamins qui allaient se faire tuer pendant que les hommes comme ton frère se saoulaient et massacraient les Juifs.

Ce regard à nouveau. Les prémices d'une prise de conscience. Klara serre le manche de son marteau et se penche au-dessus de la table.

– C'est ce que Vera t'a dit ?

Rike soutient son regard, ce regard noir de requin qui brillait dans la nuit.

– Non, mais je connais la vérité.

– Quelle vérité ?

– Tu croyais que Vera avait vendu ton frère aux Américains. La veille de sa mort, elle a dit qu'elle leur fournirait des informations au sujet de quelqu'un qu'elle connaissait. Et juste après, Ernst a été arrêté. Je me souviens de ta tête quand tu nous as annoncé que tu ne l'avais pas trouvé au camp, n'est-ce pas ?

Les yeux de Klara s'assombrissent encore.

– Ils m'ont dit qu'il avait été arrêté par la police et qu'on l'interrogeait.

– À cause de sa menace de mettre le feu à la maison.

Rike saisit son marteau et le serre fort, tous ses muscles prêts à exploser.

– Tu as tué Vera à cause d'un malentendu stupide.

– Qui te dit que je l'ai tuée ? demande Klara d'une voix posée. Quoi qu'il en soit, Vera était une partie du problème.

– Quel problème ?

– La façon dont ils nous traitent et nous obligent à mendier et à nous humilier pour obtenir des miettes. Non seulement elle pensait que c'était juste, mais elle savourait son statut de collaboratrice. Elle fournissait des informations aux Américains, c'était une vipère…

Sa respiration se fait courte.

– On ne peut pas tolérer des Kapos parmi nous. Elle méritait d'être pendue à un arbre comme n'importe quel traître à la cause.

– Quelle cause, Klara ? éclate Rike. Le Reich ? La domination du monde ? C'est fini. Terminé.

– Oh, arrête. Ne me dis pas que tu n'as pas gardé espoir jusqu'à la fin ? Peut-être que tu le gardes encore, d'ailleurs. Nous gardons tous espoir.

– Nous ?

– Le peuple allemand. Nous…

Un crissement de pneus attire leur attention. Une jeep vient de faire irruption dans la rue et quatre soldats en sortent, dont Keely et Banks. Ils passent devant les tas de briques avec détermination et se présentent à Magda Bemmel, assise sur sa chaise pliante.

Keely tapote son chapeau.

– Bonjour madame, nous voudrions parler à l'une des femmes de ce chantier. C'est en rapport avec l'assassinat du sergent américain Alfred Coston.

Magda Bemmel semble nerveuse.

– Mais vous avez déjà interrogé les femmes.

– Nous avons recueilli de nouvelles informations depuis. Ne vous inquiétez pas, ça ne prendra que quelques minutes.

La grosse Bemmel frappe dans ses mains.

– *Mädels*, rassemblement !

Rike abaisse son marteau sur la table, mais elle ne le lâche pas avant que Klara n'ait posé le sien. Celle-ci, droite comme un I, écarte ses cheveux de son visage et lui dit :

– Souviens-toi que Fischer m'a tout raconté. Si tu me dénonces, je te balancerai aussi. Je me battais alors que tu assassinais. J'irai peut-être en prison ; toi, tu seras pendue.

Rike inspire un grand coup et l'air humide a soudain un goût métallique.

– Je leur raconterai tout. Ils en savent déjà beaucoup.

Klara blêmit.

– Tu es folle ?

– Ils ont des documents, Klara. Il est inutile de leur cacher les choses. Je n'ai pas encore passé mon entretien.

Elle sourit.

– Mais tu seras incapable d'utiliser mon passé contre moi. Tu ne t'abaisseras pas à devenir une Kapo, toi aussi, Klara.

Celle-ci pâlit brièvement avant de ricaner.

– Alors tu seras pendue. Ça fera encore un problème de réglé.

Elle se tait lorsque Keely et Banks approchent de leur table.

– Fräulein Sauebrunn, dit Keely, accepteriez-vous de nous parler un instant ?

– Non, j'ai du travail.

– Je crains que vous n'ayez pas le choix. Nous avons encore quelques questions à vous poser au sujet de la nuit où un sergent américain est mort tout près d'ici.

Il indique un endroit du doigt.

– Juste là, en fait.

– Je ne sais rien de tout ça.

Il brandit un dossier.

– Ces documents ont été trouvés dans le bureau du sergent Coston. Pouvez-vous me dire de quoi il s'agit ?

Elle ne relève même pas les yeux.

– Vous avez tout inventé.

Keely ne sourit pas.

– C'est votre déposition au sujet de la possible implication de Vera Klug dans la dénonciation et la déportation de Juifs allemands travaillant dans les services culturels du Reich, en particulier la division du cinéma.

– J'ignore de quoi vous parlez.

Du coin de l'œil, Rike aperçoit Immi qui s'approche d'eux. Son pas est mal assuré, comme si le sol remuait sous ses pieds, ce qui est peut-être le cas. Elle lui tend la main et Immi la saisit, comme si elle était sur le point de tomber.

– Fräulein Sauebrunn, vous avez promis au sergent Coston de lui fournir des preuves de la culpabilité de Vera. Il est écrit ici que…

Keely fait glisser son doigt sur la feuille.

– Qu'un rendez-vous était prévu le 8 janvier. Le jour où il est mort.

– Ce sont des mensonges, se défend Klara. Vous essayez de me piéger.

Les deux soldats restent silencieux. Les yeux de Banks s'attardent sur les clochers de Saint-Michel ; Keely se contente de sourire poliment. Il sait qu'il a l'avantage et, en bon Américain, il garde son sérieux.

– Je vous demande de nous accompagner à la caserne, dit-il calmement. Vous n'êtes pas obligée de faire une scène.

– Menteurs !

– S'il vous plaît, Fräulein Sauebrunn, je préférerais ne pas vous arrêter. Si vous coopérez…

Une flamme s'allume dans les yeux de Klara.

– Coopérer ?

Elle halète tel un chien acculé.

– Jamais. *Feinde.*

Elle se retourne et crache sur les pieds de Rike.

– Il y a des ennemis partout. Des vermines, des traîtres, des Juifs. Vous ne pouvez rien contre moi. Vous n'avez pas le droit…

Puis elle bouscule Immi et court vers le haut du tas de gravats.

Rapide comme l'éclair, Keely sort son revolver et se tourne vers Banks.

– Suivons-la. Ne la laissons pas filer.

Les deux soldats poursuivent Klara en faisant voler la poussière et les briques autour d'eux. Rike les regarde s'éloigner et reste figée un instant. Puis l'adrénaline se met à fuser dans ses veines et elle attrape le bras d'Immi.

– Viens, vite.

Elles savent où poser les pieds. Elles connaissent chaque morceau de métal ou de bois brûlé auquel s'appuyer. Elles atteignent le sommet en même temps que les deux hommes et ensemble, ils se laissent glisser de l'autre côté.

Klara est une ombre au milieu du métal et des pierres. Elle escalade les murs effondrés telle une fragile silhouette égarée dans un champ de mort. Mais vu la vitesse avec laquelle elle se déplace, elle aussi semble connaître son chemin à travers les ruines.

– Elle va s'échapper ! crie Keely. Banks, dépêche-toi.

Rike est à bout de souffle. Il n'existe qu'une sortie de ce côté-ci. L'allée derrière *Chez Charlie*.

Le vent forcit. Un vent glacial chargé de pluie, de neige fondue et de poussière de charbon qui vous pénètre jusqu'aux os. Klara titube sur un morceau de mur. Avant que Rike ne puisse l'avertir du danger, le vent s'engouffre dans son manteau et elle perd l'équilibre. S'ensuit un hurlement aussi perçant que le cri d'un oiseau.

– Merde, lâche Banks. Elle est tombée.

Ils escaladent les décombres à toute vitesse. Keely donne un coup de main à Rike pour qu'elle puisse passer un gros bloc de toiture dont dépassent des fils électriques. Elle se retourne et l'aide à grimper à son tour. *C'est dangereux*, répète Magda Bemmel dans sa tête. *Ça risque de s'écrouler.*

Mais peu importe.

– Klara, hurle-t-elle, à bout de souffle. Réponds-moi. Tu m'entends ?

Ils s'arrêtent au sommet du monticule et scrutent les alentours. Il y a un trou béant, juste là, profond de plusieurs étages, à l'endroit où cette maudite bombe est tombée par le conduit d'aération. Il descend jusqu'à la cave, jusqu'en enfer où la mort a frappé.

Klara se trouve sur une corniche à mi-hauteur. Elle essaye de se mettre à genoux, le visage déformé par la souffrance, une main crispée sur son pied gauche.

Immi s'accroche à une barre de fer.

– Ne bouge pas, Klara. On va te sortir de là.

Mais celle qui relève la tête vers elle n'est pas Klara. C'est une autre personne. *Ivan et les ombres noires*. La souillure de leur sang, la corruption. Elle se déchaîne soudain et lance hargneusement :

– Traîtres !

Rike retient un sanglot.

– Pourquoi, Klara ? Pourquoi Vera ?

– Elle était une plaie pour le Reich. Elle ne méritait pas de vivre.

– C'est faux.

– Kapo ! *Feinde* ! Suppôt des Juifs !

– S'il te plaît. On va te sortir de là.

Klara gesticule trop.

– Essaye seulement et tu seras la prochaine à mourir, espèce de pute pour Américains. Tu seras pendue sur la place publique, comme tous les traîtres qui t'ont précédée.

– Je ne suis pas une traîtresse.

– Toi et Immi, vous avez perdu toute fierté. Vous rampez devant l'ennemi. Vous ne méritez pas d'être allemandes.

– C'est tout le contraire, Klara. Je n'ai plus peur. Je ne crains plus la vérité.

Keely jette à Rike un regard étrange. Il croit sans doute qu'elle ment car elle est terrifiée. Absolument terrifiée.

Klara éclate de rire.

– Vera m'a menti. Elle m'a dit qu'elle ignorait ce qui était arrivé à mon frère. Mais je savais qu'elle était le jouet de Fischer, et que, quand il s'est lassé d'elle, elle a voulu se venger. Comme elle n'a pas pu l'atteindre, elle s'en est prise à Ernst. Elle n'en était plus à une victime près.

– Elle ne savait rien d'Ernst. Elle l'a fait arrêter parce qu'il menaçait de brûler la maison.

– Vipère !

– Klara, je t'en prie.

– Et maintenant… Des crimes de guerre, pff. Ce n'étaient pas des crimes. On ne faisait que notre devoir.

Klara éclate à nouveau de rire et sa voix résonne entre les parois.

– Tu veux dire qu'on a fait tout ça pour rien ? Ces combats, cette souffrance, tous ces morts ?

Le vent fait monter des larmes aux yeux de Rike.

– Oui. C'était la seule issue possible. Imagine… que nous ayons gagné.

– J'imagine très bien. Le monde sous notre domination, nettoyé et purifié.

– C'est de la folie.

– C'est notre destin.

– Arrête, Klara.

– Tu sais ce qui s'est passé ici, non ? Imagine les femmes et les enfants hurlants pour qu'on les épargne. Imagine qu'on te fasse cuire vivante pendant que les Russes regardent sans réagir. De la soupe de nazis… Tu penses que ces gens méritaient ça ?

– Non. C'était de la folie.

Je suis d'accord avec toi, pour une fois.

Klara sort de sa poche un petit objet qui scintille dans la pénombre.

– Il n'y a pas de place pour les gens comme moi dans ce monde devenu dément.

– Klara, hurle Rike à pleins poumons. Arrête ! Ne fais pas…

Elle ne voit pas les mâchoires de Klara bouger. Elle imagine seulement qu'elle croque et que le liquide gicle. Mais ce qui suit est bien trop réel. Klara s'étrangle avec un sifflement. Ses yeux s'agrandissent et elle gémit. Peut-être qu'elle appelle à l'aide, mais il est trop tard. Elle convulse et tombe en arrière, en aplomb du vide. Un nouveau sifflement, un bruit de ferraille et un dernier grognement. Puis Klara glisse et disparaît dans le noir avant d'atterrir en bas, hors de vue, avec un bruit sourd.

Banks fait un signe de croix.

– Putain, qu'est-ce que c'était ?

– Elle avait une capsule, explique Rike d'une voix étrange. Du cyanure.

– Où elle a trouvé ça, Bon Dieu ?

– C'était à une amie.

– Vous avez de drôles d'amies, constate Keely.

Rike prend la main d'Immi et la serre fort.

– Oui, vous avez raison.

Au fond du trou, il ne reste que le silence.

Chapitre 34

Rike

– Fräulein Sealman, vous êtes prête ?

– Mon nom est Seelman, corrige Rike en posant les mains sur la table en Formica. Oui, je suis prête.

Le sergent a l'air de s'ennuyer.

– Je précise que cet entretien sera mené en Anglais, et que vous avez refusé l'assistance d'un traducteur. Pouvez-vous m'expliquer pourquoi vous ne vous êtes pas présentée lors de votre première convocation ?

Elle déglutit.

– Mon amie est morte.

Ma meilleure amie. Vera Klug.

– Nom et profession ?

Elle répond aux questions sincèrement en se tordant les doigts. Il ne lui reste que quelques minutes pour être juste Ulrike Seelman. Une jeune femme qui participe au déblaiement, aime danser le fox-trot et cuisine des pancakes corrects. Une bonne personne, globalement. Une personne normale.

Ulrike Seelman, née le 15 février 1919. Père : Hugo Seelman, employé des chemins de fer. Mère : Käthe Seelman, née Schneider, femme au foyer. Une maison mitoyenne à

Mannheim. Le pain de Noël qui cuit lentement. Le speaker de la radio qui parle de l'augmentation des prix, des emplois menacés par les travailleurs de l'Est.

Elle devait avoir douze ou treize ans quand on l'a inscrite aux Jeunesses hitlériennes. *Tu vas t'amuser*, lui disait sa mère, *ça te fera sortir un peu.* Les feux de camp, les chants traditionnels, les week-ends à la montagne. Les couronnes de fleurs dans ses cheveux blonds. Des yeux bleus et des gènes forts. Le premier défilé avec des torches et l'approbation de son père. *Au moins, les nationaux-socialistes essayent de faire quelque chose pour l'Allemagne.*

Est-ce à cette époque que tout a commencé ? Ou est-ce plus tôt ?

Elle répond aux questions sur son éducation. Elle qui pendant les Jeux olympiques, alors qu'elle passait ses examens, courait jusqu'à la maison pour connaître les résultats. Les journaux étaient remplis d'articles sur les leaders politiques qui visitaient Berlin. Hitler, en une, souriant avec suffisance. *Mein Führer.* Ils saluaient sa photo en classe. Ils gravaient des croix gammées sur les tables et sur leurs bras dans lesquels coulait un sang pur. Ils ne creusaient pas assez profond pour laisser une cicatrice, mais quand même…

Son baccalauréat n'a pas été brillant, mais elle a tout de même obtenu un stage à la radio, comme technicienne. *Votre carte du Parti, s'il vous plaît. Votre certificat d'aryanité.* À cette époque, en 1937, il était impossible de faire quoi que ce soit sans ces deux documents. Les magasins étaient épurés, les librairies, les piscines, et quand vous voyiez un Juif dans la rue, vous le montriez du doigt en riant et le regardiez détaler. *Débarrassons-nous des Youpins.*

Désormais, on n'en voyait plus beaucoup.

Elle a besoin d'une cigarette.

– S'il vous plaît, Fräulein Seelman, avançons un peu dans le temps. Vous travailliez au centre de renseignements de Zeuthen quand la guerre a éclaté.

– Oui, répond-elle. Mon ami m'avait obtenu un travail au service téléphonique. Je collectais des informations.

– C'était de l'espionnage.

En quelque sorte, mais ça ressemblait plus à un jeu : elle écoutait les radios ennemies et traduisait ce qu'elle entendait. La Pologne est tombée immédiatement, puis le Danemark, la Norvège, la Hollande, la Belgique. *L'Europe aujourd'hui, demain le reste du monde*. La Grèce, la Yougoslavie, l'Afrique… Et ensuite, ensuite…

En 1942, les nouvelles sont devenues vagues. Il n'y avait plus aucune image du front.

– Vous avez été envoyée au camp de concentration de Ravensbrück pour une semaine de travaux forcés en février 1945.

– Je ne suis jamais entrée dans le camp. Je travaillais à l'usine.

– Pourquoi ?

– Parce que j'avais été surprise à écouter la BBC à la maison.

Kapo.

– Hmm…

Le sergent attend que la secrétaire ait inséré une nouvelle feuille dans sa machine à écrire. Il fouille dans ses documents, puis s'arrête, s'éclaircit la gorge et la regarde fixement derrière ses lunettes épaisses.

– Fräulein Seelman, vous avez été rappelée là-bas au mois d'avril pour… évacuer Ravensbrück.

– C'est exact, monsieur.

– Pourquoi avaient-ils besoin de vous ?

Pour assurer le contact radio avec les autorités. Elle se considérait comme chanceuse de pouvoir quitter Berlin et les bombes. Il se disait que les morts étaient moins nombreux à l'est. Les Russes pouvaient vous arrêter, mais vous aviez une chance de leur échapper. *Mieux vaut un Russe sur votre ventre qu'un Américain sur votre tête.*

– Pendant l'évacuation, avez-vous reçu des instructions officielles ?

– C'était l'Einsatzleiter Geck qui commandait.

Le sergent scrute la secrétaire.

– Où est cet Einsatzleiter aujourd'hui ?

– Il est mort, monsieur. Il s'est suicidé juste avant l'arrivée des Rouges.

– Ravensbrück a été libéré le…

– Le 30 avril 1945, monsieur.

Cette vision. Ce cauchemar qui s'est révélé à elle quand elle a passé les portes. La puanteur. Leurs membres couverts de plaies, leur peau tendue sur leurs os. Son sang semble coaguler dans ses veines. Voilà ce qui se cachait derrière tout ça. Les meurtres. Les crimes contre l'humanité.

– Il n'y a aucune trace de votre arrestation, dit le sergent. Que s'est-il passé ?

– Les Russes nous ont rattrapés près de Godendorf. J'ai jeté mon uniforme dans un fossé. Ils m'ont pris pour une fermière et m'ont laissée partir.

Il hoche la tête.

– Je vous remercie d'avoir confirmé les informations dont nous disposons.

– Mais vous ne savez pas tout, réplique-t-elle en entrelaçant les doigts.

C'est le moment ou jamais.

– J'ai d'autres choses à vous raconter.

– Nous avons un formulaire spécial pour les informations concernant les dirigeants qui…

– Non, ça me concerne moi…

– Vous ?

– Après le suicide de l'Einsatzleiter Geck, j'ai contacté les autorités. Ils nous ont ordonné d'évacuer le camp car l'Armée rouge approchait. Nous avons rassemblé autant de prisonniers que nous le pouvions, mais… ils étaient trop nombreux, alors on a laissé partir les Allemands. On a peint des croix blanches sur les manteaux des Juifs.

Le chaos. Tout le monde courait, criait, il y avait des coups de feu. Des coups de feu en l'air, des coups de feu précieux car on manquait de munitions. Nous étions rationnés à deux balles par jour. Elle a été chargée d'un groupe. *Évacuez, les Russes ne doivent pas voir*. Elle a pris la radio et malgré son poids, elle a couru encore plus vite que les prisonnières. *Allez, courez, dépêchez-vous, ou vous allez en prendre une entre les deux yeux*.

– Nous les avons fait sortir, dit-elle calmement. Puis nous avons atteint les champs qui entouraient Godendorf. Nous avons aperçu les chars russes à l'horizon et certains gardiens ont pris la fuite. J'ai allumé la radio et j'ai contacté le commandement, et ils nous ont ordonné de laisser tomber, de nous rendre et de laisser tout le monde partir. J'entendais les bombardements à l'autre bout de la ligne. Ils disaient que l'Armée rouge était là, à Berlin, dans la capitale, et que c'était fini.

Le sergent la dévisage à travers ses culs de bouteille. Sa mâchoire gigote, comme s'il cherchait ses mots. Mais elle ne le laissera pas parler. Elle doit d'abord terminer son histoire, tout lui raconter.

– Les femmes ont tout entendu et se sont mises à courir. *Allez, tout le monde, courez. Ils ne nous arrêteront pas*. Les gardiens ont crié : *Halt, Stehenbleiden*, mais les femmes couraient, pleines d'espoir, rampaient… et j'ai compris ce qu'elles étaient. Notre honte. Notre inhumanité. Elles couraient vers la liberté, vers les Russes, et si elles arrivaient jusqu'à eux, tout le monde saurait ce que nous avions fait. Le monde entier saurait que nous étions des…

Ses mains tremblent tellement que le Formica vibre.

– Des meur… des meurtriers.

– Fräulein Seelman…

– La ligne a été coupée. Je ne savais pas quoi faire. J'ai jeté la radio, et ensuite les…

Elle fond en larmes.

– Les gardiens ont commencé à tirer. Je n'ai pas pu les en empêcher. Ils ont tiré, comme à la chasse. Sur les femmes, les gamines, les invalides. Ils les ont abattus comme des lapins. Les gens se cachaient dans les fossés, les granges, les meules de foin. Mais les gardiens les chassaient comme de la vermine et je ne pouvais rien faire, je n'avais pas reçu d'ordres, alors je n'ai rien dit, j'ai juste…

Sa voix se brise et elle regarde le sergent avec désespoir. Elle aurait tant voulu que Vera l'accompagne. *Vera, je t'en prie, aide-moi. Je suis descendue dans l'abysse et je n'arriverai pas à remonter.*

Le sergent s'éclaircit la gorge.

– Étiez-vous armée ?

Elle secoue la tête.

– La ligne était coupée, murmure-t-elle. Alors j'ai regardé…

Pendant le silence qui suit, le soldat retire ses lunettes pour les nettoyer avant de les reposer sur son nez et de remettre en ordre les papiers sur son bureau.

– Bien, dit-il sur un ton étrange. J'imagine que vous pouvez me fournir les noms des gardiens impliqués, et nous verrons ce que nous pouvons faire.

Kapo, chuchote Klara dans son esprit, *traître à ta race.*

Elle l'ignore et donne les noms dont elle se souvient avec le sentiment que ce n'est pas assez. Mais elle ne sait rien d'autre. La dactylo cesse de taper et le sergent prend quelques notes avant de refermer son dossier.

– Je pense que ce sera tout. Le temps est écoulé. Je vous remercie pour votre collaboration, Fräulein Seelman.

Elle retient son souffle.

– Vous ne m'arrêtez pas ?

– Pour autant que je sache, dit-il en rouvrant son dossier, vous serez classée en catégorie III, Charges mineures. Pour n'avoir pas pris part aux tirs. Quant à votre travail au contrôle radio, il sera probablement recatégorisé en mission de soutien pendant les six derniers mois de la guerre. Votre peine pourrait être suspendue.

– Mais…, dit-elle d'une voix rauque. Je suis coupable.

Le sergent soupire et son attitude laisse clairement penser qu'il en a terminé avec elle et avec toute cette procédure ennuyeuse.

– Écoutez, ajoute-t-il, quel que soit votre problème, je n'ai plus de temps. Charge mineure. Affaire classée.

Il tamponne son dossier.

– Maintenant, veuillez quitter nos locaux.

* * *

Dehors, la lumière pourtant grisâtre du soleil l'éblouit. Le monde semble enveloppé dans du coton et les sons feutrés se mélangent : le bruit d'une voiture, le cri d'un homme, des rires de l'autre côté de la rue. Elle presse ses mains sur son visage et appuie de toutes ses forces. *Faites que ça s'arrête.*

– Une cigarette ?

Elle sursaute et tout semble tourner autour d'elle. Le soldat Keely est appuyé au mur, enveloppé d'un manteau kaki. Il lui tend un paquet de Lucky Strikes. De vraies Lucky. De vraies cigarettes.

Elle en prend une d'une main tremblante et la coince entre ses lèvres. Il l'allume pour elle et elle aspire la fumée comme une femme qui respirerait pour la dernière fois de sa vie.

– Comment ça s'est passé ? demande-t-il.

– Charges mineures.

– Que leur avez-vous raconté ?

Elle jette un regard sur la ville réduite à un squelette noirci.

– La chasse aux lièvres à Ravensbrück.

Il hoche la tête.

– Au moins c'est officiel, maintenant.

– J'ai laissé faire. Je ne les ai pas empêchés de tirer.

Il allume sa propre cigarette.

– Personne ne les en a empêchés.

L'indifférence de sa voix la pousse à le regarder. Elle est frappée par sa jeunesse. C'est encore presque un enfant et il a parcouru des milliers de kilomètres pour venir dans ce pays brisé, pour faire quelque chose de bien.

Elle rejette une douce fumée goudronneuse.

– Je suis heureuse que vous soyez là.

– Moi ?

– Eh bien… Ceux qui essayent de comprendre.

– Je ne suis pas sûr que nous y parvenions. C'est trop…

– Trop monstrueux.

– Trop humain.

Ils fument en silence comme les gens le font ces temps-ci. Pas pour le plaisir de fumer, mais pour apaiser la faim, la mémoire.

– Avez-vous trouvé autre chose ? finit-elle par demander.

– Grâce aux lettres de Klara, Mückler est tombé. Fischer n'est jamais cité. Il n'y a pas suffisamment de preuves contre lui, mais je vais continuer à chercher. Et je jure devant Dieu qu'il ne dormira plus jamais sur ses deux oreilles.

La gorge de Rike se serre. *Il continuera à dormir paisiblement.* Il y a trop de Fischer dans ce pays, des milliers et des milliers, et aucun d'eux ne semble perturbé par des cauchemars.

– Quand allez-vous rentrer ? dit-elle maladroitement.

Il lui sourit et son expression est celle d'un garçon qui n'a pas encore été totalement désabusé par le monde.

– Pas tout de suite. J'ai prolongé mon engagement. Il y a quelqu'un… j'ai une affaire en cours. Croisez les doigts pour moi, Fräulein Seelman.

– Je n'y manquerai pas.

Il jette son mégot.

– Et vous ? Vous retournez au déblayage, j'imagine ?

– Oui. Et à la maison. Nous avons de la place, maintenant que Klara et Vera sont parties. Margit va s'en aller aussi. Elle veut aller habiter chez une amie à Aix-la-Chapelle et retrouver la tombe de son fils. Je vais demander à Magda Bemmel si elle connaît une femme qui a besoin d'un foyer. D'un foyer plus confortable qu'un camp.

– C'est une bonne idée.

– Oui.

Elle y a pensé souvent au cours des dernières semaines. Ce serait une façon de perpétuer l'héritage de Vera et elles pourraient faire encore davantage : organiser des réunions et des événements à propos de la démocratie, des Nations Unies et de toutes ces choses nouvelles qui prennent forme autour d'elles. Magda pourrait passer un après-midi boire du jus de chaussette et leur raconter son expérience de la résistance.

Keely se détache du mur.

– Une dernière chose… Savez-vous que la Division du Contrôle de l'information américaine lance une nouvelle station de radio ? Les bulletins d'information, les débats et les émissions d'éducation à la démocratie y seront diffusés en deux langues. Elle devrait s'appeler la Radio du secteur américain. Ils recherchent des techniciens de langue allemande.

Sa cigarette lui brûle les doigts.

– Aïe.

– Vous devriez passer à leur bureau, un de ces jours.

– Mais je suis… catégorie III.

– Il y en a partout. Dans les bureaux, les écoles, les hôpitaux, les tribunaux… Ils travaillent sans remords ni complexes. Vous, au moins, vous avez été honnête.

Il soupire.

– On ne peut pas punir tout le monde, vous savez.

– J'espère que certains seront punis par le temps. Leurs enfants leur poseront des questions. Leurs petits-enfants, aussi. Ils se demanderont pourquoi leur grand-père ne leur montre pas de photos de sa jeunesse et ils comprendront. C'est une chose importante, je crois. Qu'ils comprennent tout ça. Pour qu'ils…

– Qu'ils ne recommencent pas.

– C'est ça.

Il consulte sa montre.

– Écoutez, je dois retourner à la base. La Radio du secteur américain, vous vous souviendrez ? Tenez. C'est cadeau.

Il lui tend son paquet de cigarettes et se dirige vers sa jeep. Elle regarde le véhicule s'éloigner sur Bismarckstrasse et contourner le Knie, ce rond-point qui fut autrefois le centre de Germania, la future capitale du monde aryen, et s'étend maintenant au cœur du grand nulle part qu'est devenu Berlin. Puis il disparaît.

Rike quitte la caserne, les cigarettes dans la poche. À sa gauche, une rangée de femmes empilent des briques en attendant la relève. Le ciel est toujours couvert et de gros nuages gris annoncent de la neige. Elle a froid, elle a faim et elle est en vie. Elle est libre…

S'il y avait une justice en ce bas monde, elle ne le serait pas. Mais elle est libre. Alors elle fera pénitence et profitera de la vie.

Postface

La fusillade de masse à Ravensbrück, telle que décrite dans ce roman, est entièrement fictive. Mais il existe plusieurs exemples documentés de ce que les nazis appelaient des *Hasenjagden* – des chasses aux lièvres. Ces massacres de prisonniers de camps de concentration ont eu lieu principalement durant les dernières semaines de la guerre, quand les camps situés en Allemagne étaient évacués pour tenter de dissimuler la mort et la destruction qui y avaient été perpétrées.

Le 8 avril 1945, 300 prisonniers se sont échappés de trains de marchandises à destination de Bergen-Belsen, où ils devaient être exécutés dans une tentative de dissimuler l'horreur de l'Holocauste. Les évadés ont couru jusqu'à la ville de Celle et se sont cachés dans les environs, mais ont été poursuivis et assassinés par la Gestapo, les pompiers locaux et certains des habitants.

En décembre 1947, sept nazis ont été reconnus coupables de meurtre ou de complicité de meurtre et condamnés à des peines de quatre à vingt ans de prison.

En octobre 1952, tous les auteurs avaient été libérés pour bonne conduite.

À l'origine des Berlinoises

Je suis une autrice germano-britannique et j'ai vécu presque toute ma vie au Royaume-Uni. Si j'ai établi mon foyer en Écosse depuis quelques années, mes racines se trouvent de l'autre côté de la Manche, dans le nord de l'Allemagne, où je suis née et où j'ai grandi. Depuis la parution de mon premier livre, *Un long, si long après-midi*[1], on n'a eu de cesse de me demander si j'avais l'intention d'écrire sur mon pays d'origine, sur son passé.

La Seconde Guerre mondiale et ses horreurs pèsent encore sur la mémoire des Allemands. J'ai d'abord hésité à aborder ce sujet, tant il a été exploré, disséqué, raconté. Et puis, qui étais-je, moi, née dans les années 1980, pour me replonger dans cette histoire ? Jusqu'à ce qu'un souvenir me revienne, un moment marquant qui m'a convaincue d'écrire ce livre.

Je devais avoir quatorze ans. Ma grand-mère et moi regardions de vieilles photos de son enfance. Et là, parmi les clichés habituels d'anniversaires et de vacances à la mer, il y avait une photo d'adolescentes, à peine plus âgées que moi. Ma grand-mère et ses amies. Les cheveux tressés et vêtues de

1. Éditions de La Martinière, 2021, trad. Thomas Leclere.

tenues folkloriques, elles se tenaient devant des tentes dans la clairière d'une forêt ; entourées de drapeaux arborant des croix gammées. Toutes faisaient le salut nazi. Abasourdie, j'ai demandé : « Grand-mère, tu as été nazie ? ». Elle a refermé l'album d'un coup sec. L'espace d'un instant, son visage s'est crispé puis elle a expédié la conversation d'un bref : « Nous nous sommes bien amusés aussi, ce n'était pas si terrible. »

À l'école, on ne nous parlait pas beaucoup de l'arrivée du Parti national-socialiste des travailleurs allemands au pouvoir, à croire que les nazis étaient apparus comme par magie en 1933 avant d'être vaincus en 1945. Nos professeurs d'histoire évoquaient surtout les ravages de l'Holocauste. Nous avons effectué des voyages scolaires dans les camps de Bergen-Belsen et Buchenwald. Nous avons lu le *Journal d'Anne Frank*, *La Vague*[1] et *Quand Hitler s'empara du lapin rose*[2] – des récits de résistance ; intimement persuadés que si nous avions vécu à cette époque, nous aurions résisté nous aussi.

Mais la photographie de ma grand-mère ébranlait cette certitude. Elle n'a pas résisté, comme la plupart des Allemands. Ils ont suivi le mouvement. Beaucoup ont même joyeusement embrassé le fascisme et l'idéologie du Troisième Reich. En grandissant, j'ai commencé à comprendre que celle-ci n'avait pas été imposée à l'Allemagne par une force mystérieuse. Elle s'était immiscée, insidieusement, à l'intérieur de notre société. Et après la guerre, ses défenseurs n'ont pas disparu du jour au lendemain. La montée lente et dangereuse du national-socialisme reste un tabou, et pas seulement pour les Allemands. Les récits relatifs à la fin de la Seconde Guerre mondiale et à l'Holocauste traitent avant tout de la libération

1. Todd Strasser, 1981.
2. Judith Kerr, 1971.

des Juifs, de la défaite du mal. Le Troisième Reich aboli et l'Allemagne libérée. Terminé. *Plus jamais ça...*

Mais comme toujours, la vérité est bien plus complexe qu'elle n'y paraît – tout comme les personnes au cœur de cette vérité.

Ma grand-mère a vécu à peu près aussi longtemps qu'Ulrike, l'un des personnages principaux du roman, et certains éléments de son histoire ont été intégrés à l'intrigue[1] : la perte de l'entreprise familiale pendant la Grande Dépression, le glissement vers la pauvreté. L'idéologie nazie comme réponse « facile » à la perte de statut et de richesse. Les camps de jeunes dans la forêt. L'accent mis sur les traditions populaires. Mais aussi les jeux de société de propagande, les journées sportives, les avantages liés au passeport aryen...

En réalité, ma grand-mère disait vrai. *Elle s'est amusée.* Et sous l'ère du nazisme – principalement pendant les années 1930 – la situation de sa famille s'est améliorée : se ranger du côté du régime leur a permis de rétablir leur statut social, leur a apporté un sentiment d'appartenance et de supériorité ; la certitude d'être meilleurs que tous les autres.

En repensant à ce jour-là, j'ai commencé à me poser des questions. Qu'ont ressenti les Allemands lorsqu'ils ont perdu cette guerre, lorsqu'ils ont dû faire face aux atrocités commises en leur nom, et souvent avec leur participation ? Comment ont-ils fait pour comprendre qu'ils n'étaient pas « meilleurs », mais pires. *Le pire.*

Les Berlinoises a été un livre incroyablement difficile à écrire. Je venais d'apprendre que j'étais enceinte. De nombreuses scènes m'ont émue, d'autres m'ont mise en colère. Parfois, j'ai eu envie d'abandonner Rike et les autres à leur sort,

1. L'autrice précise que tous les personnages de ce roman sont fictifs et que toute ressemblance avec des personnes réelles, qu'elles soient historiques ou contemporaines, ne serait que pure coïncidence.

parce que je ne voulais plus côtoyer leur stupidité et l'horreur de leurs croyances qui avaient survécu à la fin de la guerre. Puis j'ai craint que le livre ne soit trop long, trop sombre – et aussi : offensant. En adoptant le point de vue de personnages allemands, ne risquais-je pas de minimiser ou d'occulter la voix des survivants ? Cette question m'a hantée tout au long de l'écriture. Mais cet angle m'a paru le meilleur pour l'écrivaine que je suis. La souffrance des Juifs et des autres minorités persécutées en Allemagne et dans les territoires occupés par les nazis, je ne me pensais pas en mesure de l'écrire avec la justesse de ceux qui l'ont vécue, ou de leurs descendants.

L'écriture de ce roman s'est aussi révélée cathartique – en tant qu'Allemande et, je le sais maintenant, petite-fille de nazis. Il m'a aidée à mieux comprendre mes grands-parents et l'Allemagne, mon pays natal ; la façon dont son histoire et sa culture m'ont façonnée. En outre, cela m'a amenée à considérer mes parents sous un œil nouveau. Ma mère et mon père se sont rebellés contre leurs parents, leur sévérité, le racisme flagrant, et toute cette insatisfaction latente. Ils nous ont appris, à nous leurs enfants, à critiquer le pouvoir. Ils nous ont enseigné l'importance de l'acceptation d'autrui, nous ont fait mépriser la guerre sous toutes ses formes.

Et ma grand-mère ? Après la mort de son mari en 1960, elle a élevé seule ses deux enfants. Elle a été la première femme de son village à posséder une voiture, qu'elle conduisait avec sa fille – ma tante, assise sur ses épaules. Elle emmenait ses enfants en vacances à Lanzarote à une époque où la plupart des Allemands ne s'aventuraient guère hors de leur pays. Une fois à la retraite, elle fut ravie de recevoir mon correspondant anglais autour d'un café et d'un gâteau, et ne l'a qualifié de « Tommy »[1] que deux fois…

1. Surnom donné par les Allemands aux soldats britanniques.

Y a-t-il une leçon à tirer de sa vie ? Y a-t-il une leçon à tirer de ce roman ? Je n'en suis pas sûre. Je ne crois pas à la moralisation, et ce serait insulter l'intelligence de mes lecteurs que d'expliquer longuement pourquoi Rike et ses amies sont coupables malgré tout, ou que le repentir n'a qu'une portée limitée. À l'inverse, j'espère que mon livre amènera les lecteurs à s'interroger. Qu'aurions-nous fait à leur place ? Que ferions-nous aujourd'hui ?

Alors que ce livre s'apprête à être imprimé, des despotes belliqueux accèdent au pouvoir tout autour de nous. Les dynamiques économiques et sociales qui ont permis l'ascension du nazisme existent toujours et se renforcent à nouveau. Le changement climatique raréfie les ressources et le capitalisme met le feu aux poudres pour les plus démunis. Plus les gens luttent, plus ils cherchent un coupable. Toute différence, visible ou non, devient alors une cible. Que pouvons-nous faire ? Si je le savais, j'aurais écrit un autre livre. Mais je pense que la chose la plus importante est de rester vigilant et de ne pas faire confiance aux hommes qui crient aux réponses simples. Nous devons exiger davantage de soutien pour ceux qui luttent, et tendre la main aux personnes qui se sentent ignorées. Par-dessus tout, nous devons nous rappeler que ce ne sont pas nos différences qui nous définissent, mais ce que nous avons en commun, c'est-à-dire 99,9 % de tout ce qui compte.

L'avenir finit par devenir le passé. Nous ferions mieux de le raconter ouvertement à nos enfants et de ne pas nous sentir obligés de refermer l'album et de tout cacher.

Inga Vesper

Remerciements

Je voudrais adresser toute ma reconnaissance à Marie Leroy, remarquable directrice des Éditions de La Martinière Littérature, pour avoir cru en mon livre. Elle est courageuse, audacieuse et engagée, et son talent étincelant nourrira de nombreux autres ouvrages à venir.

Un immense merci à Joséphine Wattier-Picard, ma fantastique éditrice, qui a su repérer l'or parmi les pierres et m'a aidée à transformer le grand désordre qu'était le manuscrit en une histoire cohérente. Mille *Dankeschöns* à Thomas Leclere, mon traducteur, dont la passion pour la prose et l'incroyable sens du détail ont permis à ce livre de fonctionner tout aussi bien, voire mieux, en français.

Remerciements très spéciaux à Stéphane Füzessèry pour sa relecture experte et ses conseils, à Rémi Pépin pour la magnifique couverture, ainsi qu'à Annie-Laurie Clément pour la fabrication. Merci aussi aux équipes commerciales et de diffusion qui défendent mes romans avec tant de passion, et bien sûr à la fabuleuse équipe des Éditions de la Martinière : Astrid, Amélie, Emmanuelle, Meghann, Coralie et Valérie.

Merci à ma famille, en particulier à mon père, pour son honnêteté au sujet de notre histoire et pour son soutien indéfectible depuis le début. Rien de ce livre n'aurait existé sans le précieux appui d'Andrew, mon mari, qui m'a épaulée dans les moments de doute et a enduré mes interminables monologues sur les abris Nissen lors d'un week-end à Paris ! Et merci à nos enfants, qui m'ont soutenue à travers les hauts et les bas et m'ont permis de garder les pieds sur terre.

Enfin, merci à mes lecteurs de m'avoir accompagnée dans ce voyage. J'espère que vous avez pris autant de plaisir à lire ce livre que j'en ai eu à l'écrire pour vous.

Remerciements des éditrices

Nous exprimons notre reconnaissance à Robert Goddard pour sa lecture du roman *Les Berlinoises*, et sommes ravies qu'il l'ait apprécié si sincèrement.

Nous recommandons avec enthousiasme la lecture de ses romans, fabuleusement romanesques : en particulier *Heather Mallender a disparu*, *La Croisière Charnwood* ou *Le Monde des Abberley*, tous parus aux éditions Sonatine et aux éditions du Livre de poche.

Merci à Marie Misandeau d'avoir permis cette belle rencontre entre deux univers d'auteurs.

Marie Leroy
Directrice du département Littérature
Éditions de La Martinière

Joséphine Wattier-Picard
Éditrice du roman dans sa version française

La
Martinière
littérature s'engage à
imprimer ses livres en France
pour réduire la production de CO_2 ;
à imprimer sur du papier PEFC
qui garantit une gestion durable
des forêts ; à ne faire appel qu'à des
imprimeurs appliquant la charte Imprim'vert.
La certification Imprim'vert impose la collecte
et l'élimination des déchets en conformité
avec la réglementation, un suivi régulier
des consommations d'énergie et
interdit
l'utilisa-
tion de
produits
toxiques.

UN LIVRE A LE MÊME PRIX PARTOUT

En France, un livre a le même prix partout. C'est le « prix unique du livre » instauré par la loi de 1981 pour protéger le livre et la lecture.
L'éditeur fixe librement ce prix et l'imprime sur le livre. Tous les commerçants sont obligés de le respecter.
Que vous achetiez votre livre en librairie, dans une grande surface ou en ligne, vous le payez donc au même prix.
Avec une carte de fidélité, vous pouvez bénéficier d'une réduction allant jusqu'à 5 % applicable uniquement en magasin (les commandes en ligne expédiées à domicile en sont exclues). Si vous payez moins cher, c'est que le livre est d'occasion.

RÉALISATION : NORD COMPO À VILLENEUVE-D'ASCQ
IMPRESSION : NORMANDIE ROTO IMPRESSION S.A.S À LONRAI
DÉPÔT LÉGAL : MAI 2025 – N° 155594 (2501760)
IMPRIMÉ EN FRANCE